KNAUR✱

Von Jutta Maria Herrmann sind bereits folgende Titel erschienen:
Hotline
… sonst tot (Kalender-Thriller mit Thomas Nommensen bei Knaur eBook)
Schuld bist du
AMNESIA – Ich muss mich erinnern

Über die Autorin:
Mitte der Achtziger strandete die Saarländerin Jutta Maria Herrmann in Berlin, studierte Germanistik und Filmwissenschaften, sympathisierte mit der Hausbesetzerszene und stürzte sich ins Nachtleben. Sie war u.a. als Buchhändlerin, Putzfrau, Sekretärin, Synchrondrehbuch-Autorin und Veranstalterin von Punkkonzerten tätig. Heute arbeitet sie für eine Tageszeitung und lebt mit ihrem Mann, dem Autor Thomas Nommensen, vor den Toren Berlins. »Wähle den Tod« ist ihr vierter Roman im Knaur Verlag.

Jutta Maria Herrmann

WÄHLE DEN TOD

PSYCHOTHRILLER

Besuchen Sie uns im Internet:
www.knaur.de

Originalausgabe Juli 2018
Knaur Taschenbuch
© 2018 Knaur Verlag
Ein Imprint der Verlagsgruppe
Droemer Knaur GmbH & Co. KG, München
Alle Rechte vorbehalten. Das Werk darf – auch teilweise –
nur mit Genehmigung des Verlags wiedergegeben werden.
Redaktion: Dr. Kirsten Reimers
Covergestaltung: FAVORITBUERO, München
Coverabbildung: plainpicture / Reilika Landen
Satz: Sandra Hacke
Druck und Bindung: CPI books GmbH, Leck
ISBN 978-3-426-51998-1

2 4 5 3 1

Davor

Der Schrei schrillt mir noch in den Ohren, als ich außer Atem in ihr Zimmer stürze. Die Luft im Raum steht. Eine Melange aus Heizungswärme, Desinfektionsmitteln und ihren Ausdünstungen. Sie sitzt aufgerichtet auf dem Bett, mit krummem Rücken, die Finger der linken Hand umklammern die Fernbedienung. In der Mulde der Bettdecke zwischen ihren Beinen liegt die Schnabeltasse aus stumpfgelbem Plastik.

»Was ist denn jetzt schon wieder?« Ich versuche erst gar nicht, meine Ungeduld zu unterdrücken. Solche Feinheiten bekommt sie ohnehin nicht mehr mit. Unvorstellbar, dass dieses Häufchen Mensch, das nur noch aus Haut und Knochen zu bestehen scheint, bis vor wenigen Monaten mich und das halbe Dorf mit seiner Gehässigkeit gequält hat.

Der Brustkorb hebt und senkt sich im schnellen Rhythmus ihres pfeifenden Atems, mit dem Zeigefinger sticht sie unablässig in die Luft und gibt Laute von sich, die keinen erkennbaren Sinn ergeben.

Ich sollte Dr. Freiwald verständigen, schießt es mir durch den Kopf. Die Anfälle häufen sich seit ein paar Tagen. Allein gestern hatte sie drei direkt hintereinander. Das läppische Pflegegeld wiegt die Arbeit, die ich inzwischen mit ihr habe, bei Weitem nicht auf.

»Tata«, schmatzt sie. »Tata« und zeigt, zitternd vor Aufregung, auf den alten Fernseher, der auf der wackeligen

Holzfurnierkommode direkt vor ihrem Bett platziert ist. Eine ungesunde Röte ist ihr fleckig in die Wangen gestiegen.

Mit den Augen folge ich ihrem Fingerzeig auf die flimmernde Mattscheibe. Die Abendschau zeigt Bilder vom gestrigen Bundespresseball. Der Bundespräsident schwebt mit einer mir unbekannten blond gelockten Frau – seine Lebensgefährtin ist es jedenfalls nicht – übers Parkett. Im Gesicht des alten Mannes klebt dieses pastoral gütige Lächeln, bei dem ich mich jedes Mal frage, ob niemand außer mir bemerkt, wie falsch und aufgesetzt es wirkt. Direkt daneben tanzt ein zweites Paar in dunkler Abendrobe. Er schaut in die Kamera, lächelt breit, als ihm bewusst wird, dass er im Bild ist. Von der Frau sieht man nur den Hinterkopf und den Rückenausschnitt des schwarzen Abendkleides, der ihr fast bis hinunter zur Arschritze reicht. Ob es das ist, was sie derart aufregt? Oder nimmt sie etwas anderes wahr? Etwas, das nur für ihre Augen sichtbar ist? Womöglich leidet sie jetzt auch noch unter Halluzinationen. Hatte Dr. Freiwald nicht darauf hingewiesen, dass die neuen Tabletten das verursachen können?

Ich will mich schon abwenden, da wechselt die Kameraeinstellung. Mein Herz setzt einen und gleich darauf einen zweiten Schlag aus. Ich schlucke, spüre, wie mir das Blut aus dem Kopf in den Bauchraum sackt. Meine Hand tastet nach dem Bettpfosten. Wie gebannt kleben meine Augen am Bildschirm. Sekunden später wird zur Moderatorin ins Studio geschaltet.

Ich hetze die Stufen zu meinem Zimmer hoch. Vor der Kommode gehe ich in die Hocke, reiße die unterste Schublade auf und nehme das Holzkästchen mit meinen gesammelten Schätzen aus der Kindheit heraus. Das Foto liegt ganz oben. Sie hat in einem ihrer häufigen Anfälle von blinder Wut alle Fotos, auf denen du zu sehen warst, aus dem Album entfernt, jedes einzelne zerfetzt. Dieses eine hat sie übersehen. Ich hüte es seither wie ein Kleinod. Ganz schön blöd. Ich weiß.

Ich erkenne dich wieder. Du bist älter geworden, aber die Ähnlichkeit zwischen dem Foto und dem Bild von dir aus dem Fernseher ist unverkennbar. Du bist es wirklich. Mein Herzschlag beschleunigt sich. Das also hat sie vorhin so aus der Fassung gebracht. Schlagartig wird mir die Stille im Haus bewusst. Als wäre das Gebäude sich der Besonderheit dieses Augenblickes gewahr geworden und hielte kurz den Atem an. Ich richte mich auf, haste die Stufen wieder hinunter.

Sie liegt wie gefällt im Bett, der schmallippige Mund steht halb offen, die Augen starren zur Decke. Dein Werk, denke ich, und völlig unpassend steigt ein Kichern in mir hoch. Jetzt hast du auch sie auf dem Gewissen.

Sie war meine Großmutter. Sie war alles, was ich hatte. Und sie hat mich zeit ihres Lebens gehasst. Mit einer Leidenschaft, die an Wahnsinn grenzte, hat sie mich für all das bestraft, was du ihr angetan hast. Mich an deiner Stelle gequält und gedemütigt. Bis ich schließlich zerbrochen bin. Ich war ja noch ein Kind.

Und dennoch verdanke ich ihr mein Leben. Hätte sie mich damals nicht rechtzeitig gefunden, wäre auch ich gestorben. Es gab Momente, viele Momente, da habe ich mir gewünscht, sie hätte mich dort unten einfach liegen lassen.

Das Foto wiegt schwer in meiner Hand. Es entgleitet meinen Fingern, flattert zu Boden. Von oben schaue ich auf dich herab.

Das alles ist deine Schuld.

Doch jetzt weiß ich endlich, wo ich dich finde. Und jetzt wirst du bezahlen. Ich werde dich zerstören, dir alles nehmen, was dir lieb ist. So, wie du mir alles genommen hast. Bis du lieber den Tod wählst als dein Leben.

1

Jana schließt die rechte Hand zur Faust, zögert und hämmert dann umso energischer gegen die Zimmertür ihrer Tochter. Es ist bereits der dritte Weckversuch an diesem Morgen. Allmählich ist ihre Geduld erschöpft.

»Kim«, ruft sie. »Schwing deinen Hintern aus den Federn. Frühstück steht auf dem Tisch.«

Keine Reaktion. Kurz entschlossen drückt Jana die Klinke herunter. Die Tür gibt keinen Millimeter nach. Sie ist abgeschlossen. Was soll *das?* Kim hat zwar schon vor geraumer Zeit die *unumstößliche* Regel aufgestellt, vor dem Betreten ihres Zimmers sei in Zukunft gefälligst anzuklopfen, aber dass sie sich einschließt, ist ganz was Neues. Jana stöhnt. Es ist nicht immer einfach, mit einem Teenager zusammenzuleben. Und vierzehn scheint ein besonders kompliziertes Alter zu sein. Noch nicht ganz Frau und schon lange kein Kind mehr. *Wie bin ich in dem Alter gewesen? Auch so schwierig?* Ja, gibt sie sich im gleichen Atemzug selbst die Antwort. Allerdings hatte sie in dem Alter ganz andere Sorgen. Ihr Leben wurde von strengen Regeln bestimmt. Wer es wagte, sich dagegen aufzulehnen, wurde mit zum Teil drakonischen Strafen belegt. Schnell drängt sie die Erinnerungen an diese schreckliche Zeit wieder weg.

»Ist gut. Ich komme ja gleich«, kommt die mürrische Antwort ihrer Tochter durch die geschlossene Tür. Jana schluckt die scharfe Bemerkung, die ihr auf der Zunge liegt, hinunter. Sie will sich nicht schon am frühen Morgen mit Kim streiten.

»Ich bitte darum«, antwortet sie stattdessen und überlegt gleichzeitig, warum Kim ihre Zimmertür abgeschlossen haben könnte. Ob sie heimlich raucht? Oder Drogen nimmt?

»Mama!« Max' helle Jungenstimme reißt sie aus ihren Überlegungen. »Ich kann meine Sporthose nirgends finden.«

Jana eilt ins Nebenzimmer, wo ihr Sohn auf Zehenspitzen vor der Kommode steht und mit hochroten Wangen die oberste Schublade durchwühlt. Die widerspenstigen braunen Haare feucht von der Dusche, die Zungenspitze zwischen die Lippen geklemmt. Ein Gefühl der Zärtlichkeit überflutet sie wie eine warme Woge.

»Deine Sporthose«, sagt sie und gibt ihm einen Klaps auf den Po »ist dort, wo sie hingehört: in deiner Sporttasche.«

»Menno«, ruft Max. »Warum sagst du das nicht gleich?«

»Vielleicht weil du mich nicht früher gefragt hast«, antwortet sie mit einem Lächeln und zieht die Augenbrauen hoch.

Er grinst sie an und drückt die Schublade zu. Dann schnappt er sich Schulrucksack und Sporttasche und drängt sich an ihr vorbei. »Bin spät dran«, murmelt er. »Muss mich beeilen.« Er poltert die Holzstufen hinunter ins Erdgeschoss.

Sie hebt Max' Schlafanzug vom Boden auf, faltet ihn zusammen und legt ihn aufs Bett. Als sie das Zimmer verlässt, sieht sie aus den Augenwinkeln Kim barfüßig ins Badezimmer tappen. Das ist die Gelegenheit. Sie huscht zum

Zimmer ihrer Tochter, drückt vorsichtig die Türklinke runter. Rasch lässt sie ihren Blick schweifen. Das Bett ist zerwühlt, auf dem Boden daneben ein Berg bunter Klamotten, der Laptop auf dem Schreibtisch ist zugeklappt. Kims Smartphone liegt daneben. An der Wand über dem Bett hängt neuerdings ein Riesenposter, das einen sehr jung aussehenden Popstar mit umgehängter Gitarre und Entenbürzel-Frisur zeigt. Das Zimmer sieht aus wie immer. Und – Jana reckt die Nase schnüffelnd in die Luft – nach Rauch riecht es definitiv nicht.

»Mama!«

Jana zuckt zusammen.

»Was hast du in meinem Zimmer zu suchen?« Kims Stimme bebt vor Entrüstung.

Langsam wendet Jana sich um. Kim steht in der Zimmertür, funkelt sie aus vor Zorn sprühenden Augen an, das Kinn trotzig vorgeschoben.

»Ich habe ein Geräusch in deinem Zimmer gehört und dachte, es wäre Bennie, der es sich mal wieder auf deinem Bett bequem gemacht hat«, rettet sich Jana in eine Lüge. »Ich weiß ja, wie sehr du es hasst, wenn deine Decke voller Hundehaare ist. Aber«, sie deutet mit der Hand hinter sich und zuckt mit den Schultern, »ich habe mich wohl geirrt. Er ist nicht da drin.«

»Aha«, erwidert Kim und beäugt sie skeptisch.

»Beeil dich, Schatz, du bist sehr spät dran«, sagt Jana betont liebenswürdig, als hätte sie den argwöhnischen Blick nicht bemerkt. Sie drückt sich an ihrer Tochter vorbei und eilt nach unten.

In der offenen Küche, die an das Wohnzimmer grenzt, sitzen Hannes und Max bereits am Esstisch. Der Duft nach frisch aufgebrühtem Kaffee und geröstetem Toast hängt im Raum. Max schaufelt sich das Müsli mit einer Schnelligkeit in den Mund, als würde er befürchten, jemand könnte ihm sein Frühstück streitig machen.

»Schling nicht so«, mahnt sie ihn.

Er schaut hoch, schiebt sich einen voll gehäuften Löffel in den Mund und nickt.

Sie setzt sich und greift nach der Kaffeekanne. Ihr Mann ist, wie jeden Morgen, in seine Lektüre vertieft und bekommt von seiner Umgebung nicht allzu viel mit. Neben ihm liegen die *Süddeutsche,* die *FAZ* und der *Tagesspiegel.* Im Moment liest er die *Märkische Oderzeitung.* Als Bundestagsabgeordneter für den Landkreis muss er über das aktuelle politische Geschehen auch auf Landesebene informiert sein. Im Büro komme er nicht zum Zeitunglesen, behauptet er.

»Wo steckt eigentlich Bennie?«, fragt Jana mit einem Blick auf die verwaiste Hundedecke in der Ecke.

»Ich habe ihn in den Garten gelassen. Er wollte unbedingt raus«, nuschelt Max mit vollem Mund.

»Guten Morgen.« Mit Kim kommt ein zarter Maiglöckchenduft in die Küche. Dass ihre Tochter Parfum benutzt, ist auch neu, aber sie verkneift sich einen Kommentar. Kim setzt sich neben ihren Bruder und greift nach dem Orangensaft. Das Smartphone platziert sie griffbereit neben ihrem Teller. Max hebt den Kopf, schnüffelt in ihre Richtung.

»Wie riechst du denn?«, fragt er und rümpft angewidert die Nase.

Kims Wangen färben sich rosa. Plötzlich sieht sie wieder wie ein kleines Mädchen aus.

»Ich finde, es riecht sehr gut«, springt Jana ihrer Tochter bei und hält ihr den Brotkorb hin.

Kim schenkt ihr ein dankbares Lächeln, schüttelt gleichzeitig den Kopf. »Keinen Hunger«, behauptet sie. Sie nippt an ihrem Orangensaft und nimmt ihr Handy in die Hand. Die Finger fliegen nur so über das Display.

»Komm, Schatz. Ich habe extra den Brotaufstrich, den du so magst, aus dem Bioladen geholt.« Kim ernährt sich neuerdings ausschließlich vegetarisch. Jana hofft, dass sich das bald wieder gibt. Max und Hannes beschweren sich schon, dass sie viel zu oft Gemüse vorgesetzt bekommen.

»Danke, ich habe keinen Appetit«, murmelt Kim, ohne den Blick von ihrem Handy zu lösen.

Jana seufzt. Kim findet sich zu dick, was sie beileibe nicht ist. Sie ist vielleicht etwas pummelig, aber das sind viele Teenager in dem Alter. Babyspeck, der sich auswächst. Kim jedoch glaubt ihren Worten nicht. Und solange die Medien den jungen Mädchen diese klapperdürren Models als Schönheitsideal vorsetzen, wird sich daran auch nichts ändern. Da kann sie noch so sehr versuchen, Kim mit Engelszungen vom Gegenteil zu überzeugen.

Max kratzt die letzten Reste aus seiner Müslischale und schiebt den Stuhl zurück. »Ich muss los«, sagt er kauend.

Kim trinkt ihr Glas leer und erhebt sich ebenfalls. »Papa, kannst du mich bis zur S-Bahn mitnehmen? Mein Rad steht bei Maike.« Sie bleibt abwartend neben dem Stuhl stehen. »Papa, ich habe dich was gefragt.«

Hannes lässt seine Zeitung sinken und sieht seine Tochter fragend an. »Ja?«

Die verdreht die Augen. »Nimmst du mich bis zur S-Bahn mit?«

»Klar, kann ich machen«, sagt Hannes. Er faltet die Zeitung zusammen, leert seine Kaffeetasse und steht auf. Auch er hat nichts gegessen.

Wozu mache ich mir eigentlich die Mühe, denkt Jana. Hannes beugt sich zu ihr runter und küsst sie flüchtig auf die Wange.

»Es kann spät werden heute«, sagt er, Bedauern in der Stimme. »Ausschusssitzungen.«

»Vergiss nicht, den Wagen in die Werkstatt zu bringen«, erinnert sie ihn. Gleichzeitig beobachtet sie Kim, die, die Augen fest auf ihr Smartphone geheftet, ihrem Vater hinterhertappt. Vor allem der verzückte Ausdruck auf Kims Gesicht gibt ihr zu denken. Die Nachricht einer Freundin würde sie sicher nicht so erfreuen. Jetzt geht auch das noch los. Teenager an sich sind schon anstrengend, verliebte Teenager sind kaum zu ertragen.

Von der Diele ruft ihr Max ein »Tschüs, Mama« zu. Kurz darauf fällt die Haustür ins Schloss. Schlagartig kehrt Ruhe im Haus ein.

Erst als Jana den Tisch abgeräumt hat, fällt ihr auf, dass Bennie anscheinend noch immer im Garten rumstromert. Sie öffnet die zweiflüglige Glastür zur Terrasse. Die Vorhänge bauschen sich leicht im Luftzug. Der Wind weht den Duft nach Flieder ins Haus. Die Sonne hält sich hinter einem dichten Dunstschleier verborgen, aber wenn man dem Wetterbericht Glauben schenken kann, müsste es auch heute wieder ein schöner Tag mit viel Sonne werden. Der Wonnemonat Mai scheint seinem Namen nach den verregneten Vorjahren endlich mal wieder Ehre machen zu wollen.

Jana tritt nach draußen und hebt fröstelnd die Schultern. So früh am Morgen ist es noch recht frisch. Sie umschlingt den Oberkörper mit beiden Armen und lässt ihren Blick über das Gelände schweifen. Von der Terrasse des Hauses, das etwas erhöht über dem weitläufigen Grundstück thront, hat man zwar einen guten Überblick, aber da sie sich entschieden haben, die beiden alten Kastanienbäume stehen zu lassen, entzieht sich ein Teil des Gartens ihrer Sicht. Ihren Hund kann sie nirgendwo entdecken.

»Bennie!«, ruft sie. »Hierher.«

Das Tier gehorcht normalerweise aufs Wort. So rechnet sie auch fest damit, dass er jeden Augenblick zwischen den Büschen auftauchen und schwanzwedelnd mit hechelnder Zunge auf sie zustürmen wird.

Sie haben den Hund vor gut einem Jahr zu sich geholt. Der Welpe ist samt Korb von seinen Vorbesitzern kurz nach Weihnachten vor dem Eingang des Tierheims in Ladeburg abgestellt worden. Max hatte sich sofort in den hellbraunen Mischling mit den großen dunklen Augen, den hängenden Ohren und der Schlabberzunge verliebt. An den Pfoten war damals schon zu erkennen, dass aus dem Hundebaby ein sehr großes Tier werden würde. Jana hatte sich erst gesträubt, sie wollte lieber einen kleineren Hund, aber Max hat so lange gebettelt, bis sie und Hannes schließlich nachgaben. Und sie haben es nicht bereut. Bennie ist ein freundliches Tier, allen Menschen gleichermaßen zugetan, als hätte er nie etwas Böses in seinem Leben erfahren. Sein buschiger Schwanz wedelt unentwegt, als Wachhund ist er gänzlich ungeeignet. Alle lieben ihn. Sogar Kim. Obwohl sie findet, dass er aus dem Maul riecht, und dass er haart, nervt sie ebenfalls. Mit Max jedoch verbindet Bennie eine besondere Freundschaft. Die beiden sind vom ersten Tag an unzertrennlich gewesen. Am liebsten würde Max den Hund mit in die Schule nehmen. Das geht natürlich nicht.

»Bennie«, ruft sie. Dieses Mal lauter. Ein mulmiges Gefühl macht sich in ihrem Magen breit. »Bennie? Wo steckst du denn?«

2

Er wird doch nicht etwa weggelaufen sein? Das Grundstück ist zwar rundum mit dichten Hecken bewachsen und zusätzlich mit Maschendraht eingezäunt, aber für einen so großen Hund wie Bennie dürfte es ein Leichtes sein, über den nicht mal einen Meter zwanzig hohen Zaun zu springen. Auch wenn Jana das ihrem etwas lethargischen Hund nicht wirklich zutraut. Manchmal hat sie den Eindruck, er schafft es vor lauter Faulheit kaum, sein Bein zu heben.

Mit schnellen Schritten durchquert sie den Garten. Auf den Grashalmen glitzert der Tau im Licht der Morgensonne, in den Bäumen zwitschern die Vögel. Sie erreicht die kleine Holzhütte, in die sie vor einigen Jahren eine Sauna eingebaut haben. Sie liegt verborgen vor den neugierigen Blicken der Nachbarn in einer geschützten Ecke des Gartens. Beim Näherkommen bemerkt sie, dass die Tür zur Hütte offen steht. Hannes hat wahrscheinlich bei seinem letzten Saunagang vergessen, sie zuzumachen. Mal wieder. Er wird immer zerstreuter in letzter Zeit. Ein sicheres Zeichen dafür, dass er viel zu viel arbeitet. In der Hütte vermischt sich der zitronige Duft des Aufgussöls mit den würzigen Ausdünstungen des Holzes. Sie liebt diesen Geruch. Er birgt Erinnerungen an herrliche Urlaubstage mit Hannes in Dänemark. Sie seufzt. Das ist so lange her.

Doch auch hier keine Spur von Bennie. Vorsichtshalber schaut sie im Saunaraum unter die Bank. Manchmal legt er sich zum Schlafen dort hin, heute entdeckt sie darunter nur die hellblaue Badesandale, die Kim schon seit Wochen vermisst.

Sie zieht die Tür der Hütte fest hinter sich zu. Das ungute Gefühl in ihrem Magen wird stärker. Wo steckt der Hund bloß?

»Bennie«, ruft sie, obwohl sie inzwischen nicht mehr wirklich damit rechnet, dass er sich noch auf dem Grundstück befindet. »Hierher!«

Ihr Blick fällt auf eine Spur neben der Hütte, die ihr zuvor nicht aufgefallen ist. Das feuchte Gras ist niedergedrückt, als hätte jemand etwas Schweres über den Boden geschleift. Was klebt da an den Halmen? Sie beugt sich hinunter, wischt mit der Fingerspitze über einen der Grashalme. Die Kuppe färbt sich rot. Blut? Der Schreck schießt ihr wie ein heißer Strahl durch den Körper. Sie richtet sich auf, folgt der Spur hinter die Hütte.

Der Flieder, der sich hier ungehindert ausgebreitet hat, steht in voller Blüte. Die weißen und violetten Dolden verströmen einen so durchdringenden Duft, dass es ihr kurz den Atem raubt. Sie verharrt, folgt mit den Augen der Schleifspur zu einem Fliederbusch, dessen Zweige fast bis auf die Erde reichen. Etwas schimmert bräunlich zwischen dem Blättergrün. Hundefell? Ihr Herzschlag beschleunigt sich. Sie beugt sich vor, schiebt mit beiden Händen die tief hängenden Zweige auseinander. Es ist Bennie. Er liegt auf der Seite, sein Rücken ist ihr zugewandt.

»Bennie? Was ist mit dir?« Beim Klang ihrer Stimme geht ein Zucken durch den Hundekörper. Ein Fiepen. Er lebt.

Sie sinkt neben ihm auf die Knie, streichelt ihm mit einer Hand sanft übers Fell.

»Ganz ruhig, mein Kleiner«, wispert sie. »Ich bin ja bei dir.« Bennies buschiger Schwanz schlägt ein Mal kurz und kraftlos auf den Boden.

Erst jetzt bemerkt sie, dass auch hier Blut ist. Sehr viel Blut. Sie beugt sich weiter vor, sieht voller Entsetzen die Wunden in Bennies Bauch. Das sind – Messerstiche. Ihr Atem beschleunigt sich. Sie muss mit Bennie zum Tierarzt. Sofort.

»Halt durch, Bennie. Bitte halt durch.«

Jana geht in die Hocke, schiebt beide Arme vorsichtig unter den Körper des Tieres. Bennie ist schwer, sie schafft es dennoch, ihn hochzuheben. Er winselt leise. Ihre Kehle wird eng. Ihre Augen füllen sich mit Tränen.

»Ich weiß, es tut weh«, flüstert sie mit erstickter Stimme. »Aber es muss sein. Es tut mir leid.«

Schwankend kommt sie auf die Beine. Mit Bennie auf den Armen läuft sie los. Quer über die Wiese. Die rechte Hand presst sie auf die Wunde, hofft, so den Blutfluss stoppen zu können. Eine Bewegung geht durch den Hundekörper. Sie hört einen Laut, der wie ein Stoßseufzer klingt, dann erschlafft Bennie, wird so schwer, dass sie sein Gewicht nicht mehr halten kann. Sie fällt auf die Knie, senkt die Arme und lässt ihn vorsichtig in das Gras gleiten. Mit zittrigen Fingern tastet sie an der Innenseite seines Oberschenkels nach der Schlagader. Findet sie erst nach mehreren Anläufen. Kein Pulsschlag. Sie legt eine Hand auf seinen Brustkorb, obwohl sie das Ergebnis bereits kennt. Der Hund atmet nicht mehr.

»O Gott, Bennie!« Immer wieder flüstert sie den Namen

des Tieres. »Wer hat dir das angetan?« Tränen strömen ihr übers Gesicht.

Sie kann nicht glauben, dass jemand ihren Hund mit Absicht verletzt hat. Sie kauert sich neben Bennie und streichelt ihm immer wieder übers Fell. Nach einer Weile geht ihr Weinen in ein trockenes Schluchzen über. Ein letztes Mal streichelt sie den leblosen Körper. Dann stemmt sie sich vom Boden hoch. Erst jetzt registriert sie, dass ihre Hände und ihre Kleidung blutverschmiert sind.

Wie soll ich das Max beibringen?, schießt es ihr durch den Kopf. Sie muss Hannes anrufen. Er wird wissen, was zu tun ist. Sie wischt sich die Hände an der Hose ab und läuft ins Haus zurück.

Das Telefon steht ausnahmsweise in der Station. Sie wählt Hannes' Handynummer aus der Liste. Schon nach dem ersten Klingelton springt die Mailbox an. Sie wartet die Ansage erst gar nicht ab, sondern unterbricht die Verbindung und tippt die Büronummer ihres Mannes im Bundestag ein.

»Bundestagsbüro Hannes Langenfeld«, meldet sich eine ihr unbekannte Frauenstimme. Sie nennt ihren Namen, aber da spricht Jana schon weiter.

»Jana Langenfeld hier. Könnte ich bitte meinen Mann sprechen?« Sie schafft es kaum, das Zittern in ihrer Stimme zu unterdrücken. »Es ist dringend.«

»Ihr Mann ist gerade in einer wichtigen Sitzung«, sagt die Frau am anderen Ende der Leitung.

»Es ist wirklich äußerst dringend«, beteuert sie und kämpft mit den Tränen.

»Er hat leider sein Handy hier vergessen.« Die Frau zögert. »Ich werde sehen, was ich machen kann, Frau

Langenfeld. Vielleicht kann ich ihn aus der Sitzung rufen lassen.«

»Danke. Das ist nett von Ihnen.« Sie verabschiedet sich und stellt das Telefongerät in die Station zurück.

In ihrem Kopf schwirrt alles wild durcheinander. Sie geht in die Küche, wäscht sich die Hände und lässt sich auf den nächstbesten Stuhl sinken. Max wird den Schock seines Lebens erleiden, wenn er erfährt, was mit Bennie passiert ist. Das ist der erste klare Gedanke, der ihr in den Sinn kommt. Wie soll sie ihm denn beibringen, dass jemand seinen geliebten Hund umgebracht hat? Sie wirft einen Blick auf die Küchenuhr. Warum meldet sich Hannes denn nicht? Sie versucht es noch mal in seinem Büro. Niemand hebt ab. Auch auf dem Handy hat sie kein Glück.

Jana holt tief Luft, versucht ihre Gedanken zu ordnen. Sie kann Bennie unmöglich auf der Wiese liegen lassen. Max darf ihn so nicht sehen. Sie hastet nach oben ins Schlafzimmer, zerrt ein weißes Laken aus dem Schrank und rennt in den Garten zurück. Beim Anblick des toten Hundes schießen ihr wieder die Tränen in die Augen. Sie schluckt sie hinunter, breitet das Laken neben Bennie aus, streicht es glatt. Dann hebt sie ihn vorsichtig darauf und wickelt ihn in den dünnen Stoff ein. Sie braucht mehrere Anläufe, bis sie es schafft, hochzukommen. Mit Bennie auf den Armen wankt sie zu der Stelle unter den Kastanien, wo sie vor Jahren Kims Goldhamster beerdigt haben. Nur ein aus Zweigen gebasteltes Kreuz erinnert daran, dass sich hier ein Grab befindet. Vorsichtig lässt sie Bennie etwa einen Meter davon entfernt auf den Boden gleiten. Anschließend holt sie einen Spaten und eine Schaufel aus dem Geräteschuppen und gräbt ein tiefes Loch. Sie arbeitet, ohne nachzudenken.

Tränen strömen ihr übers Gesicht. Erst als sie die Erde festtritt, kommt sie wieder zu sich. Sie macht einen Schritt zurück, wischt sich mit beiden Händen über die Wangen und betrachtet Bennies Grabstätte. Etwas fehlt. Ihr Blick fällt auf das Holzkreuz. Sie pflückt es vom Boden und steckt es ans Kopfende von Bennies Grab. Dann schneidet sie einen blühenden Fliederzweig ab und legt ihn unter das Kreuz.

3

»Bennie?«

Beim Klang von Max' Stimme zuckt Jana unwillkürlich zusammen. Vor diesem Moment hat sie sich gefürchtet. Langsam geht sie ins Wohnzimmer, wo er gerade seinen Schulrucksack abstellt und sich suchend umsieht.

»Weißt du, wo Bennie steckt?« Er sieht sie an. Seine Wangen sind gerötet. Sicher hat er sich wie üblich beeilt, nach Hause zu Bennie zu kommen.

»Ich muss –«, beginnt sie, doch dann weiß sie nicht mehr weiter. Sie schluckt den Kloß in ihrer Kehle hinunter, fängt von vorne an. »Schatz, Bennie ist –«

Er scheint ihr anzusehen, dass etwas nicht stimmt. Die Freude auf seinem Gesicht weicht einem besorgten Ausdruck.

»Ist er dir beim Gassigehen weggelaufen?«, fragt er sichtlich erschrocken.

Das »Ja« kommt ihr so unvermittelt über die Lippen, dass sie erst begreift, was sie gesagt hat, als Max' Augen sich mit Tränen füllen.

»Hast du denn auch nach ihm gesucht?«

»Ja«, sagt sie. »Überall.« Die bewusste Lüge fällt ihr schon schwerer. Aber jetzt kann sie nicht mehr zurück. Die Schamröte steigt ihr heiß ins Gesicht.

»Er findet doch bestimmt wieder nach Hause zurück. Oder?« Max sieht aus tränennassen Augen hoffnungsvoll zu ihr hoch.

Ihr schnürt es die Kehle zu. Sie beugt sich zu ihm runter und nimmt ihn in den Arm. Normalerweise sträubt er sich seit einiger Zeit gegen solche mütterlichen Zuneigungsbekundungen, jetzt aber schmiegt er sich kurz an sie.

»Hast du denn auch im Tierheim angerufen? Vielleicht hat ihn ja schon jemand dort abgegeben.« Abrupt löst er sich aus ihren Armen.

»Natürlich«, sagt sie schnell und fühlt sich immer schlechter.

»Wir müssen Zettel aufhängen«, sagt Max. »In der ganzen Nachbarschaft. Damit alle wissen, dass wir Bennie suchen. Und wir brauchen ein Foto von ihm.«

»Ja, Schatz.« Ihr ist zum Heulen. Könnte sie nur die Zeit um ein paar Minuten zurückdrehen. Sie hätte ihm diese Lüge nie auftischen dürfen. Verdammt noch mal, Hannes! Warum hast du mich auch nicht zurückgerufen?

Gemeinsam wählen sie auf dem Computer ein Foto von Bennie aus und drucken es dreißig Mal aus. Als Kim kurze Zeit später eintrifft, sitzen sie am freigeräumten Küchentisch. Jana schreibt auf jedes Blatt über das Foto mit Großbuchstaben VERMISST!. Max, die Zungenspitze zwischen den Lippen, malt sorgfältig die Zahlen ihrer Festnetznummer darunter. Auch Kim reagiert bestürzt auf die Nachricht von Bennies Verschwinden und erklärt sich sofort bereit, ihrem Bruder beim Verteilen der Zettel zu helfen.

»Mama, du bleibst hier«, bestimmt Max. »Falls Bennie doch wieder auftaucht oder ihn schon jemand gefunden hat und vorbeibringen will.«

Sie nickt, begleitet die beiden nach draußen und sieht ihnen nach, wie sie Seite an Seite die Straße runterlaufen. Die Kinder sind voller Hoffnung, dass sie ihren geliebten

Hund finden werden. Alles in ihr krampft sich zusammen. Ruf sie zurück. Sag ihnen die Wahrheit. Sie öffnet den Mund, aber – sie bringt es nicht über sich.

Das Abendessen, bei dem Hannes wie so oft fehlt, verläuft in gedrückter Stimmung. Schweigend, jeder in trübe Gedanken versunken, sitzen sie vor ihren Tellern. Max' Blick wandert immer wieder zu Bennies leerem Fressnapf, während er lustlos in seinem Essen rumstochert. Das Mobilteil des Telefons hat er direkt neben seinen Teller gelegt. Damit er es ja nicht verpasst, wenn jemand wegen Bennie anruft. Auch Kim macht ein todunglückliches Gesicht. Jana würde gerne etwas Tröstendes, etwas Aufmunterndes zu den Kindern sagen, aber ihr will nichts einfallen. Also schweigt auch sie. Gemeinsam räumen sie später den Tisch ab, danach verziehen sich Max und Kim nach oben in ihre Zimmer. Nach Fernsehen ist heute Abend niemand zumute.

Jana setzt sich mit einem Buch auf das Sofa im Wohnzimmer, blättert Seite für Seite um, ohne wirklich etwas aufzunehmen. In ihrem Kopf rotieren wie in einer Endlosschleife immer wieder die gleichen Fragen: Wer sticht einen harmlosen Hund einfach so ab? Ein perverser Hundehasser? Oder steckt etwas anderes dahinter? Sie legt das Buch beiseite und läuft unruhig im Wohnzimmer hin und her. Schließlich wählt sie die Nummer von Sylvie. Sie muss mit jemandem darüber reden. Aber ihre Freundin scheint nicht zu Hause zu sein. Jedenfalls nimmt sie nicht ab. Enttäuscht steckt Jana das Mobilteil in die Station zurück.

Wie still es im Haus ohne Bennie ist. Ständig schaut sie sich nach ihm um, denkt, er müsse jeden Augenblick zu ihr ins Wohnzimmer kommen und seine Streicheleinheiten einfordern. Sie hätte nicht geglaubt, dass sie diesen tapsigen Kerl so sehr vermissen würde.

Sie geht nach oben, um nach Max zu sehen. Er schläft bereits. Jana tritt auf leisen Sohlen an sein Bett heran. Er hat die Bettdecke bis über den Mund gezogen, als wolle er unter ihr Schutz suchen. Sie streicht ihm sacht übers Haar, wispert »Schlaf gut, mein Kleiner« und schleicht sich wieder aus dem Zimmer. Unter der Tür zu Kims Reich schimmert ein heller Lichtstreifen. Jana klopft leise an.

»Ja?«

»Zeit ins Bett zu gehen, Süße. Denk an die Mathearbeit morgen.«

»Ja, klar, Mama«, antwortet Kim ungewohnt artig.

Kurze Zeit später hört Jana, wie ein Wagen vor dem Haus hält. Sie springt auf, eilt in die Küche und schiebt den Vorhang beiseite. Hannes steigt gerade aus einem Taxi. Noch in der Diele fällt sie ihm schluchzend in die Arme.

»Liebes, was ist denn los?«, fragt er erschrocken und versucht, sich trotz ihrer Umklammerung aus seinem Mantel zu schälen. Er löst sich sanft von ihr und schiebt sie auf Armeslänge von sich. »Ist was mit den Kindern?«

Sie schüttelt den Kopf. »Nein. Nein.« Mit beiden Händen wischt sie sich die Tränen von den Wangen. »Bennie ist tot«, schnieft sie.

»Was? Wieso? Was ist passiert?« Er hängt seinen Mantel an die Garderobe und wendet sich ihr wieder zu. Er ist ganz blass geworden: »Ist er überfahren worden?«

Sie legt den Zeigefinger auf den Mund. »Nicht so laut.«

Hannes runzelt die Stirn. Sein Gesicht ist ein einziges Fragezeichen. Sie bedeutet ihm, ihr ins Wohnzimmer zu folgen. Dort setzt sie sich aufs Sofa, faltet die Hände im Schoß. Für einen Moment weiß sie nicht, womit sie anfangen soll.

»Jemand hat ihm mit einem Messer in den Bauch gestochen«, platzt es schließlich aus ihr heraus.

Hannes sinkt auf den Sessel ihr gegenüber, auf seinem Gesicht ein Ausdruck der Bestürzung. »Wo ist das passiert? Doch nicht hier auf unserem Grundstück?«

»Doch.« Sie zieht die Unterlippe zwischen die Zähne. »Ich habe ihn hinter der Saunahütte gefunden.«

»Du hast hoffentlich sofort die Polizei verständigt?«

Betreten senkt sie den Blick. »Nein«, flüstert sie. »Ich war so durcheinander. Ich … Ich wusste nicht, was ich tun soll. Das wollte ich ja mit dir besprechen. Aber du warst nicht da, und zurückgerufen hast du mich auch nicht.« Die beiden letzten Sätze kommen ihr vorwurfsvoller über die Lippen als beabsichtigt.

»Augenblick«, sagt er und legt die Stirn in Falten. »Du hast bei mir im Büro angerufen?«

Sie nickt. »Deine Mitarbeiterin hat mir versprochen, es dir auszurichten. Sie hat gesagt, sie würde dich aus der Sitzung rufen lassen.«

Zwischen Hannes' Augenbrauen bildet sich eine steile Falte. Er fährt sich mit einer Hand durchs Haar. »Das scheint sie vergessen zu haben«, sagt er schließlich. »Es tut mir leid, Schatz.«

»Ich wusste mir keinen anderen Rat«, fährt sie fort. »Ich dachte nur immerzu an Max, und dass er Bennie so nicht sehen soll.« Sie schluckt und sieht ihn mit einem schuldbewussten Augenaufschlag an. »Ich habe ihn im Garten begraben. Den Kindern habe ich erzählt, er sei mir beim Gassigehen weggelaufen.«

»Keine gute Idee. Auch wenn ich den Grund verstehen kann.« Er steht auf, holt zwei Weingläser aus dem Schrank. »Du trinkst ein Glas mit?«

»Sehr gerne. Das kann ich jetzt gut gebrauchen.«

Eine Weile sitzen sie sich schweigend gegenüber und nippen ab und zu an dem Rotwein.

»Ich rufe morgen bei der Polizei an und spreche mit Kommissar Weber. Wir haben ihn beim Jahresempfang des Bürgermeisters letztes Jahr kennengelernt. Du erinnerst dich?«

»Dunkel.« Das Bild eines kleinen korpulenten Mannes erscheint vor ihrem geistigen Auge. Das dazugehörige Gesicht bekommt sie nicht mehr richtig zusammen.

»Wahrscheinlich wird er vorbeikommen wollen, oder er schickt einen Kollegen. Immerhin ist jemand unerlaubt auf unser Grundstück eingedrungen. Und einen Hund umzubringen ist heutzutage kein«, er zögert, sucht nach dem passenden Wort, »kein Kavaliersdelikt mehr.«

»Meinst du, es könnte etwas mit deiner politischen Arbeit zu tun haben?«, fragt sie erschrocken.

Er wiegt den Kopf hin und her. »Vorstellen kann ich es mir nicht. So wichtig bin ich nicht. Die breite Öffentlichkeit nimmt kaum Notiz von mir. Noch nicht«, fügt er mit einem angedeuteten Lächeln hinzu, um dann gleich wieder ernst zu werden. »Es fehlt das sogenannte Bekennerschreiben, das bei solchen Vorfällen fast immer mitgeliefert wird. Politische Fanatiker wollen selten im Verborgenen agieren. Sie suchen förmlich die Öffentlichkeit. Wissen kann man das allerdings nie. Vielleicht war es die Tat eines Hundehassers. Mir ist auf jeden Fall wohler, wenn eine Streife hier in nächster Zeit häufiger vorbeifährt und ein Auge auf euch und das Grundstück hat.«

»Es tut mir leid«, sagt sie bedrückt. »Ich habe wirklich total kopflos reagiert.«

Er lächelt sie an. Erst jetzt fällt ihr auf, wie müde und abgespannt er aussieht. Unter seinen geröteten Augen liegen dunkle Schatten. Zwei tiefe Falten haben sich von den Nasenflügeln bis zu den Mundwinkeln in die Haut eingegraben. Er arbeitet eindeutig zu viel. Was in letzter Zeit auch immer wieder zu Streit zwischen ihnen geführt hat. Er sei häufiger im Büro als bei seiner Familie, hat sie ihm erst neulich wieder vorgeworfen.

»Mach dir keinen Kopf. Ich kann dich gut verstehen. Es war ein ziemlicher Schock für dich. Da setzt der Verstand schnell mal aus«, sagt er in ihre Gedanken hinein. »Armer Bennie. Er war so ein gutmütiges Tier. Vielleicht ist ihm gerade das zum Verhängnis geworden«, fügt er nachdenklich hinzu. »Willst du den Kindern denn reinen Wein einschenken oder sie in dem Glauben lassen, er sei weggelaufen?«

»Letzteres«, sagt sie zögernd. »Ich weiß, es ist nicht richtig. Ich fühle mich auch echt beschissen dabei, nur –« Sie stockt, presst die Lippen aufeinander.

»Versteh schon«, sagt er. »Du hast Angst, dass Max dir diese Lüge nicht verzeihen wird.«

Sie zieht die Nase kraus, nickt mit einem kläglichen Lächeln.

Er kippt den Rest seines Weins in einem Schluck hinunter, fährt sich mit beiden Händen durch sein widerspenstiges Haar, das dadurch nur noch unordentlicher aussieht, und gähnt ausgiebig.

»Tut mir leid, ich bin zum Umfallen müde«, sagt er dann. »Außerdem muss ich packen.«

»Packen?«, wiederholt sie irritiert.

»Ich fliege morgen mit einer Wirtschaftsdelegation nach Washington. Vergessen?«

»Oh«, sagt sie. »Daran habe ich jetzt wirklich nicht mehr gedacht.«

Er steht auf und streckt ihr beide Hände entgegen. Sie ergreift sie und lässt sich von ihm hochziehen. »Ich lasse euch in dieser Situation ungern allein, glaub mir. Aber ich kann das unmöglich absagen.« Er streicht ihr flüchtig über die Wange. »Es ist ja nur für zwei Tage, Liebling.«

Sie holt tief Luft, atmet sie in einem Stoß wieder aus. »Klar«, sagt sie. »Geh ruhig schon nach oben. Ich trinke meinen Wein noch aus.«

»Okay.« Er küsst sie und verlässt das Wohnzimmer. An der Tür bleibt er stehen, wendet sich zu ihr um. »Kannst du mich morgen früh zum Flughafen fahren?«

»Mach ich«, sagt sie und setzt sich wieder.

Sie bekommt das Bild des toten Hundes einfach nicht aus dem Kopf. Ständig hat sie sein klägliches Fiepen im Ohr. Für einen Moment schließt sie die Augen. Etwas anderes setzt ihr zudem ziemlich zu. Etwas, worüber sie mit Hannes nicht reden kann. Sie hat sich im Verlauf der letzten Jahre in dem Haus, in dieser Umgebung zunehmend sicherer gefühlt. Trotz der Nähe zu ihrem Geburtsort. Diese Sicherheit hat heute einen Riss bekommen. Sie weiß selbst, dass dieses Gefühl vollkommen irrational ist, jeglicher Grundlage entbehrt. Bennies gewaltsamer Tod steht in keinem Zusammenhang mit ihrer Vergangenheit. Dennoch ist sie zutiefst beunruhigt. Sie fühlt eine diffuse Angst in sich, für die sie keine Erklärung findet, die sich dennoch nicht mehr auflösen will.

Hannes schläft bereits tief und fest, als sie zwanzig Minuten später das Schlafzimmer betritt. Er kann von einer Sekunde auf die nächste einschlafen. Egal, was passiert ist. Ganz gleich, wo er sich befindet. Beneidenswert. Leise seufzend schlüpft sie ins Bett. Sie starrt an die Decke und fühlt sich mit einem Mal allein und verloren neben ihrem leise schnarchenden Mann. Als würden sie nicht nur wenige Zentimeter von ihm trennen, sondern eine unüberbrückbare Kluft. Sie würde sich gerne an ihn kuscheln, seine Nähe spüren. Eine seltsame Scheu hält sie zurück. Er kommt ihr in letzter Zeit so distanziert vor. Oder ist sie es, die auf Distanz zu ihm gegangen ist?

Gut möglich, Jana, schließlich belügst du auch ihn. Du hast ihn von Anfang an belogen. Und jetzt belügst du sogar deine Kinder. Dein ganzes bisheriges Leben ist ein einziges Lügengespinst.

Der Gedanke lässt sie nicht mehr los. Sie wälzt sich hin und her. Selbst die Übungen des autogenen Trainings helfen dieses Mal nicht. Sie findet einfach keinen Schlaf.

4

Sebi: Sag mal, ist was mit dir? Du bist so … so anders.
Kim: Nein. Ja. Unser Hund ist meiner Mum beim Gassigehen weggelaufen.
Sebi: Bennie? Das tut mir leid. Du, der kommt bestimmt wieder. Die Katze meiner Oma war mal über eine Woche verschwunden. Und dann tauchte sie plötzlich wieder auf.
Kim: Da stimmt was nicht. Meine Mum benimmt sich total komisch.
Sebi: Wie komisch?
Kim: Ich weiß nicht, fast als wäre sie schuld daran, dass Bennie weggelaufen ist.
Sebi: Ist sie ja auch irgendwie. Immerhin ist er ihr ausgebüxt.
Kim: Ja schon, aber … Das hätte mir auch passieren können.
Sebi: Ach, mach dir nicht so viele Gedanken. Der kommt wieder. Du wirst sehen.
Kim: Schade, dass du nicht in der Nähe wohnst. Kannst du mich nicht einfach mal besuchen kommen?
Sebi: Du weißt doch …
Kim: Sorry, da habe ich jetzt nicht drangedacht.
Sebi: Aber ich hab da schon so eine Idee. ☺
Kim: Echt! Erzähl.
Sebi: Noch nicht. Ich muss erst was checken, okay?
Kim: Okay. Bin gespannt. Dann bis morgen. Ich muss noch für die Mathearbeit lernen.
Sebi: IMD

Kim: IMD?
Sebi: Ich mag dich. ☺
Kim: IDA ☺

Er mag mich. Mit einem Lächeln auf dem Gesicht schließt Kim WhatsApp, lässt die Hand mit dem Smartphone aufs Bett sinken und bettet ihren Kopf auf das Kissen. Jedes Mal, wenn sie mit ihm gechattet hat, hat sie das Gefühl, von innen heraus zu glühen.

»Du bist ja hoffnungslos in den Typen verknallt«, hat ihre beste Freundin Maike erst gestern wieder konstatiert. Kim hat die Bemerkung mit einem Schulterzucken quittiert und dabei gelächelt. Aber Maike hat natürlich recht. Solche Gefühle hatte sie noch nie für einen Jungen.

Sie haben sich vor genau vier Monaten und drei Tagen in einem Internetforum für Vegetarier kennengelernt, aber sie hat das Gefühl, ihn schon seit Jahren zu kennen, so vertraut ist er ihr mittlerweile. Ins Gespräch gekommen sind sie über Massentierhaltung. Ausgerechnet. Sie grinst. Unromantischer geht es nun wirklich nicht. Natürlich hat sie gewusst, dass diese Tiere nicht artgerecht gehalten und mit Antibiotika vollgepumpt werden. Wie schlimm es in den Ställen wirklich zugeht, darüber hat ihr erst Sebi so richtig die Augen geöffnet. Davon, dass männliche Küken geschreddert oder vergast werden, da sie für die Eierproduktion wertlos sind, hat sie zum ersten Mal von ihm gehört. Und was mit trächtigen Kühen und ihren ungeborenen Kälbern passiert, da mag sie gar nicht drandenken. Schnell drückt Kim die unerfreulichen Gedanken, die immer schreckliche Bilder in ihrem Kopf erzeugen, wieder weg. Jedenfalls rückten die anderen Forumsmitglieder immer mehr in den Hintergrund. Irgendwann hat er ihr dann vorgeschlagen, auf WhatsApp zu wechseln. Von wegen mehr Privatsphäre und so. Sie weiß noch, wie sehr sie sich darüber gefreut hat. Es ist ihr wie eine kleine Liebeserklärung vorgekommen. Seitdem vergeht kein Tag, an dem sie nicht miteinander chatten. Oft sogar mehrmals am Tag.

Sie würde sich ja schrecklich gerne endlich mal mit ihm treffen. Auch wenn sie ein bisschen Angst davor hat. Vor allem davor, dass sie ihm nicht gefallen könnte. Obwohl er natürlich weiß, wie sie aussieht. Es gibt Fotos von ihr im Forum und auf WhatsApp. Allerdings behauptet ihre Freundin Maike, dass sie auf Fotos um einiges besser aussieht als in Wirklichkeit. Vielleicht findet er das ja auch. Blöderweise hat sie die große Nase ihres Vaters geerbt, die ihr Gesicht höchst unvorteilhaft dominiert. Und ihre Lippen sind viel zu schmal geraten.

Laut seufzend pustet sie die Ponyfransen aus der Stirn, schlüpft aus ihren Kleidern und kriecht unter die Bettdecke. Sie macht die Augen zu und versucht, sich sein Gesicht ins Gedächtnis zu rufen. Auf den Fotos sieht er echt unverschämt gut aus. Sie kann es manchmal kaum fassen, dass er sich ausgerechnet für sie interessiert. Er könnte jede haben, da ist sie sich sicher. Es gibt so viele Mädchen, die tausendmal besser aussehen als sie.

Rasch schiebt sie die Befürchtungen beiseite und überlässt sich ihren Träumen. Stellt sich vor, wie sie sich bei ihrem ersten Treffen gegenüberstehen. Wie sie langsam, ohne den Blick voneinander lassen zu können, aufeinander zugehen. Wie er sie voller Bewunderung anschaut und sagt: *Du bist ja viel hübscher als auf den Fotos.* Wie er sie an sich zieht, sie seinen Körper so nah an ihrem spürt, dass ihr die Luft wegbleibt. Wie sich ihre Lippen berühren und sich öffnen. Wie ihre Zungenspitzen sich finden. Sie erschaudert. Wenig später gleitet sie mit einem Lächeln auf dem Gesicht in den Schlaf.

5

Das Klingeln des Weckers reißt Jana am nächsten Morgen aus einem wirren Traum. Sie ist schweißgebadet, das Herz klopft ihr bis zum Hals. In ihrem Kopf der verstörende Gedanke: Das war kein Hundehasser, das galt ihr. Eine Warnung. Der Sinn und die dazugehörigen Bilder des Albtraums entgleiten ihr, lösen sich auf, bevor ihr Verstand sie zu fassen bekommt. Zurück bleibt ein Gefühl der Beklemmung. *In letzter Zeit hast du ständig böse Träume*, schießt es ihr durch den Kopf. Sie ist versucht, sich die Decke über den Kopf zu ziehen und weiterzuschlafen, aber dann fällt ihr ein, dass sie Hannes versprochen hat, ihn nach Tegel zum Flughafen zu fahren. Sie stöhnt leise, hebt die Beine aus dem Bett und tappt ins Badezimmer. Sie fühlt sich vollkommen zerschlagen, als hätte sie die Nacht durchgemacht. Außerdem hat sie Muskelkater in den Armen. Sofort bildet sich ein dicker Kloß in ihrem Hals. Armer Bennie. Sie hört Hannes unten in der Küche rumoren. Der Duft nach Kaffee steigt ihr in die Nase. Einen starken Kaffee braucht sie jetzt dringend, um einigermaßen wach zu werden. Sie duscht rasch und zieht sich an.

Hannes legt die Zeitung beiseite, als sie die Küche betritt. Er hat sogar schon den Tisch gedeckt, wie sie mit einem schnellen Blick feststellt.

»Guten Morgen«, begrüßt er sie mit diesem speziellen Lächeln, das seine Augen geradezu aufleuchten lässt.

Sie hat keine Ahnung, wie er das macht. Aber es verfehlt nur selten seine Wirkung. Mittlerweile hat sie den Verdacht, dass er dieses Lächeln ganz bewusst einsetzt, wenn er andere Menschen für sich einnehmen möchte.

Auch bei ihr hat es damals seine Wirkung nicht verfehlt. Sie hat sich Hals über Kopf in ihn verliebt. Passiert ist es auf dem Jahresempfang einer Berliner Tageszeitung. Sie arbeitete zu der Zeit als Organisatorin für die Catering-Firma, die die Veranstaltung damals ausrichtete und mit deren Chef sie eine stürmische und zuweilen recht anstrengende Beziehung führte. Hannes war ihr unter all den Gästen sofort aufgefallen. Er war ausgesprochen höflich, charmant und strahlte dieses Selbstbewusstsein aus, das Menschen zu eigen ist, die es gewohnt sind, Erfolg zu haben. Er blieb bis zum Schluss. Ihre Blicke trafen sich immer wieder. Und als er sie fragte, ob sie Lust hätte, morgen mit ihm essen zu gehen, sagte sie ohne nur eine Sekunde zu zögern ja.

Sie beugt sich zu ihm runter, küsst ihn auf die Wange und nimmt neben ihm am Küchentisch Platz. Er greift wieder nach der Zeitung und vertieft sich darin. Jana schenkt sich einen Kaffee ein, nippt mit spitzen Lippen an dem heißen Gebräu. Hunger hat sie keinen. Es ist erst kurz nach sechs. So früh bringt sie nichts hinunter.

Bennies Fressnapf steht nach wie vor in der Küche direkt neben der Tür. Sie erträgt den Anblick kaum. Sie schiebt den Stuhl zurück und erhebt sich.

»Ich geh mal die Kinder wecken«, sagt sie und merkt selbst, wie brüchig ihre Stimme klingt.

Hannes senkt die Zeitung und schaut prüfend hoch. »Alles in Ordnung mit dir?«

»Ja, ja. Alles gut«, sagt sie. »Nur – Bennies Tod macht mir ganz schön zu schaffen.«

»Ich vermisse ihn auch. Sehr sogar«, sagt er. »Wenn die Zeit reif ist, holen wir einen anderen Hund aus dem Tierheim.«

Sie nickt. Insgeheim befürchtet sie, dass Max sich gegen die Anschaffung eines anderen Hundes sträuben wird, solange Bennies Schicksal nicht endgültig geklärt ist. Sie geht nach oben, scheucht die schlaftrunkene Kim aus dem Bett und nimmt ihr das Versprechen ab, dass sie und Max pünktlich das Haus verlassen werden. Danach weckt sie Max, der sofort hellwach ist und ihr eifrig erzählt, er habe von Bennie geträumt und sei sich sicher, dass sie ihn bald wiederfinden. Jana gräbt ihre Zähne in die Unterlippe, streicht ihm übers Haar und schluckt die aufsteigenden Tränen hinunter.

Die Fahrt zum Flughafen Tegel verläuft schweigend. Hannes blättert in irgendwelchen Unterlagen und blickt erst auf, als Jana direkt vor dem Terminal parkt.

»Oh, sind wir schon da?« Rasch stopft er den Hefter in die Aktentasche. »Wir sollten uns nach einem neuen Wagen für dich umsehen«, sagt er. »Der Motor gibt Geräusche von sich, bei denen mir angst und bange wird.«

»Noch fährt er ja«, sagt sie trotzig. Sie hängt an ihrem alten Polo. Trotz seiner Macken.

»Fragt sich nur, wie lange noch«, sagt er.

Sie steigen beide aus. Nach einer flüchtigen Umarmung und einem ebenso flüchtigen Kuss nimmt er sein Gepäck aus dem Kofferraum und eilt davon. Sie sieht ihm nach, wünscht sich für einen Augenblick, er möge stehen bleiben, sich zu ihr umwenden und ihr mit einem Lächeln eine Kusshand zuwerfen. Doch da ist er bereits aus ihrem Blickfeld verschwunden. Etwas verwundert über diese ungewohnt romantische Anwandlung klemmt sie sich wieder hinters Steuer. Unterwegs, sie steckt gerade mitten in der City im Stau, klingelt ihr Smartphone. Sie angelt es mit einer Hand aus ihrer Tasche, wirft einen Blick aufs Display und drückt den Anruf weg. Für Henry hat sie jetzt wirklich keinen Nerv. Im Berufsverkehr durch Berlin zu fahren stresst sie schon mehr als genug. Sie ist heilfroh, als die Stadt endlich hinter ihr liegt und sie von der Autobahn runter auf die Landstraße fahren kann.

Es ist bereits nach neun, als sie die Haustür aufschließt. Sie wirft die Schlüssel auf die Garderobenablage und streift die Schuhe von den Füßen. Der Klingelton des Telefons ertönt. Sie eilt ins Wohnzimmer. *Nummer unbekannt,* leuchtet ihr vom Display entgegen. Sie zögert, doch dann siegt ihre Neugier.

»Jana Langenfeld.«

»Jana, ich bin's, Henry.«

»Oh«, sagt sie und bereut augenblicklich, dass sie den Anruf entgegengenommen hat.

»Entschuldige, ich weiß, ich soll dich nicht auf dem Festnetz anrufen. Aber was soll ich machen, wenn du nicht mehr an dein Handy gehst?« Er versucht seine Stimme scherzhaft klingen zu lassen, sie kennt ihn jedoch mittlerweile gut genug, um den gekränkten Unterton herauszuhören.

»Was ist los? Hab ich dir was getan? Warum meldest du dich nicht bei mir? Seit Tagen versuche ich –«

»Es ist grad schlecht«, unterbricht sie ihn hastig. »Ich kann jetzt nicht reden.« Sie senkt ihre Stimme zu einem Flüstern. »Ich bin nicht allein«, schwindelt sie.

»Okay«, sagt er. »Verstehe.« Jetzt klingt er verärgert. Er glaubt ihr nicht.

Eine einlenkende Bemerkung liegt ihr auf der Zunge, sie schluckt sie hinunter. Das wäre im Moment die völlig falsche Botschaft an ihn.

»Hör zu«, beendet er das Schweigen. »Ich muss wieder in meine Klasse zurück. Ich bin heute Abend im Riemers. Um acht. Ich warte dort auf dich.« Bevor sie etwas erwidern kann, legt er auf.

Sie hat Henry vor ein paar Monaten bei einer Lesung kennengelernt. Eigentlich wollte Sylvie mitkommen, die hatte aber kurzfristig abgesagt, weil sie die Spätschicht für eine erkrankte Kollegin übernehmen musste. Hannes war mal wieder auf einer mehrtägigen Dienstreise. Wahrscheinlich wäre er ohnehin nicht eingesprungen. Für Literatur interessiert er sich nicht sonderlich. Ganz anders Henry. Bei dem kleinen Sektempfang im Anschluss an die Lesung ist Jana mit ihm ins Gespräch gekommen und war äußerst beeindruckt von seinen fundierten Literaturkenntnissen. Sie kann sich sehr gut erinnern, wie geschmeichelt sie sich gefühlt hat, als der fast zehn Jahre jüngere Mann sie gleich am nächsten Tag angerufen und gefragt hat, ob sie nicht Lust hätte, ihn zu einer Vernissage in die Alte Nationalgalerie zu begleiten. Sie hatte, nach einem kurzen Zögern, zugesagt – was ist schon dabei – und sich auf den Abend gefreut. Im Anschluss an die Ausstellungseröffnung waren sie auf einen Absacker im Riemers und dann … Sie verzieht den Mund. Irgendwie ist sie da reingeschlittert. Henrys offensichtliche Bewunderung hat ihr gutgetan. Sie hat sich wieder schön gefühlt und begehrenswert. Ein Gefühl, das ihr Hannes in der Form schon lange nicht mehr gegeben hatte. Seit einiger Zeit ist ihr allerdings nicht mehr wohl in ihrer Haut. Sie hat die Heimlichkeiten, die Lügerei allmählich satt. Das ist es nicht wert. Sie möchte ihre Ehe nicht aufs Spiel setzen. Sie mag Henry, sehr sogar. Aber sie liebt ihn nicht. Heute Abend wird sie ihren schon vor Tagen gefassten Entschluss endlich in die Tat umsetzen und die Affäre beenden.

6

Max bricht in Tränen aus, als er hört, dass sich immer noch niemand wegen Bennie gemeldet hat. Jana würde am liebsten mitheulen. Sie will ihn in die Arme schließen, doch er wehrt sie mit einer ungeduldigen Bewegung ab.

»Lass mich«, sagt er und schleppt sich die Stufen zum Obergeschoss hoch. Sein schmaler Rücken gebeugt, als wäre sein Schulrucksack eine Last, die er kaum tragen kann.

Ihr erster Impuls ist, ihm hinterherzulaufen, aber sie beherrscht sich. Wenn sie ihn nur irgendwie trösten könnte. Vielleicht würde das Mountainbike, das er sich schon so lange wünscht, seinen Kummer ein wenig mildern? Sie wird das mit Hannes besprechen, sobald er zurück ist. Dabei fällt ihr ein, dass Hannes bei der Polizei anrufen wollte. Wie sie ihn kennt, hat er das wieder vergessen. Vorsichtshalber schickt sie ihm eine Nachricht aufs Handy. Dann wählt sie kurz entschlossen Sylvies Nummer. Sie muss unbedingt mit jemandem reden. In ihrem Kopf herrscht ein ziemliches Chaos aus Schuldgefühlen und diffusen Ängsten. Vielleicht kann Sylvie ihr helfen, ein bisschen was davon zu entwirren. Sie hat Glück, die Freundin ist zu Hause. Mit dem Hörer am Ohr geht Jana zur Wohnzimmertür und drückt sie zu.

Wie erwartet, reagiert Sylvie bestürzt auf die Nachricht von Bennies Tod. Sie kann sehr gut verstehen, dass Jana sich schlecht fühlt. »Lügen sind immer auch so etwas wie ein kleiner Betrug.«

»Wem sagst du das«, stöhnt Jana.

»Du wirst sehen. In einigen Wochen sind alle Wunden verheilt. Kinder vergessen schnell. Und ein neuer Hund wird Max über seinen Kummer hinweghelfen«, versucht sie Jana in der ihr eigenen optimistischen Art zu trösten.

»Hoffentlich.« Jana behält ihre Zweifel für sich und bringt das Gespräch auf Henry.

»Ich habe beschlossen, die Affäre zu beenden«, teilt sie Sylvie mit.

»Ach?« Die Freundin klingt überrascht. »Ich dachte, ihr versteht euch so gut. Und sagtest du nicht erst neulich was von fantastischem Sex?«

Jana setzt zu einer Antwort an, da öffnet sich die Wohnzimmertür einen Spaltbreit. Kim winkt ihr einen kurzen Gruß zu und zieht die Tür wieder zu.

»Hallo? Bist du noch da?«, tönt Sylvies helle Stimme an ihr Ohr.

»Entschuldige«, sagt Jana. »Ich war kurz abgelenkt. Kim ist gerade nach Hause gekommen. Weißt du, ich mag nicht mehr lügen. Nach der schrecklichen Geschichte mit Bennie ist mir klar geworden, dass ich in letzter Zeit die Menschen, die mir am meisten bedeuten, ständig anlüge. Mittlerweile fühle ich mich total schlecht dabei. Und Sex ist ja nun wirklich nicht alles. Darauf kann man keine dauerhafte Beziehung aufbauen«, fügt sie hinzu. »Verstehst du das?«

»Natürlich. Obwohl«, Sylvie seufzt, »ich wäre froh, wenn ich überhaupt mal wieder Sex hätte. Weißt du was? Ich komme heute Abend mit. Vielleicht kann ich Henry ja einfach übernehmen. Da kannst du gleich zwei Fliegen mit einer Klappe schlagen. Wo trefft ihr euch? Im Riemers? Ich könnte es nach Zufall aussehen lassen. Ich wohne ja um die Ecke.«

»Das wirst du schön bleiben lassen«, antwortet Jana lachend, ohne auf Sylvies Fragen einzugehen.

»Du gönnst mir auch gar nichts«, schmollt sie.

»Du, ich muss Schluss machen.« Jana steht vom Sofa auf. »Drück mir die Daumen, dass ich es gut über die Bühne bringe, ja?«

»Du schaffst das schon«, spricht Sylvie ihr Mut zu und verabschiedet sich.

Jana legt das Telefon auf dem Couchtisch ab und fragt sich nicht zum ersten Mal, woher die Freundin den Optimismus und ihre Lebensfreude nimmt. Sie hat es weiß Gott nicht leicht gehabt in ihrem Leben. Der Vater ist schon vor ihrer Geburt auf und davon und hat nie den Kontakt zu seiner Tochter gesucht. Die Mutter hat diese *Schmach* nie verwinden können und immer häufiger zu Tabletten gegriffen. Als dann Alkohol hinzukam, war ihr Tod fast schon vorhersehbar.

Ihre eigenen Eltern kommen ihr ganz unvermittelt in den Sinn. Der Autounfall passierte kurz nach ihrem zweiten Geburtstag. Sie sind beide verbrannt in dem Kleinlaster, den sie sich für den Umzug in die größere Wohnung geliehen hatten. Zusammen mit den Möbeln und allen persönlichen Dingen. Deshalb existiert auch kein einziges Foto von ihnen. Die kleine Jana hatten sie für die Dauer des Umzugs bei einer Bekannten untergebracht. An die Zeit mit ihren Eltern hat sie keine Erinnerungen, sie weiß nicht mal mehr, wie sie ausgesehen haben. Dafür haben sich ihr die schrecklichen Jahre im Heim, in das man sie danach verfrachtet hatte, und die dazugehörigen Gesichter umso unauslöschlicher eingeprägt.

Die Stimmung beim Abendessen ist bedrückt. Max sieht verheult aus, kaut lustlos auf seinem Käsebrot herum. Kim schweigt sich ebenfalls aus. Sie scheint mit ihren Gedanken ganz woanders zu sein. Auf ihrem Gesicht liegt ein verträumter Ausdruck. In Jana verfestigt sich immer mehr der Verdacht, dass ihre Tochter sich das erste Mal in ihrem Leben ernsthaft verliebt hat. Bislang hat sie aber keine Anstalten gemacht, sich ihr anzuvertrauen. Vielleicht sollte sie Kim in den nächsten Tagen beiseitenehmen und vorsichtig nachfragen? Bei der Gelegenheit könnte sie auch das Thema Verhütung mal wieder ansprechen. Obwohl ihr Kim mit vierzehn etwas jung dafür erscheint. Aber besser zu früh thematisieren als zu spät. Die leidvolle Erfahrung, ungewollt schwanger zu werden, möchte sie ihrer Tochter gerne ersparen.

»Ich bin heute Abend übrigens verabredet«, informiert sie Kim.

»Okay«, sagt Kim.

»Es wird nicht allzu spät werden. Wenn etwas ist, rufst du mich sofort auf dem Handy an, ja?«

»Ja, Mama«, sagt Kim und verdreht die Augen.

Während der halbstündigen Fahrt nach Berlin versucht Jana, sich passende Worte zurechtzulegen. Es will ihr nicht gelingen. Sie schaltet das Radio ein, um sich abzulenken, schaltet es gleich darauf wieder aus. Die fröhliche Penetranz des Moderators passt nicht zu ihrer Stimmung. Je näher sie ihrem Ziel kommt, umso nervöser wird sie.

Das Riemers, Henrys Stammkneipe, befindet sich in einer kleinen Seitenstraße am Prenzlauer Berg unweit von seiner Wohnung. Hier nach einem Parkplatz zu suchen erfordert Geduld. Sehr viel Geduld. Als sie endlich eine Lücke zwischen zwei parkenden Autos in der Straße entdeckt, in der Sylvie wohnt, ist es bereits eine gute Stunde über der verabredeten Zeit.

Das Licht der Dämmerung zeichnet die Konturen der umliegenden Häuser weich. Die Straßenlaternen spucken helle Sprenkel auf den Bürgersteig. Durch die mächtigen Blattkronen der Bäume fährt leise raschelnd der Wind. Fröstelnd zieht Jana die Schultern hoch. Sie hätte die dickere Jacke anziehen sollen. Es ist spürbar kälter geworden. Sie beschleunigt ihre Schritte. Vor dem Riemers atmet sie einige Male tief durch. Dann strafft sie die Schultern und betritt die Kneipe.

Stimmengemurmel und der Geruch nach verschüttetem Bier schwappen ihr entgegen. Im Hintergrund läuft leise Musik. Irgendwas Jazziges, wie üblich. Um diese Uhrzeit ist das Riemers relativ leer, nur wenige Tische sind besetzt. Hier wird es meist erst so gegen halb elf richtig voll. Ihre leise Hoffnung, dass Henry schon gegangen sein könnte, wird leider enttäuscht. Sie entdeckt ihn sofort. Er sitzt an einem Zweiertisch am Fenster, die dunklen Augen erwartungsvoll auf den Eingang geheftet. Schon als sie ihn das erste Mal gesehen hat, ist ihr die Ähnlichkeit mit dem Schauspieler Daniel Craig aufgefallen. Henrys Gesichtszüge sind nicht ganz so kantig. Das Haar ist dunkler, fast so schwarz wie ihr eigenes. Aber ohne erste Spuren von Grau wie bei ihr. Als er sie wahrnimmt, erhellt ein Lächeln sein Gesicht. Verlegen weicht sie seinem Blick aus, während sie auf ihn zugeht. Mit einem Mal fühlt sie sich schrecklich. Als wäre ihr in diesem Moment erst so richtig bewusst geworden, wie sehr sie ihn verletzen wird.

Er springt auf und hilft ihr aus der Jacke. »Schön, dass du kommen konntest«, sagt er und küsst sie.

Jana versteift sich. Sein Dreitagebart kratzt ihr über die Wange. Sein Atem riecht nach Alkohol.

Bewusst nimmt sie ihm gegenüber und nicht neben ihm Platz, hängt ihre Tasche über die Stuhllehne.

»Was möchtest du trinken?«

»Ich bin mit dem Auto da«, sagt sie. »Ein stilles Wasser, bitte.«

Er dreht sich zum Tresen und hebt sein leeres Weinglas. »Für mich noch einen Rioja. Und ein stilles Wasser«, ruft er dem Kellner zu.

Die Worte kommen ihm etwas sperrig über die Lippen. Ob er bereits mehr als ein Glas Wein getrunken hat? Das ungute Gefühl in ihrem Magen verstärkt sich.

»Du siehst wie immer atemberaubend aus«, sagt er und will über den Tisch hinweg nach ihrer Hand greifen.

»Danke«, murmelt sie und nimmt die Arme vom Tisch, als hätte sie seine Absicht nicht bemerkt. Sie lehnt sich in den Stuhl zurück und faltet die Hände im Schoß.

Der Kellner stellt die Getränke auf den Tisch, sagt »Wohl bekomm's« und zieht sich wieder hinter den Tresen zurück.

Sie spürt Henrys prüfenden Blick auf sich ruhen und umfasst mit einer Hand das Wasserglas. Dabei sieht sie sich so interessiert in der Kneipe um, als wäre sie zum ersten Mal hier.

»Willst du mir nicht endlich sagen, was mit dir los ist, Jana?« Seine Stimme klingt belegt.

Sie holt tief Luft, nickt, vermeidet es nach wie vor, ihn anzusehen. »Ja. Natürlich.«

Mit dem Zeigefinger fährt sie über den Rand ihres Glases und sucht nach den richtigen Worten. Insgeheim hofft sie, dass Henry ausspricht, was er wahrscheinlich sowieso schon längst vermutet. Er tut ihr den Gefallen nicht. Das Schweigen, das sich zwischen ihnen ausbreitet, ist kaum aushaltbar.

»Es ist vorbei«, bricht es schließlich aus ihr heraus.

»Was ist vorbei?«, fragt er und leert sein Weinglas in einem Zug.

Sie schluckt trocken. Er scheint es ihr nicht einfach machen zu wollen. »Das mit uns«, sagt sie und würde jetzt am liebsten aufstehen und gehen. Eine SMS hätte das Ganze um einiges erleichtert, schießt es ihr durch den Kopf. Augenblicklich schämt sie sich für diesen Gedanken.

Er schürzt die Lippen und nickt mehrmals vor sich hin. Dann hebt er den Arm und ordert ein weiteres Glas Rotwein. Jana runzelt die Stirn, verkneift sich eine tadelnde Bemerkung. Das steht ihr nicht zu.

»Dürfte ich auch den Grund dafür erfahren?«, fragt er kaum hörbar.

Sie löst den Blick von der Tischplatte und sieht ihm an diesem Abend zum ersten Mal direkt in die Augen. Es schwimmen tatsächlich Tränen darin. Damit hat sie nicht gerechnet. Eine Mischung aus Mitleid und Widerwillen überflutet sie.

»Es war doch von Anfang an klar, dass unsere –«, im letzten Moment schluckt sie das Wort Affäre hinunter, »unsere Beziehung auf Dauer keine Zukunft hat.«

»Und wieso nicht?« In seiner Stimme schwingt ein trotziger Ton mit.

Sie stöhnt. »Weil ich verheiratet bin.«

»Ja, und?« Er setzt das Glas an, das der Kellner gerade auf den Tisch gestellt hat, und kippt die Flüssigkeit in einem Schluck runter. Mit dem Handrücken wischt er sich fahrig über den Mund. »Man kann sich scheiden lassen.«

In diesem Moment setzt die Musik aus, sodass Henrys letzter Satz wie ein Stein in die Stille im Raum fällt.

»Henry, bitte.« Peinlich berührt schaut sie sich um. Keiner der Gäste schenkt ihnen Beachtung.

»Für eine Affäre war ich dir wohl gerade noch gut genug«, zischt er.

»Nein, das ist nicht wahr. Aber –«

»Was aber?«

»Mach es mir doch nicht so schwer. Es war eine unglaublich schöne Zeit mit dir, ehrlich. Ich habe wirklich nicht eine einzige Minute bereut. Aber ich habe einen Mann, zwei Kinder, ich kann das einfach nicht mehr. Diese Heimlichtuerei, diese Lügen und –« Sie senkt ihre Stimme, beugt sich vor. »Henry, du bist über zehn Jahre jünger als ich. Du hast das alles noch vor dir: Familie, Kinder«, sagt sie fast beschwörend. »Ich bin einfach nicht die Richtige für dich.«

Der Kellner taucht unerwartet am Tisch auf, tauscht das leere Weinglas erneut gegen ein volles aus.

Sie hat gar nicht bemerkt, dass er noch eins bestellt hat. »Trink nicht so viel. Du verträgst doch nichts.« Dieses Mal kann sie sich die Bemerkung nicht verkneifen, als er sofort nach dem Glas greift.

»Das kann dir doch egal sein«, giftet er und wirft ihr aus

rot geäderten Augen einen vorwurfsvollen Blick zu, als wäre es ihre Schuld, dass er so viel trinkt.

»Ich glaube, es ist besser, wenn ich jetzt gehe.« Sie macht Anstalten, sich zu erheben.

»Nein, bitte nicht. Bleib!« Er greift über den Tisch nach ihrem Handgelenk und umklammert es. »Lass uns reden, ja?« Seine Sprache klingt verwaschen mit einem weinerlichen Unterton. Etwas in Jana verhärtet sich.

»Es gibt nichts, was wir bereden könnten«, sagt sie mit fester Stimme. »Mein Entschluss ist gefasst. Tut mir leid.«

Seine Gesichtszüge entgleiten. Er sieht aus, als würde er jeden Moment in Tränen ausbrechen. Sie glaubt, noch etwas anderes aus seiner Mimik herauslesen zu können. Wut? Hass?

»Du kannst jetzt nicht einfach gehen.« Er packt ihr Handgelenk fester, bohrt die Fingernägel in ihre Haut. »Ich will eine Erklärung. Du kannst mich nicht einfach so abservieren.«

»Hey, was soll das, Henry?«, protestiert sie. »Lass das. Du tust mir weh.«

»Du bleibst hier!« Seine Stimme überschlägt sich fast.

Aus den Augenwinkeln nimmt sie wahr, dass der Kellner hinterm Tresen mit dem Abtrocknen der Gläser innehält und zu ihnen rüberschaut. Auch Henry scheint das nicht entgangen zu sein. Er wirft einen schnellen Blick in die Richtung und löst seine Finger von ihrem Handgelenk. Sie reibt sich die schmerzende Stelle und steht auf. Widersprüchliche Gefühle kämpfen in ihr. Einerseits tut Henry ihr leid. Andererseits fühlt sie so etwas wie eine leise Verachtung für ihn. Sein Verhalten zeugt nicht unbedingt von einer reifen Persönlichkeit. Hat sie sich so in ihm getäuscht?

Sie hätte ihm mehr Rückgrat zugetraut. Sie kann ja verstehen, dass er verletzt ist. Aber wo ist sein Stolz geblieben? Seine Selbstachtung?

Sie nimmt ihre Tasche von der Stuhllehne. »Mach's gut«, sagt sie, ohne ihn dabei anzusehen.

Er zischt irgendetwas. Es klingt gehässig.

Mit hoch erhobenem Kopf steuert sie auf den Ausgang zu, zwingt sich, nicht zu schnell zu gehen. Ihr Abgang soll auf keinen Fall nach Flucht aussehen. Im letzten Moment denkt sie an ihre Jacke. Sie pflückt sie vom Garderobenständer und teilt den schweren Vorhang, der den Kneipenraum vom Windfang trennt, mit beiden Händen. Die ganze Zeit spürt sie Henrys Blick in ihrem Rücken. Erst draußen fällt ihr ein, dass sie vergessen hat, das Wasser zu bezahlen. Sie zögert. Was soll's. Keine zehn Pferde bringen sie in diese Kneipe zurück. Mit großen Schritten eilt sie über die Straße.

Die Auseinandersetzung mit Henry hat sie ziemlich mitgenommen. Mehr als gedacht. Ihr Gesicht ist ganz heiß, das Herz klopft ihr bis zum Hals. Sie biegt in die dunkle Seitenstraße ein, an deren Ende sie den Wagen geparkt hat. Mit Verzögerung sickert in ihr Bewusstsein, was Henry bei ihrem Abgang vorhin gesagt hat.

»Das wirst du bereuen, du Nutte.«

7

Ein böiger Wind zerzaust ihre Haare und kriecht ihr kalt unter die zu dünne Kleidung. Sie zieht den Reißverschluss der Jacke bis zum Kinn hoch. Henrys Verhalten, insbesondere seine letzten gehässigen Worte haben sie zutiefst erschreckt. Nie hätte sie damit gerechnet, dass er derart ausfallend werden könnte. Es ist, als hätte ihr ein Fremder gegenübergesessen. Ein Schauder läuft ihr über den Rücken, und das nicht nur wegen der Kälte. Automatisch geht sie schneller.

Je weiter sie sich von der Hauptverkehrsstraße entfernt, desto stiller wird es. Die Autos sind nur noch ein gleichmäßiges Rauschen im Hintergrund. Außer ihr ist niemand in der kleinen Straße unterwegs. Die Laternen hoch über ihr leuchten wie kleine orangefarbene Sonnen, ihr Lichtschein erhellt die Umgebung jedoch nur spärlich. Hinter einigen Fenstern der angrenzenden Häuser zuckt das kalte blaue Licht der Fernsehgeräte. Überall in den Hauseingängen sieht sie dunkle Schatten lauern, die sich jeden Augenblick als finstere Gestalten herausstellen und sich auf sie stürzen könnten. Mit einem Mal kommt ihr die Stille bedrohlich vor. Sind das Schritte hinter ihr? Sie wirft einen hastigen Blick über die Schulter. Da ist keiner. Nur eine vom Wind getriebene braune Papiertüte tanzt im funzeligen Licht einer Laterne einen selbstvergessenen Reigen quer über das Kopfsteinpflaster. Dennoch verstärkt sich das mulmige Gefühl in ihrem Magen zusehends. Sie fühlt sich beobachtet. Als würde aus jedem der dunklen Fensterrechtecke in den umliegenden Häusern jemand auf sie herabstarren und jeden ihrer Schritte verfolgen. Was hat sie denn nur? Sie ist doch sonst nicht so ängstlich.

Die letzten Meter zu ihrem Auto legt sie im Laufschritt zurück. Sie schließt die Wagentür auf, steigt ein und lässt sich aufatmend in den Sitz sinken. Ihr Herz schlägt viel zu schnell. Sie braucht einen Augenblick, bis sie sich einigermaßen beruhigt hat. Unfassbar, wie Henry sich aufgeführt hat. Dass er wütend auf sie ist, kann sie ja verstehen. Aber dieses weinerliche Selbstmitleid. Fast schlimmer als seine Gehässigkeit. Unwillkürlich schüttelt sie sich.

Egal. Hauptsache, du hast es hinter dich gebracht. Henry gehört ab heute der Vergangenheit an. Nur das zählt. Sie atmet tief durch und steckt den Schlüssel ins Zündschloss.

Unvermittelt wird die Fahrertür aufgerissen. Ein kalter Lufthauch trifft sie. Bevor sie begreift, was ihr geschieht, wird sie gepackt und aus dem Auto gezerrt. Mit der Stirn knallt sie gegen die Kante der Wagentür, der Schmerz treibt ihr die Tränen in die Augen. Für den Bruchteil einer Sekunde wird ihr schwarz vor Augen. Wie eine willenlose Marionette lässt sie es geschehen, dass sie an die Karosserie des Wagens gedrängt wird. Eine große Hand legt sich ihr auf Mund und Nase, ein schwerer Körper presst sich gegen sie. Das Gesicht vor ihr ist so nah, dass es zu einem undeutlichen Fleck verschwimmt.

Sie erkennt ihn am Geruch. Rasierwasser. Schweiß. Und Alkohol. Panik steigt in ihr hoch. Henry! Will er sie umbringen?

Sein Gewicht drückt sich immer schwerer gegen ihren Körper. Er nimmt die Hand von ihrem Mund und presst seine Lippen auf ihre. Sie hört seinen keuchenden Atem, spürt seine Erregung hart an ihrem Unterleib.

Mit Verzögerung setzt ihr Verstand ein. Vor Jahren hat sie einen Selbstverteidigungskurs mitgemacht. Sie haben solche Situationen wieder und wieder durchgespielt. Verzweifelt versucht sie sich an die Details zu erinnern. Mit dem Knie zwingt er ihre Beine auseinander. Irgendwie schafft sie es, einen Arm freizubekommen. Sie reißt ihn hoch, drückt ihrem Angreifer den Zeigefinger ins Auge. Er brüllt auf vor Schmerz. Lässt augenblicklich von ihr ab. Sie winkelt ein Bein an und rammt ihm das Knie in den Unterleib. Er schreit, sein Gesicht verliert jede Farbe. Die Hände um seine Hoden gekrümmt, taumelt er weg von ihr, sackt in sich zusammen und gibt röchelnde Laute von sich.

Schwer atmend lehnt sie sich gegen das Auto, lässt den vor Schmerz wimmernden Mann keine Sekunde aus den Augen. Jetzt hebt er den Kopf. Sein Gesicht ist zu einer hasserfüllten Fratze verzerrt. Das rechte Auge ist blutunterlaufen.

»Das wird dir noch leidtun«, krächzt er.

Wut wallt in ihr hoch. Sie macht einen Schritt auf ihn zu. Ihr Herz trommelt ein wildes Stakkato gegen den Brustkorb. Er scheint ihre Absicht zu durchschauen, legt schützend die Arme um den Kopf. In ihre Wut mischt sich Verachtung. Sie spuckt neben ihm auf den Boden, macht kehrt und steigt ins Auto.

Das Zittern setzt ein, als sie den Schlüssel ins Zündschloss steckt. Sie schafft es kaum, ihn im Schloss zu drehen, würgt den Motor zweimal hintereinander ab. Als es ihr endlich gelingt, aus der Parklücke auszuscheren, macht sie auf dem Bürgersteig gegenüber eine dunkle Gestalt aus. Sie steht eng an die Hauswand gedrückt, scheint sie verstohlen zu beobachten. Als die feige Person mitbekommt, dass sie entdeckt worden ist, weicht sie in den Hauseingang zurück, verschmilzt mit der Dunkelheit.

»Danke auch für die Hilfe«, wispert Jana und bricht in Tränen aus.

Im Schritttempo fährt sie vor bis zur Pappelallee. Tränen verschleiern ihren Blick. An der Kreuzung stoppt sie. Sie ist total aufgewühlt, unfähig, sich in den fließenden Verkehr einzureihen. Jeder einzelne Nerv ihres Körpers scheint zu flattern. Sie umklammert das Lenkrad. So fest, dass die Knöchel der Finger unter der Haut hervortreten. War das gerade tatsächlich Henry, der sie überfallen hat? Für den Bruchteil einer Sekunde zweifelt sie an ihrer Wahrnehmung. Ihr fällt ein, dass er vor Kurzem, fast nebenbei, erwähnt hat, dass es Probleme an seiner Schule gäbe. Auf ihre Nachfrage hin hat er erst abgewinkt und so getan, als sei es eine Bagatelle. Aber sie hat natürlich gemerkt, wie sehr ihn die Sache beschäftigt, und so lange nachgebohrt, bis er es ihr schließlich gesagt hat.

»Gegen mich liegt eine anonyme Anzeige vor. Angeblich vergreife ich mich an minderjährigen Schülerinnen. Natürlich ist an der Geschichte nichts Wahres dran. Die Schulleitung sieht es genauso. Sie steht hinter mir, das sagt sie jedenfalls, aber sie muss der Sache selbstverständlich nachgehen.«

Sie kann sich erinnern, wie entrüstet sie reagiert hat. Zu dem Zeitpunkt hätte sie sich nie und nimmer vorstellen können, dass Henry sich an kleine Mädchen ranmachen könnte. Nach heute Abend traut sie ihm alles zu.

Hinter ihr hupt es. Sie schreckt zusammen. Hastig reibt sie sich die Augen trocken, wischt sich mit dem Handrücken über die Nase und fährt los.

8

Sebi: Von wegen Treffen – hast du noch Lust?
Kim: Was für 'ne Frage, na klar.
Sebi: Wir könnten uns nämlich im Haus meiner Oma treffen.
Kim: Und wo ist das?
Sebi: Ganz in der Nähe von Berlin.
Kim: Das wär ja klasse. Deiner Oma ist das recht?
Sebi: Das Haus steht schon 'ne ganze Weile leer. Soll verkauft werden. Meine Oma ist gestorben.
Kim: Das tut mir leid.
Sebi: Muss es nicht. Ist schon was her.
Kim: Gut wäre ein Samstag, ich sag dann einfach, ich geh mit Maike shoppen. ☺
Sebi: Okay, ich muss nur zusehen, dass ich an den Schlüssel fürs Haus rankomme. Den hat meine Mutter in Verwahrung.
Kim: Wo ist das Haus deiner Oma denn genau?
Sebi: In einem Kaff namens Ruskow. Da gibt's nur eine Hauptstraße mit ein paar Häusern, eine Handvoll Hühner und jede Menge Katzen. Viel Umgebung. Natur pur halt und ziemlich langweilig. Nicht wirklich schön da.
Kim: Das macht nichts. Hauptsache, du bist da! ☺ Schaffst du das denn überhaupt dahin?
Sebi: Wird nicht leicht werden. Aber für dich ... Wird schon irgendwie gehen. Obwohl ich jetzt schon Herzrasen habe, wenn ich nur daran denke.
Kim: Wir können das Treffen auch verschieben.

Sebi: Never ever. Ich will dich endlich sehen. Du, meine Mutter ruft nach mir. Wir reden morgen weiter, okay?
Kim: Okay, bis morgen. IMD.
Sebi: IDA.

Kim schließt die Augen, ihr Herz schlägt einen Purzelbaum. Und gleich darauf noch einen. Allein der Gedanke, dass sie sich schon bald mit ihm treffen wird, versetzt sie in helle Aufregung. Ein Gefühl, als müsse sie jeden Moment zerspringen. Das Thema Treffen hatten sie vor einigen Wochen schon mal. Er hat erst ziemlich rumgedruckst. Es war ihm ungeheuer peinlich. Umso gerührter war sie, als er es ihr nach einigem Hin und Her schließlich gestanden hat. Er macht schon seit einiger Zeit eine Therapie. Öffentliche Orte mit fremden Leuten jagen ihm furchtbare Angst ein. Er bekommt dann regelrechte Panikattacken. Atemnot. Herzrasen. Angefangen hat es ganz plötzlich. Seine Therapeutin meint, seine Ängste hängen mit dem Tod seines Vaters zusammen. Der hat sich vor ein paar Jahren umgebracht. Hat sich erschossen. Hatte wohl Depressionen. Und nicht mal einen Abschiedsbrief hat er seiner Familie hinterlassen. Ganz schön grausam so was. Sebi und seine Mutter hatten da lange Zeit schwer daran zu knabbern. Sie haben sich schreckliche Vorwürfe gemacht, dass sie nicht mitbekommen haben, wie schlecht es ihm ging. Kim ist zerflossen vor Mitgefühl, als er ihr das geschrieben hat.

Der Schulweg ist jedes Mal der Horror. Aber langsam wird's. Ich mache eine sogenannte Konfrontationstherapie. Von wegen: stell dich deinen Ängsten, geh in die Situationen rein, auch wenn du glaubst, vor Angst sterben zu müssen.

Sie muss gleich mal nachschauen, wie weit dieses Kaff weg ist. Sie öffnet den Browser und gibt in der Suchmaschine »Ruskow« ein. Ein Dorf mit knapp dreihundert Einwohnern, hundert Kilometer von Berlin entfernt. Die wenigen Fotos, die es gibt, zeigen ein trostloses Kaff mit grauen Häusern und einer Feldsteinkirche. Sebi hatte recht, schön ist es da wirklich nicht. Aber was soll's. Dass er den Weg dahin von Leipzig aus, wo er mit seiner Mutter lebt, trotz seiner Ängste auf sich nimmt, ist ein totaler Liebesbeweis. Kim lächelt verträumt vor sich hin und lässt sich mit ausgebreiteten Armen aufs Bett plumpsen. Hoffentlich gefalle ich ihm. Diesen blöden Gedanken wird sie einfach nicht los. Er verfolgt sie regelrecht. Von einer Sekunde auf die andere wird ihr ganz flau im Magen.

Sie wirft einen Blick auf ihr Smartphone. 23:30 Uhr. Maike schläft sicher schon. Die kann sie jetzt nicht mehr anrufen. Sie atmet tief ein und wieder aus. Es wäre eine Katastrophe, wenn er sie in echt unattraktiv finden würde. Der Gedanke macht sie ganz unglücklich. Noch nie hat sie für einen Jungen so empfunden wie für ihn. Das ist Liebe. Das muss Liebe sein, denkt sie.

Siedend heiß fällt ihr ein, dass sie den ganzen Abend nicht nach Max geschaut hat, obwohl sie es ihrer Mutter fest versprochen hat. Sie springt hoch und huscht nach nebenan. Max liegt in seinem Bett und schläft tief und fest. Sie geht in ihr Zimmer zurück, zieht sich aus und ist eingeschlafen, kaum dass ihr Kopf das Kissen berührt.

9

Es ist bereits halb zwölf, als Jana das Auto in die Garage fährt. Die Fahrt durch das im nächtlichen Lichterglanz funkelnde Berlin hat sie nur verschwommen in Erinnerung. Sie kann von Glück sagen, dass sie keinen Unfall gebaut hat. Erst als ihr auf der schlecht beleuchteten Landstraße hinter der Berliner Stadtgrenze ein Fuchs vors Auto gelaufen ist, hat der Adrenalinschub sie aus ihrer Starre gerissen. Im allerletzten Moment hat sie das Tier im Licht der Scheinwerfer wahrgenommen und ist reflexartig voll auf die Bremse gestiegen. Gott sei Dank war kein anderes Auto hinter ihr. Der Fuchs stand für einige Sekunden wie hypnotisiert im Lichtkegel der Scheinwerfer, dann schlug er sich ins Dickicht am Straßenrand und verschwand in der Dunkelheit des angrenzenden Waldes.

Sie wirft den Schlüsselbund auf die Kommode in der Diele, streift die Schuhe ab und hastet nach oben ins Bad. Sie fühlt sich wie tot. Als wäre etwas tief drinnen in ihr erloschen. In Windeseile entledigt sie sich ihrer Kleidung, stopft alles in den Wäschekorb und steigt in die Dusche. Mit gesenktem Kopf stellt sie sich direkt unter den Strahl, dreht sich langsam um die eigene Achse. Das heiße Wasser prasselt auf sie herab. Brennt wie Feuer auf der Haut. Langsam füllt sich der Raum mit Dampf. Als das Wasser merklich abzukühlen beginnt, weil der Boiler es nicht mehr schafft, es so schnell wieder aufzuwärmen, greift sie nach dem Duschgel und seift sich von Kopf bis Fuß ein. Anschließend wäscht sie sich mit dem kalten Wasser die Haare. Zitternd vor Kälte steigt sie aus dem Duschbecken und wickelt sich in ein Badetuch ein. Sie fühlt sich trotz der ausgiebigen Dusche nach wie vor beschmutzt. Gedemütigt. Obwohl sie sich erfolgreich zur Wehr gesetzt hat und es nicht zum Äußersten gekommen ist. Jana schnaubt. Nicht mal in Gedanken wagt sie es, das Wort Vergewaltigung auszusprechen. Als wäre es ihre Schuld, dass ihr das fast passiert ist. Noch nie in ihrem Leben hat sie sich so hilflos gefühlt. Wie muss es Frauen erst ergehen, die tatsächlich vergewaltigt worden sind? Sie schüttelt sich unwillkürlich. Mit einer Hand wischt sie über den beschlagenen Spiegel und betrachtet ihre verschwommenen Gesichtszüge. Ihre Augen wirken übergroß in dem schmalen, blassen Gesicht. Ängstlich und verschreckt sieht sie aus.

Umbringen würde ich das perverse Schwein. Ohne auch nur mit der Wimper zu zucken.

Die Sätze sind ganz plötzlich in ihrem Kopf, mit einer Klarheit, einer Vehemenz, die Jana zutiefst erschreckt. Dennoch fühlt sich der Gedanke in diesem Augenblick keineswegs falsch an. Nein, er kommt ihr richtig und gut vor. Ein Ruck geht durch ihren Körper. Jetzt endlich spürt sie auch wieder die Wut, die das Gefühl der Demütigung zu verdrängen sucht.

Sie nimmt den Bademantel vom Haken, hüllt ihren Körper darin ein. Sie kann jetzt unmöglich ins Bett gehen, hellwach und aufgewühlt, wie sie ist. Sie ist noch immer vollgepumpt mit Adrenalin. Leise verlässt sie das Bad, bleibt davor stehen und lauscht in die Stille. Aus den Zimmern der Kinder dringt kein Laut an ihr Ohr. Offensichtlich haben sie von ihrer nächtlichen Duschaktion nichts mitbekommen. Zum Glück. Vermutlich würde sie in Tränen ausbrechen, wenn einer der beiden fragen würde, ob alles in Ordnung mit ihr sei. Sie geht nach unten, holt aus der Küche ein Glas und aus dem Regal eine Flasche Rotwein. Mit dem halb vollen Weinglas in der einen, der offenen Flasche in der anderen Hand wandert sie ruhelos im Wohnzimmer umher. Ab und zu nippt sie an dem Wein und versucht gleichzeitig, die grässlichen Bilder aus ihrem Kopf zu vertreiben. Es will ihr nicht gelingen. Immer wieder sieht sie Henrys hassverzerrtes Gesicht vor sich, spürt den Druck seines Körpers auf ihrem. Ekel steigt in Jana hoch. Sie kann ihn auf der Zunge schmecken. Bitter wie Galle. Schnell kippt sie den Rest des Weines runter und schenkt sich nach.

Sie bleibt an der Terrassentür stehen, schiebt den Vorhang beiseite und schaut in den dunklen Garten. Der Wind rüttelt an den Ästen der Bäume, als wäre er wütend auf sie. An den nachtblauen Himmel hat sich die schmale Sichel des Mondes gehängt, umrahmt von einem matt glänzenden Hof.

Sie kommt nicht zur Ruhe. Henry drängt sich mit aller Macht in ihre Gedanken. Diesen Mann hat sie umarmt, geküsst, sich ihm hingegeben. Ihr wird schlecht. Magensäure steigt in ihrer Speiseröhre hoch, füllt ihren Mundraum. Sie schafft es gerade noch ins Bad, wo sie den Rotwein in einem Schwall ins Waschbecken erbricht.

10

Die Übelkeit treibt Jana am nächsten Morgen vor dem Klingeln des Weckers aus dem Bett. Sie fühlt sich wie gerädert, hat kaum geschlafen. Ständig ist sie mit klopfendem Herzen hochgeschreckt. Das Gesicht schweißnass, die Angst ein Kloß in ihrer Kehle. Sie stürzt ins Badezimmer und übergibt sich über der Toilette. In ihrem Unterleib spürt sie ein unangenehmes Ziehen.

Ich werde doch nicht etwa schwanger sein?

Der Schreck fährt ihr wie ein Messerstich in die Magengrube. Aus dem Spiegel über dem Waschbecken starrt ihr ein dunkles Augenpaar erschreckt entgegen.

Bitte nicht auch noch das.

Sie dreht den Wasserhahn auf, trinkt aus der hohlen Hand ein paar Schlucke, fährt sich dann mit den feuchten Händen durchs Haar.

In deinem Alter wird man nicht mehr so ohne Weiteres schwanger, versucht sie sich selbst zu beruhigen. Das flaue Gefühl will nicht weichen. Auch das Ziehen in ihrem Unterleib spürt sie jetzt wieder ganz deutlich. Zudem ist ihr nach wie vor speiübel.

Sie haben immer Kondome benutzt. Darauf hat sie von Anfang an bestanden. Was ist, wenn sie trotzdem schwanger geworden ist?

Wann habe ich das letzte Mal meine Regel gehabt?

Es fällt ihr nicht ein. Sie bekommt sie nur noch unregelmäßig. Vorboten der Wechseljahre, sagt die Frauenärztin. Sie sei nun mal in dem Alter. Da wird man nicht mehr so leicht schwanger, versichert Jana sich wieder und wieder. So ganz überzeugt ist sie jedoch nicht.

Beim Frühstück fällt es ihr schwer, sich Max und Kim gegenüber möglichst unbefangen zu geben. Henrys Übergriff setzt ihr nach wie vor ziemlich zu. Sie ist ständig den Tränen nahe, und als Kim ihre eine patzige Antwort gibt, fängt sie tatsächlich an zu weinen. Kim entschuldigt sich bei ihr zwar sofort, sichtlich erschrocken über den Gefühlsausbruch ihrer Mutter, Jana ist dennoch froh, als die beiden kurz darauf endlich das Haus verlassen und sie sich nicht mehr zusammennehmen muss.

Den Schwangerschaftstest besorgt sie sich vorsichtshalber im Nachbarort, da die Apothekerin in Zepernick eine Parteifreundin von Hannes und zugleich eine ziemliche Tratsche ist. Jana möchte ihr keinen Grund für Spekulationen geben. Mit vor Aufregung wild klopfendem Herzen studiert sie den Beipackzettel und folgt dann den Anweisungen. Anschließend setzt sie sich auf den Rand der Badewanne und starrt unverwandt auf den Teststab in ihrer Hand. Sie zittert ein wenig. Die Minuten ziehen sich in die Länge. Was würde sie tun, wenn das Ergebnis positiv ausfällt? Das Kind bekommen? Es wäre ohne jeden Zweifel von Henry. Es ist Monate her, dass sie mit Hannes geschlafen hat. Eine dünne blaue Linie erscheint in dem kleinen Sichtfenster des Teststabs. Jana hält die Luft an. Es bleibt bei der einen Linie. Erleichtert pustet sie die Luft aus ihrer Lunge, schließt die Augen. Lacht. Nicht schwanger. Gott sei Dank. Eine Sorge weniger. Schnell verstaut sie Stab und Beipackzettel wieder in der Packung und eilt die Treppe hinunter nach draußen zur Mülltonne. Dort versteckt sie die Packung unter dem oben liegenden Müllbeutel.

Auf dem Weg zurück ins Haus hört sie das Klingeln des Telefons. Sie beschleunigt ihre Schritte. Das ist sicher Sylvie, die wissen will, wie es gestern mit Henry gelaufen ist. Das Mobilgerät steckt nicht der Station. Suchend sieht sie sich im Raum um, entdeckt das Telefon schließlich auf der Kommode neben dem Fernseher. Sie nimmt es auf und drückt auf die grüne Taste.

»Ja?«

»Jana, ich bin's. Henry. Bitte leg nicht auf. Ich –«

Reflexartig drückt sie das Gespräch weg. Allein der Klang von Henrys Stimme so dicht an ihrem Ohr hat ihren Herzschlag aus dem Takt gebracht. Sie zittert am ganzen Körper. Als das Telefon nur wenige Sekunden später erneut klingelt, erschreckt sie so, dass sie es mit einer hastigen Bewegung von sich wirft. Mit einem dumpfen Laut schlägt das Gerät auf dem Teppich auf und klingelt weiter. Sie bringt es nicht über sich, es wieder aufzunehmen. Nicht, solange es klingelt. Das käme ihr vor, als würde sie Henry berühren. Erst als das Telefon endlich verstummt, nimmt sie es mit spitzen Fingern und steckt es in die Station zurück. Sie spürt ihren Herzschlag bis unter die Schädeldecke. Ihr Mund ist staubtrocken. Was soll sie machen, wenn Henry nicht aufhört, sie zu belästigen? Sie geht in die Küche, schenkt sich ein Glas Wasser ein, trinkt es halb leer. Auf ihre Frage findet sie keine Antwort. Unvermittelt steigt Angst in ihr hoch. Sie bekommt kaum noch Luft. Mit zitternden Fingern stellt sie das Glas auf dem Tisch ab, stolpert zur Terrassentür, reißt sie auf und wankt ins Freie. In tiefen Zügen atmet sie die frische Luft ein. Tief in den

Bauch hinein. Es dauert eine ganze Weile, bis sich das Engegefühl, das ihren Brustkorb wie eine Klammer zusammenpresst, endlich löst.

Ein Schatten fällt über den Garten. Sie erschrickt, schaut hoch. Eine dunkle Wolke hat sich vor die Sonne geschoben. Ihr kriecht eine Gänsehaut über den Rücken. Sie weiß selbst, dass das Unsinn ist, aber es kommt ihr vor wie ein schlechtes Omen. Schützend umschlingt sie sich mit beiden Armen und geht zurück ins Haus.

Der weitere Tag verläuft ohne besondere Vorkommnisse. Henry ruft, entgegen Janas Befürchtung, nicht mehr an. Kurz nach dem Abendessen meldet sich Hannes aus Washington, um Bescheid zu sagen, dass seine Maschine erst am späten Abend gegen dreiundzwanzig Uhr in Tegel landet und er sich ein Taxi nach Hause nehmen wird.

»Du musst nicht auf mich warten«, sagt er und fügt schnell hinzu: »Bevor ich es vergesse, du sollst morgen aufs Polizeirevier in Zepernick kommen und Anzeige erstatten. Ich habe mit Kommissar Weber gesprochen. Er war nicht sehr erfreut, als er gehört hat, dass du den Hund bereits begraben hast. Ich habe versucht, ihm deine Gründe zu erläutern.«

Sie verspricht, das gleich morgen früh zu erledigen, und notiert sich vorsichtshalber die Durchwahl von Herrn Weber. Eigentlich wollte sie nach dem Abendessen eine Runde joggen, um den Kopf freizubekommen. Aber es regnet Bindfäden. Und es sieht nicht danach aus, als würde es demnächst wieder aufhören. Mit verschränkten Armen stellt sie sich an die Terrassentür und sieht dem Regen zu, wie er in dünnen feinen Schnüren aus einem mit grauen Wolken verhangenen Himmel fällt. Eine Schneckenfamilie kriecht zielstrebig über das feucht glänzende Holz der Terrasse. Vielleicht hoffen die kleinen Tiere, dass die Pflanzen auf der anderen Seite saftiger sind und besser schmecken?

Aus einem der hintersten Winkel ihres Gedächtnisses versucht eine Erinnerung sich den Weg in ihr Bewusstsein zu bahnen. Eine Erinnerung an eine Zeit aus einem anderen Leben. Eine Zeit, in der sie der festen Überzeugung war, dass es ihr überall besser gehen würde als da, wo sie sich gerade befand. Sofort sperrt sich etwas in ihr, ihr Inneres verhärtet. Sie möchte sich nicht erinnern. Sie möchte jeden Gedanken an die Vergangenheit aus ihrem Gedächtnis tilgen. Obwohl sie mittlerweile die leidvolle Erfahrung gemacht hat, dass das ein sinnloses Unterfangen ist. Sie kann die Erinnerungen nur verdrängen, vollständig löschen werden sie sich nie lassen. Sie sind unentrinnbar mit ihr und ihrem Leben verkettet.

Ihr fällt ein, dass sie heute bei all der Aufregung vergessen hat, nach der Post zu schauen. Sie schnappt sich einen Schirm aus dem Garderobenständer und läuft zum Briefkasten, der am Gartenzaun vor dem Haus befestigt ist. Schnell nimmt sie die Post an sich und eilt zurück ins Trockene. Noch in der Diele sortiert sie die Briefe. Zwischen zwei Werbesendungen liegt ein zerknitterter, leicht angeschmutzter Umschlag, der ihre Aufmerksamkeit auf sich zieht. »*FÜR DICH*« steht mit einem dicken schwarzen Filzstift in Großbuchstaben geschrieben auf der Vorderseite. Keine Briefmarke. Kein Absender. Auch auf der Rückseite nicht. Den hat jemand persönlich eingeworfen. Das kann nur Henry gewesen sein. Nicht auszudenken, wenn eins der Kinder den Brief geöffnet hätte. Sie ist kurz davor, ihn ungelesen zu zerreißen, überlegt es sich dann aber anders. Mit fliegenden Fingern öffnet sie den Umschlag, zieht eine Schwarz-Weiß-Fotografie heraus. Verwundert und irritiert zugleich betrachtet sie die Aufnahme. Was ist das denn? Eine frisch aufgeschüttete Grabstätte? Aber das Datum passt nicht. Von dem großen Grabstein aus dunklem Stein ist nur die untere Hälfte mit dem Geburts- und Todesjahr zu sehen. 1989–1993.

Schlagartig wird ihr schwindelig. Ihre Umgebung verschwimmt zu einem Brei aus undefinierbaren Formen und Farben. Ein Schweißtropfen rinnt ihr wie in Zeitlupe die Wirbelsäule entlang. Für einen Moment fürchtet sie, ohnmächtig zu werden. Sie stützt sich gegen die Wand, atmet tief durch. Nur allmählich lichtet sich der Nebel vor ihren Augen wieder. Sie starrt auf den Grabstein. Sieht nichts mehr außer den Jahreszahlen. Sie dreht das Foto um. Liest, was auf der Rückseite steht. Liest es ein zweites, ein drittes Mal. Ohne den Sinn zu begreifen.

»Mama?«

Plötzlich steht Max vor ihr, sieht fragend zu ihr hoch. Einige Sekunden lang starrt sie ihn verständnislos an. Sie hat gar nicht gehört, wie er reingekommen ist. Dann lässt sie das Foto schnell wieder in dem Umschlag verschwinden und stopft ihn in die Hosentasche. Sie versucht ein Lächeln und wendet sich Max zu.

11

Sebi: Was hältst du von Samstag?
Kim: Jetzt Samstag?
Sebi: Ist dir das zu kurzfristig?
Kim: Irgendwie schon.
Sebi: Es ist nur so, dass meine Mutter endlich einen Käufer für das Haus gefunden hat. Es wäre die letzte Gelegenheit, sich dort zu treffen.
Kim: Verstehe.
Sebi: Mach dir keinen Kopf. Wir finden 'ne andere Möglichkeit.
Kim: Nein, nein. Alles gut. Es kommt nur so plötzlich.
Sebi: Heißt das, du sagst Ja?
Kim: Ja!
Sebi: Toll. Ich werd verrückt.
Kim: Ich freu mich auch ☺
Sebi: Ich habe sogar schon nach einem Zug für dich geschaut. Von Bernau aus geht einer um 9:45 Uhr.
Kim: Wow! Was für ein Service. Ich bin beeindruckt.
Sebi: ☺ Ich warte am Bahnhof auf dich. Ich bin nämlich schon früher da!
Kim: Okay, dann ist es also abgemacht.
Sebi: Ich freue mich so.
Kim: Ich mich auch.

Mit gemischten Gefühlen schließt Kim WhatsApp. Sie hat es Sebi gegenüber nicht zugeben wollen, aber sie fühlt sich ein bisschen überrumpelt. Natürlich möchte sie sich mit ihm treffen. Nur irgendwie geht ihr das jetzt dann doch zu schnell. Sie schaut auf die Uhr. Gleich halb elf. Maike ist sicher noch wach. Kurz entschlossen wählt sie die Nummer der Freundin und erzählt ihr, dass Sebi ein Date für übermorgen vorgeschlagen hat.

»Wird ja auch langsam mal Zeit.« Maike gähnt in den Hörer. Offensichtlich hat Kim sie geweckt.

»Ja, aber –«

»Sag bloß, du bekommst jetzt auf den letzten Metern Schiss?«, fällt Maike ihr ins Wort.

»Nein«, behauptet Kim. »Ich meine, er holt mich ja vom Bahnhof ab. Und wenn er mir da irgendwie querkommt, haue ich halt wieder ab.« Sie gibt sich cooler, als ihr zumute ist.

»Ich leih dir mein Pfefferspray«, sagt Maike. »Und vergiss die Kondome nicht. Für alle Fälle.« Sie gibt einen Laut von sich, der wie ein Kichern klingt, das sofort in ein herzhaftes Gähnen übergeht. »Du, lass uns morgen weiterreden, ja? Ich schlaf hier gleich ein.«

Im Gegensatz zu ihrer Freundin ist Kim hellwach. Ihr schwirrt der Kopf, in ihrem Innern ein Chaos aus widersprüchlichen Gefühlen. Sie zieht sich aus und schlüpft unter die Bettdecke. Morgen wird sie vorsichtshalber schon mal Bescheid sagen, dass sie Samstag mit Maike shoppen geht, und fragen, ob sie bei der Freundin übernachten darf. Für alle Fälle. Das Date wieder absagen kann sie ja immer noch. Sie seufzt. Mit Sicherheit wird sie heute Nacht nicht eine Sekunde schlafen können, so aufgewühlt, wie sie ist. Sie fühlt sich total neben der Spur.

Endlich ist es so weit. Sie wird sich mit ihm treffen. Schon übermorgen. Wie aufregend. Sie holt tief Luft. Spürt, wie die Bedenken sich verflüchtigen und einer kribbeligen Vorfreude weichen. Sie kann gar nicht verstehen, warum sie plötzlich so ein blödes Gefühl hatte.

Über dem Gedanken, was sie zu dem Date anziehen soll, schläft sie ein.

12

4:15 Uhr. Es ist das zigste Mal in dieser Nacht, dass Jana auf die Uhr schaut. Sie findet einfach keinen Schlaf. Das Foto schwirrt ihr im Kopf herum. Sie hat den ganzen Abend versucht, sich einzureden, dass das nichts weiter als ein dummer Streich der Nachbarkinder gewesen sei. Aber natürlich hat das nicht funktioniert. Die Jahreszahlen auf dem Grabstein können kein Zufall sein. Sie kennt das Grab nicht, ist nicht ein einziges Mal dort gewesen. Es sind sicher auch andere vierjährige Kinder in diesem Jahr gestorben, aber dass man ausgerechnet ihr diese Aufnahme zukommen lässt, das muss etwas zu bedeuten haben. Sie öffnet die Augen, starrt in die Dunkelheit. Vor allem der Satz auf der Rückseite des Fotos hat sie zutiefst erschreckt. *Glückwunsch, jetzt hast du auch sie auf dem Gewissen.* Sie! Jana ahnt, wer damit gemeint sein könnte. Wieso sollte sie an ihrem Tod schuld sein? Und wer um Gottes willen hat ihr dieses Foto geschickt?

4:20 Uhr. Hannes neben ihr wälzt sich grummelnd auf die andere Seite. Sie hatte eigentlich auf ihn warten wollen, im Lauf des Abends erschien ihr jedoch die Vorstellung, ihm nach den schrecklichen Geschehnissen unbefangen gegenüberzutreten, immer unvorstellbarer. Als er dann gegen 1:00 Uhr ins Bett kam, hatte sie sich schlafend gestellt.

4:30 Uhr. Sylvie hat gestern Abend zwei Mal bei ihr angerufen, Jana hat sich einfach nicht in der Lage gefühlt, mit einem anderen Menschen zu reden. Über das Foto kann sie ohnehin nicht mit ihr sprechen. Was damals geschehen ist, davon hat sie niemandem auch nur ein Wort erzählt. Und sie hat auch nicht vor, das jetzt zu tun.

Abrupt steht sie auf. Barfuß tastet sie sich durch den abgedunkelten Raum bis zur Tür, zieht sie von außen sachte zu. Stille umfängt sie. So tief, dass es fast schon unheimlich ist. Sie geht nach unten, erwartet das vertraute Geräusch von Bennies Krallen, die über den Parkettboden kratzen. Mit einem Mal friert sie in dem dünnen Schlafanzug. Sie schnappt sich ihre Strickweste vom Sofa, tappt in die Küche und macht sich einen Kaffee. Mit dem Becher in der Hand wandert sie ins Wohnzimmer. Sie öffnet die Terrassentür und umschließt das warme Porzellan mit beiden Händen. Die Luft ist rein und klar. Eine Amsel flattert mit einem dicken Wurm im gelben Schnabel von der Wiese hoch und fliegt davon. Über dem regennassen Gras schwebt ein Schleier aus Dunst. Die aufgehende Sonne färbt das Wolkenband am Horizont in purpurfarbenes Rot. Eine Weile steht Jana einfach nur da, sieht in den Garten hinaus, freut sich an seinen frischen Farben und trinkt in kleinen Schlucken ihren Kaffee.

Wie schön das ist, denkt sie, und ein Gefühl der Trauer überflutet sie wie ein kalter Regenguss. Die böse Ahnung, dass sich diese Idylle schon bald als ein Trugbild erweisen könnte, überfällt sie ganz unvermittelt. Sie schließt die Terrassentür, stellt den Becher beiseite und nimmt das Buch zur Hand, zwischen dessen Seiten sie den Umschlag gestern Abend, kurz bevor sie zu Bett gegangen ist, versteckt hat. Erst wollte sie beides in kleine Fetzen zerreißen und im Papiermüll entsorgen. Sie hatte den Umschlag schon in der

Hand, irgendetwas hielt sie jedoch davon ab. Ein Gefühl. Etwas wie eine innere Sperre. Keine Ahnung, woher das plötzlich kam. Jedenfalls konnte sie es nicht tun. Das Buch schlägt von selbst an der Stelle auf, wo der Umschlag steckt. Sie nimmt die Fotografie heraus, betrachtet sie noch einmal eingehend.

Rechts unten am Rand der aufgeschütteten Erde liegt ein Kranz. Als hätte ihn jemand achtlos dort hingeworfen. Sie kneift die Augen zusammen, versucht zu entziffern, was in schwarzen Buchstaben auf der weißen Trauerschleife steht. *Ruhe in Frieden. Dein* – Die restlichen Buchstaben sind verdeckt. Im Moment der Aufnahme wurde das Band vermutlich von einem Windstoß hochgeweht, sodass es genau an der Stelle umgeklappt ist. Sie studiert die Schrift auf der Rückseite des Fotos. Großzügige, runde Buchstaben. Unterlängen beim G. Sie sehen ihrer eigenen Handschrift täuschend ähnlich.

Ein Geräusch hinter ihrem Rücken lässt sie zusammenzucken. Hastig stopft sie das Foto in den Umschlag und legt ihn ins Buch zurück. Sie klappt es zu und stellt es ins Regal zurück. Hannes kommt die Treppe herunter. Mit seinen vom Schlaf verwuschelten Haaren sieht er ein bisschen aus wie ein zu groß geratener Junge. Ein zu groß geratener, sehr müder Junge. Seine Augen sind ganz klein und gerötet. Sie fühlt einen Anflug von Zärtlichkeit und sieht ihm lächelnd entgegen.

»Guten Morgen.«

Hannes kommt auf sie zu, beugt sich zu ihr herunter und küsst sie auf den Mund. »Morgen, Schatz.«

»Entschuldige, dass ich gestern Abend nicht auf dich gewartet habe, aber ich war plötzlich todmüde.« Erst als der

Satz raus ist, wird ihr bewusst, dass sie schon wieder zu einer Lüge gegriffen hat.

»Nicht schlimm.« Hannes schenkt ihr ein kleines Lächeln. »Ich war selbst so durch, ich wäre zu keinem vernünftigen Gespräch mehr in der Lage gewesen.«

»Dann werde ich mal die Kinder wecken gehen«, sagt sie. »Bist du so lieb und deckst den Tisch?«

Eine halbe Stunde später sitzen alle am Frühstückstisch. Hannes legt sogar die Zeitung beiseite und wendet sich seinem Sohn zu, der sichtlich niedergeschlagen in seinem Müsli rumstochert.

»Was hältst du davon, wenn wir am Sonntag eine Radtour machen. Nur wir zwei?«

Ein Leuchten geht über Max' Gesicht. »Au ja«, sagt er eifrig. »Das haben wir schon ewig nicht mehr gemacht.«

»Okay, dann ist das fest abgemacht.«

Jana greift nach der Hand ihres Mannes, drückt sie leicht. Sie lächeln sich in stummem Einverständnis zu.

Im Wohnzimmer meldet Janas Handy den Eingang einer SMS.

»Wer will denn schon so früh etwas von mir?«, sagt sie und lässt Hannes' Hand los.

Sie entdeckt ihr Handy auf der Vitrine und öffnet die Nachricht. Kein Text, nur ein Foto. Nicht schon wieder, denkt sie. Sie starrt auf das Display, ohne dass ihr Verstand zunächst erfasst, was darauf zu sehen ist. Es zeigt sie und einen Mann in scheinbar eindeutiger Pose. Sie stehen beide vor einem geparkten Auto. Der Schein einer Straßenlaterne taucht die Szene in ein schummeriges Licht. Der Mann, der von hinten zu sehen ist, drängt seinen Körper eng an ihren, eine Hand krallt sich in ihr Haar. Sie hat den Kopf in den

Nacken geworfen. Der Gesichtsausdruck suggeriert leidenschaftliche Ekstase. Übelkeit steigt in ihr hoch, bleibt als Kloß in ihrer Kehle stecken.

Jemand hat sie und Henry vorgestern Abend fotografiert. Ihr bricht der Schweiß aus, ihr Herzschlag beschleunigt sich. Will jemand sie erpressen? Henry? Ausgeschlossen. Es sei denn, er hat das Ganze inszeniert. Der Gedanke ist so abwegig, dass sie unwillkürlich den Kopf schüttelt.

»Alles in Ordnung?«, ruft Hannes aus der Küche.

»Ja, ja«, antwortet Jana und löscht gleichzeitig das Foto aus dem Speicher. »Das war eine Nachricht von Sylvie. Sie muss etwas mit mir besprechen«, lügt sie. »Ich schreib ihr gerade, dass ich sie später zurückrufe.«

Sie atmet tief durch, versucht ein Lächeln aufzusetzen, was ihr nicht so richtig gelingen will, und geht zurück in die Küche.

»Mama«, sagt Kim. »Kann ich morgen bei Maike übernachten? Wir wollen tagsüber nach Berlin zum Shoppen und abends zusammen die letzte Staffel der *Gilmore Girls* anschauen. Ist das okay?«

»Ja, klar«, antwortet sie zerstreut, in Gedanken bei dem Foto.

»Danke«, sagt Kim. Sie strahlt Jana an, als hätte sie ihr gerade einen lang gehegten Wunschtraum erfüllt.

»Oh, ich sollte langsam los«, Hannes erhebt sich. »Ich muss ja heute mit der S-Bahn fahren. Denkst du an den Termin heute Morgen?«, fragt er an Jana gewandt.

»Welchen Termin?« Sie schaut verständnislos zu ihm hoch.

Er hebt die Augenbrauen, sein Blick fällt wie zufällig auf Bennies Napf, der noch immer an seinem Stammplatz in der Küche steht.

»Ach so«, sagt sie. »Ja, klar.«

Hinter Hannes und den Kindern fällt die Haustür ins Schloss. Ruhe kehrt ein. Sie bleibt wie verloren in der Küche zurück. Jetzt, da alle weg sind und sie sich nicht mehr verstellen muss, bricht die Erkenntnis, dass sich eine Bedrohung in ihr Leben eingeschlichen hat, wie eine riesige Welle über ihr zusammen. Sie legt eine Hand auf ihren Brustkorb, spürt, wie er sich durch ihren beschleunigten Atem hebt und senkt. Jetzt bereut sie, dass sie das Foto in einem spontanen Reflex gelöscht hat. Sie würde es sich gerne genauer anschauen. Vielleicht würde sie irgendeinen Hinweis finden. Worauf denn?, fragt sie sich im gleichen Augenblick. Schließlich gibt es keinerlei Zweifel daran, wann das Foto aufgenommen wurde. Und wer sie fotografiert hat, geht daraus ganz sicher nicht hervor. Ärgerlich ist nur, dass sie jetzt nicht mehr nachschauen kann, von welcher Nummer es an sie geschickt worden ist.

Ob es einen Zusammenhang zwischen den beiden Fotos gibt? Das kann nicht sein, versucht sie sich selbst zu beruhigen. Das eine ist Vergangenheit, das andere Gegenwart. Da gibt es keine Verbindung. Doch, widerspricht sie sich selbst. Es gibt eine: *Dich! Du bist das Bindeglied.*

Den Kopf voller quälender Gedanken macht sie sich schließlich auf den Weg ins Polizeirevier. Kommissar Weber ist noch korpulenter, als Jana ihn in Erinnerung hat, und er strahlt die gutmütige Ruhe aus, die dicken Menschen manchmal zu eigen ist und die sie besonders liebenswert macht. Ohne ihr mit Vorwürfen zu kommen, nimmt er ihre Anzeige auf, macht ihr allerdings keine großen Hoffnungen, dass der Täter geschnappt werden wird.

»Wir haben einfach zu wenig Personal, um«, er zuckt

bedauernd mit den Achseln, »solchen Fällen hinreichend nachgehen zu können. Aber seit dem Anruf Ihres Mannes fahren die Kollegen mehrmals am Tag bei Ihnen vorbei. Wir haben ein Auge auf Sie.«

Der Mann ist ihr in seiner väterlichen Art so sympathisch, dass sie tatsächlich kurz versucht ist, sich ihm anzuvertrauen und ihm von den anonym zugesandten Fotos zu erzählen. Aber sie müsste viel zu viel erklären, wüsste gar nicht, wo sie anfangen soll, und letztendlich weiß sie auch nicht, was sie sich davon verspricht.

Der Tag vergeht ohne nennenswerte Zwischenfälle. Ihre Befürchtung, dass ihr weitere Fotos zugespielt werden könnten, bewahrheitet sich zum Glück nicht. Dennoch will das beklemmende Gefühl sich nicht auflösen. Im Gegenteil, es scheint sich wie ein bösartiges Geschwür in ihrem Innern auszubreiten. Den Kindern gegenüber versucht sie sich nichts davon anmerken zu lassen, besonders gut gelingt ihr das aber nicht. Sogar Kim fragt mit besorgter Miene, ob irgendetwas mit ihr sei.

Nach dem recht schweigsamen Mittagessen versucht sie Sylvie zu erreichen. Sie hat mittlerweile das Gefühl, an dem Gefühlschaos, das in ihr tobt, ersticken zu müssen, wenn sie nicht endlich mit jemandem darüber reden kann. Und mit der Freundin könnte sie zumindest über die Sache mit Henry sprechen. Sie ist leider nicht zu Hause. Jana hinterlässt die Bitte um Rückruf auf dem AB. Am späten Nachmittag, Kim und Max sitzen in ihren Zimmern über den Hausaufgaben, hält sie es nicht mehr länger im Haus aus. Sie sagt Bescheid, dass sie eine Runde joggen geht, bittet Kim, ein Auge auf Max zu haben, der ihr nach wie vor sehr niedergeschlagen und traurig vorkommt, und macht sich in das nahe Naturschutzgebiet auf. Vielleicht hilft ihr die Anstrengung des Laufens, den Kopf wenigstens einigermaßen freizubekommen.

Als sie nach einer Stunde völlig ausgepowert wieder zu Hause eintrifft, ist Max spurlos verschwunden.

13

Nur mit Mühe gelingt es Jana, sich zu beherrschen und Kim keinen Vorwurf zu machen, dass sie nicht richtig auf ihren Bruder aufgepasst hat. Obwohl sie ausdrücklich darum gebeten hatte. Sie weiß selbst, dass ihre Reaktion überzogen ist, die Ereignisse der letzten Tage haben sie dünnhäutig gemacht. Sie wird das Gefühl nicht los, dass da jemand im Verborgenen lauert, der ihr Böses will.

»Ich habe schon überall nach Max gesucht. Er ist nicht im Garten und auch nicht auf dem Bolzplatz um die Ecke. Sein Handy liegt in seinem Zimmer auf dem Schreibtisch. Er hat alles stehen und liegen lassen«, stammelt Kim den Tränen nahe.

»Kim, Schatz, der Reihe nach, ja?«, sagt Jana betont ruhig. »Wann ist dir aufgefallen, dass er weg ist?«

Kim sieht ihre Mutter schuldbewusst an. »Kurz nachdem du weg bist, hat das Telefon hat geklingelt.« Sie schnieft. »Ich habe gehört, wie er die Treppe runtergerannt ist. Und dann ist mir irgendwann aufgefallen, wie still es im Haus geworden ist. Also habe ich nachgesehen. Da war er weg.«

Sie sieht so unglücklich aus, dass Janas Zorn augenblicklich verraucht. Sie nimmt Kim in den Arm, streicht ihr übers Haar und sagt: »Wir überlegen jetzt mal ganz in Ruhe, wo er sein könnte, ja?«

Kim zieht die Nase hoch, nickt stumm und wirft ihr aus verheulten Augen einen Blick zu, den Jana nicht recht deuten kann. Vielleicht findet sie, dass Jana ihre Sorge um Max ein bisschen übertreibt.

»Hast du schon in der Garage nachgeschaut, ob sein Rad noch da ist?«

»Nein. Aber das mach ich gleich.« Sie rennt sofort los, Jana folgt ihr. Max' Rad steht tatsächlich nicht mehr in der Garage.

»Wo könnte er denn hingefahren sein?«, überlegt sie laut. »Es muss ja was Dringendes gewesen sein, wenn er Hals über Kopf losgestürmt ist.«

»Vielleicht ist er rüber zu Fabian«, sagt Kim. Fabian ist ein Klassenkamerad und der beste Freund von Max. Er wohnt im Nachbarort Schönow. Kaum drei Kilometer entfernt.

»Ich ruf da gleich mal an«, sagt Jana und zückt ihr Handy. Doch bei Fabian ist er nicht. Der hütet – laut seiner Mutter – mit einer dicken Erkältung seit ein paar Tagen das Bett.

»Ich fahre mal mit dem Rad rum und suche ihn, okay?«, sagt Kim eifrig.

»Mach das«, sagt Jana. »Ich telefoniere seine Freunde durch. Hast du dein Handy dabei?«

»Ja, klar.«

»Ruf mich bitte sofort an, wenn du ihn findest, ja?«

»Mach ich. Du mich auch, wenn er wieder auftaucht.«

Jana verspricht es und eilt zurück ins Haus. Sie überlegt, ob sie Hannes informieren soll, verwirft den Gedanken umgehend wieder. Max ist gerade mal seit einer knappen Stunde weg. Unter normalen Umständen würde sie sich wahrscheinlich nicht so viele Gedanken machen, aber es ist nicht seine Art, das Haus zu verlassen, ohne Bescheid zu sagen, und sie hat einfach ein ungutes Gefühl bei der Sache. Sie stellt sich in der Küche ans Fenster, so hat sie die Straße im Blick, und wählt nacheinander die Eltern von Max' Freunden an. Er hat sich heute bei keinem blicken lassen. Auf die besorgten Nachfragen antwortet sie ausweichend. Immer wieder sucht sie, während sie telefoniert, mit den Augen die Straße ab. Nichts. Auch Kim taucht nicht mehr auf. Ihre Unruhe wächst mit jeder Minute, die verstreicht. Als das Telefon in ihrer Hand plötzlich klingelt, erschreckt sie sich so, dass sie es fast fallen lässt. *Sylvie* steht auf dem Display. Jana zögert. Sie hat jetzt nicht die Ruhe, mit der Freundin zu telefonieren, möchte sie allerdings auch nicht abwimmeln, nachdem sie die Bitte um Rückruf bei ihr hinterlassen hat. Mitten in ihre Überlegungen hinein schaltet sich der Anrufbeantworter ein und nimmt ihr die Entscheidung ab. Sie wird Sylvie später zurückrufen, sobald Max – hoffentlich – wieder wohlbehalten zu Hause eingetroffen ist.

Gerade als sie beschließt, sich selbst auf die Suche zu machen, sieht sie Max mit hängendem Kopf, sein Rad neben sich herschiebend, die Straße entlang auf das Haus zutrotten. Sie stürzt nach draußen und reißt ihren verdutzten Sohn in die Arme. Das Rad fällt scheppernd zu Boden.

»Gott sei Dank, dir ist nichts passiert«, sagt sie mit tonloser Stimme.

»Mama, was hast du denn?« Er befreit sich unwillig aus ihrer Umarmung und bückt sich nach seinem Rad.

»Wo um Gottes willen hast du gesteckt?«, fragt sie zwischen Erleichterung und Ärger schwankend.

»Ich war Bennie suchen«, erklärt er und umfasst den Lenker seines Fahrrads mit beiden Händen. »Eine Frau hat angerufen und gesagt, sie hätte ihn im Priesterwäldchen rumstromern sehen.«

»Woher hatte die Frau unsere Nummer? Wieso wusste sie von Bennie?«, fragt sie alarmiert.

»Mama!« Er verdreht sichtlich genervt die Augen. »Wir haben überall Zettel aufgehängt. Vergessen?«

»Stimmt, da hast du natürlich recht«, sagt sie und überlegt gleichzeitig, wie jemand behaupten kann, einen Hund gesehen zu haben, der tot ist?

»Nur, da war Bennie nicht mehr. Also bin ich in der Gegend rumgefahren und habe nach ihm gerufen.« Er presst die Lippen aufeinander, zuckt mit den Schultern und schnauft enttäuscht. »Ich verstehe gar nicht, warum Bennie nicht wieder nach Haus findet. Und jetzt habe ich auch noch einen Platten«, fügt er etwas zusammenhanglos hinzu und deutet auf das Vorderrad.

Jana legt einen Arm um seine schmalen Schultern. Sie will etwas Tröstendes sagen, ihr fällt nichts ein. »Ich rufe Kim schnell an. Sie sucht nämlich gerade nach dir«, sagt sie stattdessen und zückt ihr Smartphone.

»Hat die Frau ihren Namen genannt?«, fragt sie beiläufig nach ihrem kurzen Gespräch mit Kim.

»Nein, hat sie nicht«, sagt er und schiebt sein Rad in die Garage. »Sie hat nur gesagt: Ihr sucht doch euren Hund. Ich habe ihn vor ein paar Minuten gesehen. Er streunt im Priesterwäldchen rum. Ich habe mich bei ihr bedankt und bin sofort los.«

»Verstehe«, sagt Jana.

So etwas kommt vor. Leute glauben, etwas gesehen zu haben, was sich letztendlich als Irrtum herausstellt, versucht sie das ungute Gefühl zu beschwichtigen, das ihr suggerieren will, dass an diesem Anruf irgendetwas faul ist. *Du siehst mittlerweile schon überall Gespenster.*

Die Kinder sind bereits seit einiger Zeit im Bett, als sie Schritte vor dem Haus hört. Gleich darauf dreht sich ein Schlüssel im Haustürschloss. Hannes. Sie legt ihr Buch beiseite, wirft einen Blick auf die Uhr. Schon nach elf. Er hat es – entgegen ihrer Abmachung – nicht für nötig befunden, ihr Bescheid zu sagen, dass es heute später werden würde. Sie spürt, wie der Ärger in ihrem Magen zu rumoren beginnt. Normalerweise geht sie ihm entgegen und begrüßt ihn in der Diele. Heute bleibt sie mit demonstrativ verschränkten Armen und finsterer Miene auf dem Sofa sitzen. Hannes kommt rein und marschiert, ohne sie eines Blickes zu würdigen, in die Küche. Sie zieht irritiert die Augenbrauen hoch. Was hat er denn? Schlechte Laune? Sie hört, wie er eine Weinflasche entkorkt, und stemmt sich vom Sofa hoch. An den Türrahmen gelehnt, beobachtet sie ihn. Er schenkt sich ein Glas Rotwein ein und trinkt einen großen Schluck. Irgendwelchen Ärger mit Alkohol zu kompensieren ist normalerweise nicht seine Art. Sofort kommt ihr die Szene mit Henry in den Sinn, und alles in ihr verkrampft sich.

»Was ist denn los mit dir?«, fragt sie schließlich, als er keinerlei Anstalten macht, von ihrer Anwesenheit Notiz zu nehmen.

Er verharrt mitten in der Bewegung, sein Unterkiefer scheint zu mahlen. Unvermittelt knallt er das Glas so hart auf die Anrichte, dass etwas von dem Rotwein über den Rand schwappt. Sie erschrickt. Derart unbeherrscht hat sie ihren Mann noch nie erlebt. Es braucht einiges, um ihn aus der Fassung zu bringen.

Wortlos zückt er sein Smartphone. Sein Gesicht ist zu einer steinernen Maske erstarrt.

»Ich hoffe, du hast eine plausible Erklärung dafür«, sagt er mit eisiger Stimme und hält ihr das Handy unter die Nase.

14

Sebi: Alles in Ordnung bei dir?
Kim: Geht so. Die Stimmung bei uns ist noch immer im Minusbereich. Meine Mutter ist irgendwie total strange drauf.
Sebi: Wie strange?
Kim: Sie steht komplett neben sich. Flennt bei jeder Kleinigkeit los.
Sebi: Das hat meine manchmal auch. Das gibt sich wieder.
Kim: Hoffentlich. Das nervt ziemlich.
Sebi: Bleibt es bei unserem Treffen morgen?
Kim: Klar.
Sebi: Die Wegbeschreibung hast du bekommen?
Kim: Ja, hab ich auch schon ausgedruckt.
Sebi: Ist ja nur für den Fall, dass ich es nicht schaffe, dich vom Bahnhof abzuholen. Was unwahrscheinlich ist. Mein Zug geht schon um halb sieben.
Kim: Dann sehen wir uns also morgen.
Sebi: Ja. Ich freue mich wie verrückt auf dich. ☺
Kim: ☺ Schlaf gut und träum was Schönes.
Sebi: Du auch! Obwohl ich glaub, ich werd heute Nacht vor Aufregung gar nicht schlafen können.

Kim lehnt sich in ihrem Schreibtischstuhl zurück, knabbert nachdenklich an ihrer Unterlippe. So cool, wie sie sich ihm gegenüber gegeben hat, fühlt sie sich überhaupt nicht. Je näher das Date rückt, desto mehr Muffensausen bekommt sie. Ständig geistert ihr die bange Frage durch den Kopf, ob sie ihm überhaupt gefallen wird. Was, wenn nicht? Was ist, wenn ihm bei ihrem Anblick die Kinnlade runterfällt vor Enttäuschung? Weil sie einfach nicht sein Typ ist. Vielleicht findet er sie sogar hässlich. Kim stößt einen tiefen Seufzer aus. Sie wird heute Nacht bestimmt auch kein Auge zutun, so aufgeregt, wie sie ist. Nachdenklich stapft sie zur Tür, öffnet sie, um ins Badezimmer zu gehen. Von unten dringen die Stimmen ihrer Eltern zu ihr hoch. Sie klingen aufgeregt. Sie huscht zum Treppenabgang und spitzt die Ohren. Streiten die beiden schon wieder? In letzter Zeit passiert das immer häufiger. Sie verzieht den Mund. Hoffentlich wollen sie sich nicht scheiden lassen. Sie hat das bei einer Klassenkameradin mitbekommen. So eine Scheidung ist Stress pur. Für alle Beteiligten. Sie schlurft ins Badezimmer und überlegt, zu wem sie ziehen würde, wenn sie wählen dürfte. Zu Mama oder Papa? Wahrscheinlich eher zu Papa. Der ist nicht so streng. Und irgendwie lockerer. Aber das steht ja zurzeit zum Glück nicht zur Debatte. Die beiden kriegen sich schon wieder ein. Haben sie ja bisher immer. Sie schließt hinter sich ab und putzt sich die Zähne. Als sie kurze Zeit später in ihr Zimmer zurückkehrt, sind die Stimmen von unten verstummt. Na bitte! Wieder alles Friede, Freude, Eierkuchen. Sie zieht sich aus und schlüpft unter die Bettdecke.

Was soll sie bloß anziehen morgen? Die hautenge Jeans, in der sie einen echt geilen Arsch hat, wie Maike es ausdrückt, oder lieber doch die lässige Cargo? Sie hat keine Ahnung, auf was Sebi so steht. Obwohl – Jungs ist es meist ohnehin vollkommen schnuppe, was Mädchen anhaben. Die interessieren sich mehr dafür, was sich unter den Klamotten verbirgt. Bei dem Gedanken muss Kim grinsen. Der Spruch ist nicht von ihr, sondern von Maike. Die hat ihr auch geraten, auf jeden Fall zu dem Treffen zu fahren.

»Sonst bekommst du den Typ eh nicht wieder aus dem Kopf. Und was soll schon groß passieren? Ihr trefft euch am Bahnhof. Dort sind immer irgendwelche Leute. Und ob das was wird mit euch beiden oder nicht, das entscheidet sich bereits in den ersten Minuten. Das hab ich mal irgendwo gelesen. Wenn nicht, ziehst du halt wieder ab.« Dann hat sie in ihrer Tasche gekramt und ihr das Pfefferspray in die Hand gedrückt. »Für alle Fälle. Man weiß ja nie.« Etwas mulmig ist Kim da doch geworden.

Ihr Zug geht um acht. Vorsichtshalber stellt sie den Wecker auf halb sechs. Sie muss ja duschen, Haare waschen, sich zurechtmachen, überlegen, was sie mitnimmt. Sie zieht sich die Bettdecke bis ans Kinn, legt die Hände auf ihre glühenden Wangen. Es kommt ihr vor, als würde jeder einzelne Nerv ihres Körpers kribbeln. Mit Sicherheit wird sie nicht eine einzige Sekunde schlafen können und morgen ganz beschissen aussehen. Kim seufzt tief und schließt die Augen. Keine drei Minuten später ist sie bereits eingeschlafen.

15

»Hannes, so glaub mir doch. Da ist nichts gewesen zwischen Henry und mir. Ich bin ein paar Mal mit ihm auf einer Lesung gewesen, und als ich merkte, dass er mehr wollte, habe ich das Ganze beendet.«

Jana hat sich so überrumpelt gefühlt, dass sie es nicht geschafft hat, ihm die Wahrheit zu sagen. Pure Rücksichtnahme, versucht sie sich einzureden. Insgeheim weiß sie sehr wohl, dass es einfach Feigheit ist, die sie zu dieser erneuten Lüge verleitet hat. Zum Glück war ihm ein anderes Foto zugespielt worden als ihr. Eine völlig harmlose Aufnahme. Sie zeigt sie und Henry am Tisch sitzend im Riemers. Sie beugt sich gerade vor, greift nach seiner Hand. Die Geste ist in keiner Weise kompromittierend. Das Bild ist allerdings an einem anderen Tag aufgenommen worden als das Foto, das man ihr aufs Handy geschickt hat. Sie trägt einen dicken Pullover, auch Henry ist anders gekleidet als an dem Abend vor ein paar Tagen. *Jemand spioniert mir hinterher*, schießt es ihr durch den Kopf. Sofort kriecht wieder Angst in ihr hoch, bleibt in ihrer Kehle stecken.

Ich sollte Hannes die Affäre beichten.

»Warum hast du mir dann nie etwas von diesem Mann erzählt, wenn eure Bekanntschaft vollkommen harmloser Natur ist?«

Seine sarkastisch klingende Frage fällt mitten in ihre Angstattacke hinein. Sie reißt sich zusammen, wendet sich ihm zu. Sein kalter Blick trifft sie wie ein Schlag ins Gesicht. Sie kommt sich vor, als würde sie vor einem Richter stehen, der kurz davor ist, ein vernichtendes Urteil über sie zu fällen. Sie öffnet den Mund, klappt ihn wieder zu.

»Ich warte«, sagt er mit schneidender Stimme.

»Ich habe es wohl einfach vergessen.« In einer entschuldigenden Geste hebt sie beide Hände.

»Ah, ja«, sagt er. »Du triffst dich mit einem anderen Mann und vergisst, mich davon zu unterrichten.«

Jana kann keinen klaren Gedanken mehr fassen. Sie möchte nur noch eins: die fruchtlose Auseinandersetzung beenden, sich die Bettdecke über den Kopf ziehen und schlafen. Diesen entsetzlichen Tag wenigstens für ein paar Stunden vergessen.

»Lass uns hier aufhören und schlafen gehen. Bitte, Hannes. Wir drehen uns nur im Kreis. Diese Auseinandersetzung führt doch zu nichts.«

Hannes stemmt sich vom Sofa hoch. »Wie du willst«, sagt er. In seiner Stimme klirrt Eis. »Ich schlafe heute in meinem Arbeitszimmer.«

»Hannes, bitte!« Jana erhebt sich ebenfalls und geht auf ihn zu. »Ich liebe dich, das weißt du doch.« Dicht vor ihm bleibt sie stehen und schaut ihm in die Augen. Er hält ihrem flehenden Blick mit unbewegter Miene stand.

Eine Weile sehen sie sich schweigend an. Sie spürt, wie ihre Gesichtszüge verhärten, ihr Herz sich verschließt. Schließlich ist sie es, die die Augen niederschlägt und murmelt: »Okay. Wenn du meinst, das sei die richtige Reaktion. Dann musst du das wohl so machen.«

Sie dreht sich auf dem Absatz um, geht nach oben ins Badezimmer und schließt die Tür hinter sich ab. Für einen

Moment lehnt sie sich mit dem Rücken an das Türblatt, fühlt nichts als eine schreckliche Leere in sich. Sie löst sich von der Tür, geht zum Waschbecken und stützt sich mit beiden Händen auf den Rand. Prüfend mustert sie sich im Spiegel. Ihr Gesicht kommt ihr seltsam fremd vor. Die Augen stumpf und emotionslos. Sie öffnet den Hahn, formt ihre Hände zu einer Schale und lässt das darin aufgefangene Wasser über ihr Gesicht rinnen.

Sie hört Schritte auf der Treppe und verharrt in der Bewegung. Hannes öffnet die Tür zum Schlafzimmer und kommt gleich darauf wieder heraus. Demnach macht er seine Drohung also tatsächlich wahr und schleppt gerade das Bettzeug in sein Arbeitszimmer. So etwas hat es noch nie gegeben. Hatten sie sich nicht mal geschworen, nie zerstritten schlafen zu gehen? Jana seufzt, greift nach ihrer Zahnbürste und putzt sich mit energischen Bewegungen die Zähne, als wolle sie so ihren Kummer wegschrubben. Mit gemischten Gefühlen verlässt sie das Bad. Soll sie die Situation wirklich so lassen und schlafen gehen? Die Tür zu Hannes' Arbeitszimmer ist geschlossen. Ein Lichtstreifen schimmert in dem schmalen Spalt zwischen Boden und Türblatt. Sie zögert. Vielleicht sollte sie einen letzten Versöhnungsversuch wagen? Sie macht einen zaghaften Schritt auf die Tür zu, da erlischt das Licht in dem Zimmer. Mit einem resignierten Schulterzucken geht sie ins Schlafzimmer. Die leer geräumte Betthälfte kommt ihr wie ein einziger Vorwurf vor: *Das ist alles deine Schuld!*

Obwohl sie vollkommen erschöpft ist, findet sie keinen Schlaf. Sie wälzt sich von einer Seite auf die andere. In ihrem Kopf rotieren die Gedanken. Kreisen immer wieder um die gleiche Frage: Wer hat die Fotos von ihr und Henry gemacht?

Niemand wusste von ihrer Affäre. Sie hat mit keinem darüber geredet. Außer – mit einem Schlag ist sie hellwach. Außer mit Sylvie. Sie wusste von Anfang an davon. Als Einzige. Haben sie auch darüber gesprochen, wo das letzte Treffen stattfinden sollte? Sie richtet sich im Bett auf und ruft sich das Telefonat mit ihrer Freundin ins Gedächtnis. Sie ist sich nicht hundertprozentig sicher, sie glaubt jedoch, erwähnt zu haben, dass sie sich mit Henry im Riemers treffen wollte. Sie hat sich dort bis auf wenige Ausnahmen immer mit ihm getroffen. Auch das wusste Sylvie. Aber warum sollte ihre Freundin so etwas tun? Weil sie eifersüchtig auf dich ist, beantwortet sie sich ihre Frage im gleichen Atemzug selbst. *Du hast alles, was ich mir wünsche. Einen tollen Mann, zwei entzückende Kinder, eine richtige Familie. Und jetzt auch noch einen fantastischen Liebhaber. Ist dir eigentlich klar, wie sehr ich dich beneide?* So oder so ähnlich hat sich Sylvie mehr als nur ein Mal ihr gegenüber geäußert. Mit einem Augenzwinkern zwar, aber Jana hat den vorwurfsvollen Unterton, der in diesen Worten leise mitschwang, durchaus wahrgenommen und sich unwohl gefühlt.

Die Luft im Schlafzimmer kommt ihr mit einem Mal stickig und abgestanden vor. Ihr bricht der Schweiß aus. Sie braucht Sauerstoff. Hastig springt sie aus dem Bett, zieht vorsichtig, um die anderen im Haus nicht zu wecken, den Rollladen hoch und öffnet das Fenster. Gierig saugt sie die kühle Nachtluft in ihre Lunge.

Es ist Sylvie gewesen, die ihre Nähe gesucht hat. Sie haben sich vor circa einem Jahr bei einem Yoga-Kurs in Zepernick kennengelernt und sind danach in Kontakt geblieben. Was in erster Linie Sylvies Verdienst war. Sie hatte immer wieder bei ihr angerufen, Treffen vorgeschlagen, sie zu Lesungen eingeladen. Die Liebe zur Literatur, ein gemeinsames Interesse, das sie mit der Freundin verbindet. Ihr fällt ein, dass sie sich damals gewundert hat, warum Sylvie ausgerechnet einen Kurs hier im Ort machen wollte, wo doch in Berlin an jeder Ecke Yoga angeboten wird. Ihre Antwort, dass sie die Kursleiterin von früher kenne und schätze, ist ihr allerdings Erklärung genug gewesen. Sie fährt sich mit beiden Händen durchs Haar.

Du witterst schon überall Böses.

Warum sollte Sylvie ihr so etwas antun? Dass sie eifersüchtig auf Jana ist, ist in ihrer Lage durchaus verständlich. Sie hat daraus auch nie einen Hehl gemacht. Ist regelrecht offensiv damit umgegangen. *Wenn Neid tatsächlich gelb färben könnte, was glaubst du, wie ich dann aussähe? Wie eine Quitte. So rund bin ich ja schon.* Auch wenn die Freundin ihren Neid in wechselnde Jokes gekleidet hat, ist Jana klar, dass sie es auch durchaus ernst meint. Sylvie wünscht sich nichts sehnlicher als eine Familie. Ihre biologische Uhr tickt mittlerweile erbarmungslos die Minuten herunter, wie sie immer wieder betont. Aber was hätte sie davon, wenn sie Janas Familie zerstörte? Das bringt sie ihrem Wunsch nach einem eigenen Nest nicht einen Schritt näher.

Jana schließt das Fenster, lässt den Rollladen sachte herunter und kriecht wieder unter die Bettdecke. Ein Gefühl der Scham wallt in ihr hoch. Wie kommt sie dazu, ihre beste, ihre einzige Freundin zu verdächtigen? Aber der Gedanke hat sich in ihrem Kopf eingenistet und lässt sie so schnell nicht wieder los.

Erst in den frühen Morgenstunden, als draußen im Garten schon die ersten Vögel zu zwitschern beginnen, fällt sie in einen unruhigen Schlaf.

16

Kim hat heftige Magenkrämpfe. Die bekommt sie immer, wenn sie sich vor etwas so richtig fürchtet. Vor einer Matheprüfung zum Beispiel. So schlimm wie dieses Mal waren die Bauchschmerzen aber noch nie. Ein Gedanke hat sich bei ihr festgesetzt, von dem sie einfach nicht mehr runterkommt. Sie kennt Sebi doch gar nicht. Was ist, wenn er nicht der ist, für den er sich ausgibt? Sie haben in der ganzen Zeit kein einziges Mal miteinander telefoniert. Er hat sie nie gefragt. Sie war zwar ein paar Mal kurz davor, ihn darauf anzusprechen, aber irgendwie hat sie sich nicht so richtig getraut. Das wird sie jetzt nachholen. Entschlossen greift sie nach ihrem Smartphone, ruft WhatsApp auf.

Kim: Sebi? Bist du schon wach?

Die Antwort kommt prompt, als hätte er mit dem Handy in der Hand auf sie gewartet.

Sebi: Ja, schon eine Ewigkeit.
Kim: Du, ich habe ein bisschen Schiss.
Sebi: Vor was? Vor mir?
Kim: Irgendwie schon.
Sebi: Hey, wir müssen uns nicht treffen. Überhaupt kein Problem. Ich versteh das. Echt!
Kim: Ich will mich ja mit dir treffen.

Sebi: Aber?
Kim: Wir haben noch nie miteinander telefoniert.
Sebi: Stimmt. Wollen wir das einfach gleich mal nachholen?
Kim: Gute Idee. Soll ich oder willst du?

Sie hat kaum das Fragezeichen getippt, da klingelt auch schon das Smartphone in ihrer Hand. Ihr Herz macht einen kleinen Hüpfer. Sie schließt kurz die Augen, holt tief Luft und nimmt das Gespräch an.

»Hallo?«, haucht sie und könnte vor Scham in den Boden versinken, weil ihre Stimme so piepsig klingt.

»Hallo, Kim. Ich bin's, Sebi.«

Er klingt etwas verzerrt, irgendwie scheppernd. Die Verbindung scheint nicht so toll zu sein. Aber seine Stimme hört sich definitiv jung an, überhaupt nicht nach einem alten Knacker. Augenblicklich fühlt sie sich etwas besser.

»Hallo, Sebi«, sagt sie. Ihr Kopf ist mit einem Mal ein Hohlraum, in dem nicht ein einziges weiteres Wort aufzutreiben ist.

»Du hast eine total schöne Stimme«, sagt er.

Sie spürt, wie sie errötet. Ihr wird ganz heiß. »Danke«, sagt sie. Wieder fehlen ihr die Worte.

Er unterbricht das Schweigen zwischen ihnen, bevor es peinlich zu werden beginnt. »Ja, dann ... Sehen wir uns nachher? Oder willst du lieber noch warten? Wie gesagt, für mich wär das auch okay.«

»Wir sehen uns«, entscheidet sie aus dem Bauch raus. »Ich freue mich riesig auf dich.«

»Juhu«, jubelt er. »Cool. Dann bis später!«

Ein Laut dringt an ihr Ohr. Es hört sich an, als hätte er die Luft neben seinem Handy geküsst.

»Bis später«, sagt sie und haucht ebenfalls einen Kuss in ihr Smartphone.

Das blöde Gefühl in ihrem Magen ist wie weggeblasen. Ihr Körper kribbelt vor Freude. Ihr Gesicht glüht. Wie konnte sie auch nur eine Sekunde an ihm zweifeln? Sie haben ihre geheimsten Gedanken miteinander geteilt. Sie hat sich noch nie mit jemandem so gut verstanden wie mit ihm. Nicht mal mit Maike. Sie und Sebi, das ist eine Seelenverwandtschaft. Das hat sie schon nach den ersten Tagen, die sie miteinander gechattet haben, gespürt. Sie sind auf haargenau der gleichen Wellenlänge. So etwas gibt es nur ganz, ganz selten.

Was soll sie bloß anziehen? Sie hat sich zwar gestern Abend schon was zurechtgelegt, aber das erscheint ihr jetzt wieder völlig unpassend. Wenn sie nur wüsste, was ihm gefällt. Sie beschließt, erst mal unter die Dusche zu gehen. Sie wird auf jeden Fall nicht über Nacht bleiben. So viel steht für sie fest. Sie wird den letzten Zug zurück nehmen und dann bei Maike übernachten. Deren Eltern sind auf einem Polterabend von Freunden in Hamburg und kommen erst Sonntag wieder nach Hause. Das passt perfekt. Keinem wird auffallen, dass sie den Tag nicht mit ihrer Freundin, sondern mit Sebi verbracht hat.

17

»Mama? Mama, bist du wach?«

Jana schlägt die Augen auf. Neben ihrem Bett steht Max und rüttelt an ihrem Arm. Sie richtet sich auf, stöhnt schlaftrunken. »Wie spät ist es denn?«, fragt sie.

»Schon nach zehn«, sagt er vorwurfsvoll.

»Oh, dann habe ich wohl verschlafen. Tut mir leid, mein Schatz.« Rasch schwingt sie die Beine aus dem Bett und gibt Max einen Kuss auf die Wange. Er weicht zurück, wischt sich mit der Hand über die Wange.

»Du musst mich nicht immerzu küssen«, sagt er und zieht die Nase kraus. »Wo ist denn Papa?«

Ihr Blick fällt auf die leere Bettseite. Sofort ist ihr der gestrige Streit wieder präsent. Der Gedanke an Hannes' Unversöhnlichkeit legt sich ihr wie ein Stein in den Magen.

»Papa musste gestern Nacht noch arbeiten. Er hat im Arbeitszimmer geschlafen, weil er mich nicht stören wollte.« Die Erklärung klingt fadenscheinig, aber Max scheint sich damit zufriedenzugeben.

»Dann mach ich uns mal schnell Frühstück«, sagt sie betont munter.

»Für mich musst du kein Frühstück machen«, sagt er. »Ich habe mir mein Müsli selbst gemacht. Ich wollte dir nur Bescheid sagen, dass ich jetzt zum Fußballspielen gehe.«

Erst jetzt registriert sie, dass Max bereits in kompletter Fußballmontur vor ihr steht.

»So früh?«

»Mama, wir spielen immer um halb elf.« Er verdreht die Augen.

»Soll ich dich schnell fahren?«

»Bloß nicht«, antwortet er empört und schüttelt vehement den Kopf. »Ich fahr mit dem Rad. Wie sieht das denn aus, wenn meine Mutter mich zum Fußballplatz bringt? Ich bin doch kein Kleinkind mehr.«

»Natürlich«, sagt sie. »Wie konnte ich das vergessen.«

»Danach gehe ich mit zu Fabian. Er hat ein neues Spiel, das wollen wir ausprobieren«, sagt er schon im Weggehen.

Sie hört ihn die Treppe runterpoltern. Kurze Zeit später fällt die Haustür ins Schloss. Er scheint sich wieder gefangen zu haben. Es war das erste Mal seit Bennies Verschwinden, dass er *normal* gewirkt hat. Gott sei Dank. Hoffentlich hält die Phase weiterhin an. Auf dem Weg ins Bad bleibt ihr Blick an der geschlossenen Tür zu Hannes' Arbeitszimmer hängen. Sie zögert, aber dann drückt sie vorsichtig die Klinke runter, öffnet die Tür einen Spaltbreit und schaut hinein. Das Zimmer ist leer. Das Bettzeug auf dem Sofa ist ordentlich zusammengefaltet, was so gar nicht Hannes' Art ist. Sie seufzt und geht ins Badezimmer.

Das Haus wirkt vollkommen verwaist, als sie kurze Zeit später die Treppe hinunterstapft. Auf dem Tisch in der Küche findet sie eine Notiz von Kim. *Hi Mum, bin schon weg. Komme Sonntag im Lauf des Nachmittags wieder. Bis dann. Küsschen Kim.*

Küsschen? Das ist normalerweise nicht Kims Stil. Sie schreibt kurze, eher trockene Nachrichten. Das klingt fast, als hätte sie ein schlechtes Gewissen. Ob sie irgendwas Verbotenes vorhat? Eine Alarmglocke beginnt in Janas Hinterkopf zu schrillen.

Hör auf damit. Du wirst langsam echt paranoid.

Kim steckt mitten in der Pubertät. In der Phase sind fast alle Teenager extrem gefühlsbetont. Heute himmelhoch jauchzend, morgen zu Tode betrübt.

Ihr fällt ein, dass sie unbedingt Sylvie anrufen muss. Der Verdacht, den sie gestern der Freundin gegenüber gehegt hat, hat sich im Lauf der Nacht in Luft aufgelöst. Sylvie würde nie etwas tun, das ihr und ihrer Beziehung zu Hannes schaden könnte. Sie weiß gar nicht, wie sie auf diese abwegige Idee überhaupt kommen konnte. Die Ereignisse der letzten Tage haben sie wirklich komplett aus dem Gleichgewicht geworfen. Nur so kann sie sich ihr plötzliches Misstrauen der Freundin gegenüber erklären. Gedankenverloren macht sie sich einen Kaffee und checkt anschließend ihr Handy. Eine Nachricht ist eingegangen. Hannes. Ihr Herz macht einen aufgeregten Hüpfer. Ein Versöhnungsversuch? Hoffentlich. Mit fliegenden Fingern öffnet sie die Nachricht.

Willst du immer noch behaupten, dass da nichts war zwischen dir und diesem Typen? Ich kenn jetzt sogar seinen vollständigen Namen. Henry Voss.

Sie starrt auf die Zeilen. In ihrem Kopf stapeln sich die Fragen. Was ist passiert? Woher kennt er Henrys Nachnamen? Vielleicht hat er die Nummer, von der aus das erste Foto geschickt wurde, angerufen, und entweder war Henry selbst am Apparat oder Hannes hat den Namen auf dem AB erfahren, beantwortet sie sich ihre Frage selbst. Erst jetzt bemerkt sie die zweite Nachricht. Das Foto springt ihr förmlich entgegen. Sie lässt sich auf den nächstbesten

Stuhl sinken. Es ist ein ähnlicher Schnappschuss wie der, der ihr zugeschickt worden ist. Sie steht mit Henry vor ihrem Wagen, den Oberkörper zurückgebeugt. Er presst sich gegen sie, seine Lippen auf ihren. Für jeden, der die wahre Situation nicht kennt, muss es nach einer leidenschaftlichen Begegnung aussehen. Als wären sie beide kurz davor, sich die Kleider vom Leib zu reißen.

Sie schluckt, legt das Handy auf den Küchentisch und schiebt es mit einer hastigen Bewegung von sich weg. Ihr ist so elend zumute, dass sie heulen könnte. Was soll sie Hannes antworten? *Der Schein trügt. Es ist nicht das, was du denkst.* Sie lacht ein kurzes, freudloses Lachen. Er wird ihr nicht glauben. Sie kann es ihm nicht mal verübeln. Warum hat sie ihm gestern nicht die Wahrheit gesagt? Sie greift nach ihrem Kaffee, nippt an der inzwischen kalt gewordenen Flüssigkeit.

Wer tut ihr das an? Irgendjemand scheint sie so sehr zu hassen, dass er ihre Ehe zerstören will. Henry? Das ergibt keinen Sinn. Oder doch? Hannes hat das Foto allem Anschein nach von Henrys Handy bekommen. Nachdenklich nagt sie an ihrer Unterlippe. Vielleicht hat er von Anfang an ein falsches Spiel mit ihr getrieben. Vielleicht hat er jemanden beauftragt, sie beide zu fotografieren, und benutzt diese Fotos jetzt, um sich an ihr zu rächen. Nur – Henry wusste nicht, dass sie an dem Abend vorhatte, ihre Affäre zu beenden. Er hätte es sich allerdings denken können, so abweisend, wie sie in den letzten Wochen auf ihn reagiert hatte. Was weiß sie eigentlich über ihn? Nicht sehr viel, wenn sie ehrlich ist.

Sie muss sich Gewissheit verschaffen. Sie muss wissen, ob er hinter all dem steckt. Die Uhr über dem Kühlschrank zeigt elf Uhr an. Die Samstage bis in den späten Nachmittag hinein auf dem Sofa mit einem guten Buch zu verbringen, sei ihm ein lieb gewonnenes, unumstößliches Ritual geworden, hat er ihr irgendwann erzählt. Wenn sie sich beeilt, kann sie in einer halben Stunde vor seiner Wohnungstür stehen und ihn zur Rede stellen. Max wird vermutlich erst am späten Nachmittag vom Fußballspielen zurückkommen. Notfalls hat er einen Schlüssel, um ins Haus zu gelangen. Sie schnappt sich Jacke und Tasche vom Garderobenhaken und eilt in die Garage. Hannes' Wagen ist nicht da. Sein Fahrrad steht auch nicht an seinem Platz. Ihr fällt ein, dass der Wagen ja zurzeit in der Werkstatt ist. Also ist Hannes zu einer Radtour aufgebrochen. Das macht er regelmäßig an seinen freien Samstagen. Die beste Methode, um einen klaren Kopf zu bekommen, behauptet er. Vielleicht hat sie Glück, und er ist danach versöhnlicher gestimmt. Das wäre schön. Sie steigt in ihren Polo und manövriert ihn rückwärts aus der Garage.

Auf der Fahrt nach Berlin kommen ihr prompt Zweifel. Sie hätte Henry auch einfach anrufen und mit ihrem Verdacht konfrontieren können. Der Gedanke, ihm gegenüberzutreten, bereitet ihr mehr als nur Unbehagen. Allerdings fällt es am Telefon wesentlich leichter, etwas abzustreiten als von Angesicht zu Angesicht. Sie hofft, dass sie es ihm ansehen kann, wenn er sie anlügt. Dass er noch mal handgreiflich wird, glaubt sie nicht nach der Lektion, die sie ihm erteilt hat. Trotzdem ist ihr nicht sehr wohl in ihrer Haut. Sie ist kurz davor, umzukehren, aber dann siegt ihre Sturheit. Sie will wissen, ob Henry dahintersteckt.

Was machst du, wenn er zugibt, dass er es war? Und was, wenn nicht?

18

Die Zweifel dringen erst wieder zu Jana durch, als sie bereits vor Henrys Wohnungstür steht und auf die Klingel drückt. Was macht sie hier eigentlich? Diese Aktion ist doch komplett hirnrissig. Sie sollte schleunigst wieder verschwinden, bevor er öffnet und sie in Erklärungsnöte kommt. Doch statt auf ihr Bauchgefühl zu hören, verharrt sie, lauscht auf sich nähernde Schritte. Es bleibt still hinter der Tür. Er scheint nicht zu Hause zu sein. Sie neigt den Kopf zur Seite, horcht genauer hin. Drinnen miaut Henrys Katze Luzy. Laut und kläglich. Merkwürdig.

Ihr fällt ein, dass sie den Schlüssel zur Wohnung noch immer in ihrer Tasche mit sich herumträgt. Henry hat ihn ihr gleich zu Beginn ihrer Affäre mit der Bemerkung überreicht, dass sie jederzeit – auch unangemeldet – vorbeikommen dürfe. Sie kann sich erinnern, dass ihr dieser *Vertrauensbeweis* damals gefallen hat. Sie war sogar ein bisschen gerührt. Annehmen wollte sie den Schlüssel allerdings trotzdem nicht. Es kam ihr nicht richtig vor. Voreilig und irgendwie verpflichtend. Henry hat ihn ihr dann regelrecht aufgedrängt. Sie kramt in ihrer Tasche. Der Schlüssel findet sich schließlich in einem der Seitenfächer wieder. Sie hat ihn nie benutzt. Seine Wohnung hat sie immer nur mit ihm zusammen betreten. Etwas zögerlich steckt sie den Schlüssel ins Schloss, schließt auf und drückt die Tür mit der Handfläche vorsichtig auf.

Aus dem Wohnungsinneren schlägt ihr ein eigentümlicher Geruch entgegen. Die Luft ist abgestanden und riecht leicht süßlich. Obst, das irgendwo vor sich hin gammelt. Wieder dringt Luzys Maunzen an ihr Ohr. Sie macht einen zögernden Schritt in die Wohnung.

»Henry?«, ruft sie mit halblauter Stimme und lässt ihren Blick schweifen. »Henry, bist du da?«

In den Sonnenstrahlen, die wie ein Lichtfächer durch die beiden großen Dachfenster in den sparsam möblierten Raum fallen, bewegen sich ein paar Staubkörner in einem gemächlichen Tanz. Sie drückt die Tür hinter sich zu und geht ein paar Schritte in das Wohnzimmer hinein. Die Holzdielen knarren leise unter ihren Schuhen. Auf dem abgewetzten braunen Ledersofa liegt ein aufgeschlagenes Buch. Den mit Flecken übersäten Couchtisch aus Glas ziert eine angebrochene Schachtel Zigaretten nebst einem brandroten Feuerzeug. Es ist die gleiche Marke, die Hannes gelegentlich raucht. Ein Gefühl der Unruhe beginnt sich in ihr auszubreiten. Mitten auf dem Glastisch thront eine Flasche Whiskey. Bis auf einen Fingerbreit ist sie leer. Wenn sie sich richtig entsinnt, stand sie bei ihrem letzten Besuch unangebrochen auf der Anrichte, mit einer Schleife um den Flaschenhals. Der Whiskey war ein Geschenk der Kollegen zu Henrys Geburtstag. Ein besonders edler und entsprechend teurer Tropfen, meinte er. Nur für ganz besondere Anlässe.

Wieder ertönt das Miauen. Es scheint aus der Küche zu kommen. Mit schnellen Schritten durchquert sie das Wohnzimmer. Sie hat die Tür kaum geöffnet, da schießt ein schwarzer fauchender Schatten mit steil aufgerichtetem Schwanz an ihr vorbei. Jana dreht sich um und sieht, wie sich die Katze unter eine Kommode quetscht. Luzy ist ihr gegenüber immer sehr scheu gewesen, versteckt hat sie sich jedoch noch nie. Sehr seltsam.

Auf dem Boden unter dem Glascouchtisch entdeckt sie einen Briefumschlag. Sie bückt sich und hebt ihn auf. *Jana Langenfeld* steht in Henrys großzügig geschwungener Schrift auf der Vorderseite und ihre Adresse in Zepernick. Ihr Herzschlag beschleunigt sich. Der Umschlag ist zugeklebt. Ohne zu zögern, reißt sie ihn auf und zieht das linierte Blatt Papier heraus.

> *Liebe Jana,*
> *ich weiß nicht, was in mich gefahren ist. Ich wollte das nicht. Ich stand an diesem Abend komplett neben mir. Ich weiß, das ist keine Entschuldigung, und ich kann sehr gut verstehen, wenn du mich jetzt hasst und nichts mehr mit mir zu tun haben willst. Ich hoffe dennoch, du kannst mir irgendwann verzeihen. Ich liebe dich und hoffe so sehr, du gibst mir eine zweite Chance.*
> *Dein Henry*

Eine zweite Chance. Sie schnaubt, faltet den Brief zusammen und steckt ihn zusammen mit dem Umschlag in die Tasche. Vermutlich hat er diesen Brief in einem Anfall trunkener Sentimentalität geschrieben. Natürlich wird sie ihm nicht verzeihen. Das, was er ihr angetan hat, kann man nicht verzeihen.

Sie sollte jetzt wirklich wieder gehen. Bevor er zurückkommt und eine Erklärung fordert, warum sie in seine Wohnung eingedrungen ist. Oder es womöglich sogar falsch versteht und auf einen Versöhnungsversuch hofft. Sie wendet sich Richtung Wohnungstür. Erst jetzt registriert sie den gelben Kugelschreiber mit dem Aufdruck von Hannes' Partei neben dem aufgeschlagenen Buch auf dem Sofa. Sie nimmt ihn zur Hand. Neben dem Parteikürzel steht Hannes Langenfeld. Hannes hat im letzten Wahlkampf Tausende davon anfertigen und sie in seinem Wahlkreis verteilen lassen. Hat sie ihn hier vergessen? Das ungute Gefühl verstärkt sich. Sie legt den Kuli zurück und eilt zum Ausgang. Aus den Augenwinkeln bemerkt sie einen schmalen Lichtschein unter der Badezimmertür. Henry wird versäumt haben, das Licht zu löschen, bevor er gegangen ist, sagt sie sich, das hat nichts zu bedeuten. Aber ihre Füße bewegen sich wie von selbst auf das Badezimmer zu. Sie öffnet die Tür. Der Geruch, der ihr entgegenschlägt, ist so durchdringend, dass sie sich in einem schnellen Reflex die Nase zuhält. Dennoch hebt sich ihr der Magen. Seit sie ihren toten Hund gefunden hat, erkennt Jana den Geruch von Blut. Und hier riecht es eindeutig nach Blut. Sie bleibt auf der Schwelle stehen. Es dauert eine Weile, bis ihr Verstand in der Lage ist, zu erfassen, was ihre Augen sehen.

Henry lehnt mit dem Rücken an der Wand zwischen Badewanne und Toilette. Eine Pfütze hat sich auf dem Boden um ihn herum gebildet. Ein helles Rot, noch ganz frisch. Auf seinem Gesicht, das bereits die wächserne Blässe eines Toten angenommen hat, liegt ein Ausdruck des Erstaunens. Als hätte er noch im Angesicht des Todes nicht glauben können, was ihm gerade widerfährt. Er ist nackt. Sein Oberkörper ist über und über mit Blut besudelt. Es sieht aus, als hätte jemand in sinnloser Wut mehrmals mit einem Messer auf ihn eingestochen. Wie bei Bennie. Ein Schluchzen steigt in ihr hoch. Mit beiden Händen hält sie sich den

Mund zu, als könne sie so das Entsetzen, das von ihr Besitz ergriffen hat, in ihrem Inneren ersticken. Die Augen des Toten starren sie in stummer Anklage an. Bohren sich geradezu in sie hinein.

Sie kann den Anblick nicht länger ertragen, will aus dem Raum flüchten, da entdeckt sie die Buchstaben auf den Fliesen der Badewanne direkt neben dem Toten. Der Schreck fährt wie ein Stromschlag durch den Körper. Unwillkürlich macht sie einen Schritt in den Raum hinein. JANA steht da. In großen roten Buchstaben. Verwischt, aber gut lesbar. Als hätte Henry mit letzter Kraft den Namen seiner Mörderin mit dem Blut auf die Fließen geschrieben. Sie überlegt nicht lange. Reagiert völlig mechanisch. In Windeseile wickelt sie von der Toilettenpapierrolle mehrere Lagen ab, befeuchtet sie mit dem Wasser, das bis zur Mitte in der Badewanne steht, und wischt die Buchstaben weg. Das Papier wirft sie in die Toilette, drückt die Spülung. Mit wachsender Panik beobachtet sie, wie sich das Becken randvoll mit Wasser füllt, das blutdurchtränkte Papier schwimmt oben, gleich wird es überschwappen und sich auf die Fliesen ergießen. Sie weicht einen Schritt zurück. Dann – ganz unvermittelt – ein saugendes Geräusch, und das Wasser fließt zusammen mit dem Papier ab. Erleichtert stößt sie die Luft aus ihren Lungen, atmet tief wieder ein. Sofort steigt ihr der Blutgeruch in die Nase, ihr Magen hebt sich. Rückwärts stolpert sie aus dem Badezimmer. Nichts wie weg hier, ist ihr erster klarer Gedanke.

Das Schrillen des Telefons durchschneidet so jäh die Stille, dass sie einen Schrei ausstößt. Sie wirbelt herum. Die Signalleuchte des Apparates, der gegenüber auf der Anrichte steht, blinkt hektisch wie ein Alarmknopf. *Verschwinde endlich,* schreit ihr Verstand. Doch ihre Beine wollen dem Befehl nicht gehorchen. Wie hypnotisiert starrt sie auf das rote Lämpchen.

Nach dem dritten Klingelton springt der Anrufbeantworter an. Henrys etwas blechern klingende Stimme informiert den Anrufer in einem munteren Ton, dass Nachrichten auf seinem AB nach dem Piepton immer willkommen seien. Beim Klang seiner Stimme läuft es Jana kalt den Rücken hinunter. Es klackt in der Leitung.

»Henry? Bist du da? Dann geh doch bitte mal ran.«

Die helle Stimme einer Frau füllt den ganzen Raum. Jana hört Atemgeräusche, nach kurzer Wartezeit einen gedämpften Unmutslaut. Dann wird die Verbindung unterbrochen.

Der rheinische Tonfall der Anruferin war unverkennbar. Es gibt keinen Zweifel. Die Frau, die gerade auf Henrys AB gesprochen hat, ist keine andere als Sylvie.

19

Je näher Kim ihrem Ziel kommt, desto aufgeregter wird sie. Ständig muss sie ihre feuchten Handflächen an der Hose trocken wischen. Zum wiederholten Mal kontrolliert sie, ob der Zettel mit der Adresse im Außenfach des Rucksacks steckt. Ihr Buch hat sie wieder weggepackt. Sie schafft es einfach nicht, sich auf die Geschichte zu konzentrieren. Obwohl sie total spannend ist. Ihre Gedanken schweifen ständig ab. Immer wieder wollen sich Zweifel bei ihr einschleichen, ob sie das Richtige tut. Sie fährt sich mit der Zungenspitze über die Lippen. Ihr wird ein bisschen übel von dem süßlichen Himbeergeschmack des Lipgloss, das sie gerade frisch aufgetragen hat. Sicher die Aufregung. Um sich abzulenken, lässt sie ihren Blick durch das Abteil wandern. Außer ihr sitzen nur zwei Leute im Zug. Ein Opa mit wirrem Haar, der mit offenem Mund eingeschlafen ist und unrhythmische Schnarchgeräusche von sich gibt. Ihr direkt gegenüber hat vor drei Stationen ein Mädchen Platz genommen, das ungefähr in ihrem Alter sein dürfte. Mit geschlossenen Augen wippt sie mit dem Kopf zu einer Musik, die nur sie über ihre riesigen Kopfhörer hören kann. Leicht angewidert löst Kim den Blick von ihrem Gesicht, das mit eitrigen Pusteln übersät ist, und schaut aus dem Fenster auf die vorbeihuschende Landschaft. Überall Felder und Wiesen. Ein paar Kühe. Ab und zu durchbricht ein leuchtend gelber Streifen aus blühendem Raps die etwas trostlos wirkende Gegend. Das graue Wetter tut ein Übriges dazu. Sebi hatte sie ja vorgewarnt. »Außer Kühen und langweiliger Umgebung gibt es da nicht viel.«

Bei dem Gedanken an ihn stiehlt sich ein Lächeln auf ihr Gesicht, und ihr Herzschlag stimmt einen schnelleren Beat an. Sie freut sich auf ihn. Und hat gleichzeitig eine Heidenangst. Was ist, wenn ihm bei ihrem Anblick die Gesichtszüge entgleisen? Und was, wenn es auf den ersten Blick zwischen ihnen funkt? Wenn genau das passiert, was sie sich in ihren Träumen ausgemalt hat? Wird sie dann über Nacht bleiben? In ihrem Magen beginnt es zu kribbeln, als würde eine ganze Armee von Ameisen dort herumwandern. Einige aus ihrer Klasse haben schon mal mit einem Jungen geschlafen. Die meisten fanden es allerdings nicht so doll. Susanne hat erzählt, dass es total wehgetan habe und sie nicht verstehen könne, was alle daran finden. Kim glaubt allerdings, dass es daran lag, dass Susanne nicht in den Jungen verliebt war, sondern einfach nur wissen wollte, wie es ist. Da darf sie sich nicht wundern, wenn es nicht so besonders war. Mit Sebi wird das sicher ganz anders werden. Sie spürt, wie sie allein schon bei dem Gedanken daran rot wird. Unwillkürlich stößt sie einen tiefen Seufzer aus. Ob er wirklich der Richtige fürs erste Mal ist? Sie schließt die Augen, überlässt sich eine Weile dem einschläfernden Rhythmus des fahrenden Zuges.

Der Lautsprecher gibt knackende Geräusche von sich. Dann verkündet eine Männerstimme dem fast leeren Abteil: »In wenigen Minuten erreichen wir den Bahnhof von Ruskow.« Das pickelige Mädchen ist bereits eine Station vorher ausgestiegen. Der Opa rührt sich nicht. Wenn er nicht nach wie vor leise schnarchen würde, könnte man ihn glatt für tot halten. Sie nimmt ihren Rucksack vom Nachbarsitz, hängt ihn sich über die rechte Schulter und strebt durch den schmalen Gang zwischen den Sitzen auf die Ausstiegstür zu. Der Zug verlangsamt seine Fahrt, rollt gemächlich in den Bahnhof ein und kommt schnaufend zum Stehen. Sie drückt den Türöffnerknopf. Gleich wird sie ihm gegenüberstehen. Sie hat einen ganz heißen Kopf vor Aufregung. Sie befeuchtet mit der Zunge die Lippen, holt tief Luft und steigt aus. Ihre Beine fühlen sich an, als wären sie aus Gummi.

Auch dem Bahnsteig bleibt sie stehen und sieht sich suchend um. Zwei verwaiste Gleise, auf denen Unkraut wuchert. Ein graues Gebäude, das einen sehr heruntergekommenen Eindruck macht. »Bahnhof Ruskow« steht mit schwarzen Buchstaben auf dem Blechschild, das über zwei verdreckten Fenstern an der Fassade befestigt ist und im Wind leise vor sich hin schaukelt. Von Sebi keine Spur. Das Lächeln auf ihrem Gesicht friert ein. Hinter ihr setzt der Zug sich in Bewegung. Sie hat das Gefühl, in ein tiefes Loch zu fallen. Hat er im letzten Moment Angst gekriegt und kneift jetzt? Oder ist ihm etwas dazwischengekommen? In ihrem Rucksack piept es. Hastig zerrt sie das Handy aus dem Innenfach. Eine WhatsApp-Nachricht von Sebi. Mit zittrigen Fingern öffnet sie die Nachricht.

So sorry, hab's nicht geschafft. Geh schon mal vor. Rechts über die Gleise, dann immer geradeaus. Die Adresse hast du ja.

Einen Moment lang schwankt sie zwischen Verärgerung und Enttäuschung. Sie hat nicht unbedingt erwartet – obwohl sie das schon schön gefunden hätte –, dass er sie hier mit einem Strauß roter Rosen empfängt, eine hätte ihr auch genügt. Aber dass er sie, nach all der Aufregung und entgegen seinem Versprechen, nicht mal abholt, ist schon ziemlich ernüchternd. Ihre Vorfreude ist auf jeden Fall fürs Erste verpufft.

Sie antwortet ihm mit einem knappen »Ok« und verstaut das Handy wieder im Rucksack. Dann pustet sie sich die Haare aus der Stirn und marschiert los. Sie überquert die Bahngleise, wie in der Nachricht beschrieben, und geht an der geöffneten Bahnschranke vorbei. Heute Morgen, als sie aufgebrochen ist, war der Himmel fast wolkenlos blau. Es versprach, ein herrlicher Tag zu werden. Perfekt, hatte sie gedacht. Ein Tag wie gemacht für unser erstes Treffen. Jetzt allerdings hat sich das Blau hinter einer milchig weißen Decke verkrochen, die nicht einen einzigen Sonnenstrahl durchlässt. Zudem ist es inzwischen recht kühl geworden. Jetzt bereut sie es, dass sie sich im letzten Moment für die dünne, schickere Jacke entschieden hat.

Die Hauptstraße aus Kopfsteinpflaster wirkt genauso trostlos und verlassen wie der Bahnhof. Vor den schmutzig grauen Häusern, die sich dicht an dicht an den Straßenrand ducken wie geprügelte Hunde, parkt sogar hier und da ein Auto. Der Ort ist anscheinend doch nicht ganz so tot, wie er auf den ersten Blick wirkt. Dennoch fühlt Kim sich immer unwohler in ihrer Haut. Obwohl kein Mensch auf der Straße ist, hat sie das Gefühl, beobachtet zu werden. Sie bleibt stehen, sieht sich suchend um, kann jedoch niemanden entdecken. Automatisch beschleunigt sie ihre Schritte, wirft immer wieder verstohlene Blicke auf die Häuser am Straßenrand. Bewegt sich da der Vorhang hinter einem der Fenster? Vielleicht sollte sie lieber umkehren und nach Berlin zurückfahren. Ihr fällt ein, dass der nächste Zug erst am späten Nachmittag fährt. Tapfer stapft sie weiter, hält Ausschau nach der Hausnummer.

Als sie schließlich davor steht, ist die Enttäuschung im ersten Moment überwältigend. Ihr ist zum Heulen. Insgeheim hat sie gehofft, dass das Haus nicht ganz so verwahrlost ist wie die anderen hier. Aber es unterscheidet sich in seiner Schäbigkeit nicht von den umliegenden Gebäuden. Der Bretterzaun aus verwittertem, grünspanfleckigem Holz neigt sich in gefährlicher Schieflage zur Fassade hin. Wahrscheinlich kippt er sofort um, wenn man ihn nur kurz mal antippt. An einem der Pfosten ist das Schild »Zu verkaufen« befestigt. Darunter steht eine Handynummer. Sebis ist es nicht. Wahrscheinlich ist es die seiner Mutter. Ihr Blick gleitet über die Fassade. Von der Hauswand blättert großflächig der Putz, von den Fensterrahmen die Farbe. Der Vorgarten ist mit Unkraut überwuchert. Nur ein Streifen, der zum Haus führt, ist zu einem schmalen Pfad niedergetreten.

Das geht ja gut los. Sie hatte sich ein schöneres Ambiente für ihre erste Begegnung gewünscht. Keine Villa, das nicht. Aber doch nicht so was Abgewracktes, das aussieht, als würde es jeden Augenblick in sich zusammenstürzen. Erst jetzt bemerkt sie, dass die Haustür einen Spaltbreit offensteht. Ob er schon da ist? Vielleicht hat er ja eine Überraschung für sie vorbereitet. Allein der Gedanke lässt ihr Herz kurz stolpern. Zaghaft öffnet sie die Gartentür. Die Scharniere quietschen protestierend. Fünf ausgetretene Stufen aus grauem Waschbeton – in dem Kaff hier scheint echt alles grau zu sein, denkt sie – führen zur Eingangstür hoch. Zögernd setzt sie einen Fuß auf die erste Stufe. Soll sie da wirklich reingehen? Vielleicht ist das Ganze ja eine Riesenverarsche. Man liest schließlich immer wieder von jungen Mädchen, die im Internet irgendeinem Fake-Profil auf den Leim gehen. Von alten Säcken, die sich als gleichaltrige Jungen ausgeben und die Mädchen irgendwo hinlocken, um sie zu vergewaltigen. Kim spürt, wie ihr der Schweiß aus allen Poren ausbricht.

Du musst ja nicht ins Haus reingehen, riskier einfach mal von der Tür aus einen kurzen Blick ins Innere. Wenn es da genauso trostlos aussieht wie hier draußen, machst du auf der Stelle den Abgang. Komm, jetzt sei kein Angsthase.

Sie streicht sich eine Haarsträhne hinters Ohr und hebt trotzig das Kinn. Dann stapft sie entschlossen zur Eingangstür hoch.

20

Irritiert starrt Jana auf das Telefon. Ist das wirklich gerade Sylvie gewesen? Oder hat sie sich nur eingebildet, die Stimme ihrer Freundin zu hören? Es könnte genauso gut eine Kollegin von Henry gewesen sein, die ebenfalls aus dem Rheinland stammt. Sie macht einen zögerlichen Schritt auf den Anrufbeantworter zu, zuckt im letzten Moment zurück. Eine unerklärliche Scheu hält sie davon ab, das Band abzuhören. Als wäre das ein unerlaubter Eingriff in Henrys Privatsphäre.

Du musst die Polizei verständigen, schießt es ihr durch den Kopf. Henry ist ermordet worden. Sie streckt die Hand nach dem Telefon aus. *Dann musst du aber auch deine Anwesenheit hier erklären. Deine Affäre wird publik werden. Was werden deine Kinder denken, wenn sie erfahren, dass ihre Mutter fremdgegangen ist? Die Presse wird sich auf dich stürzen, sie werden in deiner Vergangenheit wühlen und alles ans Tageslicht zerren. Mit Hannes' Karriere als Politiker wäre es wahrscheinlich vorbei. Und mit eurer Beziehung ebenso.* Die Stimme in ihrem Hinterkopf wird immer panischer. *Und was ist, wenn es Hannes war? Wenn er Henry umgebracht hat? Das würde auch den Kugelschreiber erklären.*

Sie zieht die Hand, die über dem Telefon schwebt, wieder zurück, läuft ins Wohnzimmer, nimmt den Kugelschreiber vom Couchtisch und verlässt im Laufschritt die Wohnung.

Sie sperrt von außen ab und rennt die Stufen zum Ausgang hinunter, erleichtert, dass ihr niemand von den anderen Mietern begegnet. Erst als sie unten auf der Straße vor dem Haus steht, fällt ihr auf, dass ihre rechte Hand den Schlüssel zu Henrys Wohnung noch umklammert hält. In einem Reflex lässt sie ihn fallen, als hätte sie sich daran verbrannt. Sie lässt ihn auf dem Bürgersteig liegen, geht einfach weiter.

Wie in Trance fährt sie die Strecke nach Hause zurück. Ihre Reaktionen sind rein mechanisch. Bremsen. Schalten. Gas geben. Bremsen. Halten. Für nichts anderes gibt es Raum in ihrem Denken. Sie findet erst wieder zu sich, als sie das Auto in die Garage fährt. Sie hatte damit gerechnet und sich gleichzeitig davor gefürchtet, dass Hannes von seiner Fahrradtour zurück sein könnte. Auf dem angestammten Platz in der Garage klafft jedoch nach wie vor eine Lücke. Für ein paar Sekunden bringt das Fehlen des Rades ihren Herzschlag aus dem Takt. Einerseits ist sie froh darüber, dass er noch nicht zurück ist. Der Aufschub kommt ihr gerade recht. Sie fühlt sich nicht gewappnet für eine weitere Konfrontation. Andererseits fürchtet sie, dass es nichts Gutes zu bedeuten hat, wenn er so lange wegbleibt.

Überrascht registriert sie, dass die Haustür nicht abgeschlossen ist. Sie platziert die Autoschlüssel auf der Garderobenablage und erhascht einen Blick auf ihr Spiegelbild. Sie sieht schrecklich aus. Um Jahre gealtert. Wie gut, dass Hannes nicht da ist. Er hätte ihr sofort angesehen, dass etwas mit ihr nicht in Ordnung ist. *Bist du dir da wirklich sicher?* Vor einigen Jahren hätte sie die Frage, ohne auch nur eine Sekunde zu zögern, mit einem uneingeschränkten Ja beantwortet. Vor einigen Jahren hätte sich ihr diese

Frage erst gar nicht gestellt, korrigiert sie sich selbst. Mittlerweile ist ihr die Gewissheit von damals abhandengekommen.

Nachdenklich geht sie in die Küche, öffnet den Kühlschrank, um sich eine Flasche Wasser rauszunehmen. *Glaubst du wirklich, dass Hannes Henry umgebracht hat? Aus Eifersucht? Er kannte seinen Namen. Es wäre ein Leichtes für ihn, Henrys Adresse rauszufinden.* Der Gedanke, dass Hannes einen Mord aus Eifersucht begangen haben könnte, kommt ihr mit einem Mal so absurd vor, dass sie fast lachen muss. Nein! Dazu wäre ihr Mann nie im Leben fähig. Und schon gar nicht aus rasender Eifersucht. Dafür ist er viel zu rational, in seinem Handeln viel zu überlegt. Außerdem würde er niemals etwas tun, was seiner Karriere schaden oder sein Leben ruinieren würde.

Wer immer Henry ermordet hat, wollte ihr die Schuld dafür in die Schuhe schieben. Die Erkenntnis sickert ganz allmählich in ihr Bewusstsein. Aber wie kommt der Kugelschreiber in die Wohnung? Und die Zigaretten? Siedend heiß fällt ihr ein, dass sie vergessen hat, sie mitzunehmen. Plötzlich ist ihr Mund wie ausgetrocknet. Sie setzt die Flasche an und trinkt sie in einem Zug halb leer.

Aus den Augenwinkeln sieht sie einen Zettel auf dem Küchentisch. Sie stellt die Flasche ab, nimmt ihn zur Hand.

Ziehe für ein paar Tage in ein Hotel. Ich brauche Zeit zum Nachdenken. Hannes.

Sie lässt sich mit der Nachricht in der Hand auf den nächstbesten Stuhl sinken. Er war also tatsächlich während ihrer Abwesenheit hier. Das erklärt auch die nicht abgeschlossene Haustür. Er vergisst so was gerne mal. Wahrscheinlich hat er ein paar Sachen zusammengepackt und ist dann gleich wieder weg. Jana ist zum Heulen. Was würde sie darum geben, wenn sie die Zeit um einige Monate zurückdrehen und alles, was passiert ist, ungeschehen machen könnte.

Das Klingeln des Telefons zerreißt die Stille im Haus. Jana schreckt zusammen. Der Zettel entgleitet ihren Fingern, flattert auf den Boden. Das ist Hannes. Er hat es sich anders überlegt. Sie springt auf und hastet ins Wohnzimmer, reißt den Hörer aus der Station und haucht ein atemloses »Ja?« hinein.

»Ich bin's. Sylvie.«

Ausgerechnet. Alles in ihr krampft sich zusammen. Sie bringt kein Wort heraus.

»Hallo? Jana?«, tönt Sylvies Stimme erneut an ihr Ohr. »Hat's dir die Sprache verschlagen?«

»Warum hast du mir nie gesagt, dass du Henry kennst?«, bricht es aus Jana heraus.

Schweigen am anderen Ende der Leitung.

»Würdest du mir bitte meine Frage beantworten«, drängt Jana.

»Ich kenne ihn erst seit ein paar Tagen«, sagt Sylvie. In ihrer Stimme klingt jetzt deutlich Verunsicherung an. »Genau genommen seit deinem Anruf.«

»Welchem Anruf?«

»Leidest du unter Amnesie? Oder ist das eine Art Test? Wenn ja, finde ich das jetzt nicht sehr witzig.«

»Was für ein Anruf?«

Sylvie stöhnt. »Na, gut«, sagt sie schließlich. »Ich versteh's zwar nicht, aber was soll's. Du hast bei mir angerufen und mich gebeten, mich um Henry zu kümmern, nachdem du ihm dein Knie in die Eier gerammt hattest.«

Sylvies Ausdrucksweise ist wie gewohnt drastisch. Aber dieses Mal findet Jana sie alles andere als amüsant.

»Dann warst du es also, die uns von der anderen Straßenseite aus beobachtet hat. Auf die Idee, dass du mir helfen könntest, bist du nicht gekommen?« Ihre Stimme bebt vor Ärger.

»Sag mal, drehst du jetzt komplett am Rad oder was? Du rufst mich an, sagst, ich soll mich um deinen abgeschossenen Lover kümmern, und jetzt machst du mir deswegen Vorhaltungen. Geht's noch?«

»Warum lügst du?«

Sylvie zieht hörbar die Luft ein. »Ich glaube, ich spinne«, sagt sie schließlich. »Ruf mich an, wenn du wieder bei Sinnen bist.«

Noch Sekunden nachdem Sylvie das Gespräch weggedrückt hat, steht Jana bewegungslos da und presst den Hörer an ihr Ohr. So fest, dass es zu schmerzen beginnt. Unvermittelt bricht sie in Tränen aus. Ihr Leben zerbröselt unter ihren Fingern. Es ist, als hätte sich plötzlich alles gegen sie verschworen. Sie steckt das Telefon in die Station zurück, fährt sich mit beiden Händen über die tränenfeuchten Wangen. Was kommt als Nächstes? Sie fühlt Panik in sich hochsteigen.

Mit Verspätung kommt ihr die Katze wieder in den Sinn. Das Tier ist allein in der Wohnung. Spätestens Montag, wenn Henry nicht zum Unterricht auftaucht, werden die Kollegen versuchen, ihn zu erreichen. Dann wird jemand nach ihm sehen und Luzy finden. Katzen sind zäh, so schnell verhungert die nicht, versucht Jana ihr schlechtes Gewissen zu beruhigen. Um nichts in der Welt würde sie wieder einen Fuß in Henrys Wohnung setzen.

Ihr Blick fällt auf die Uhr. Max müsste demnächst nach Hause kommen. Bis dahin sollte sie sich wieder einigermaßen im Griff haben. Dazu muss sie dieses Gedankenkarussell, das unaufhörlich in ihrem Kopf kreist, endlich stoppen. Sonst dreht sie durch. Eine halbe Stunde autogenes Training. Das beruhigt sie immer. Sie hofft, dass es auch dieses Mal funktionieren wird. Hofft, dass sie dann klarer sieht und eine Entscheidung fällen kann, wie sie mit dieser Situation umgehen soll.

Sie ist schon fast oben, als ihr etwas einfällt. In den eigenen vier Wänden hat sie sich immer sicher und beschützt gefühlt. Aber heute will dieses diffuse Gefühl der Bedrohung sie nicht mehr loslassen. Sie eilt nach unten und schließt die Haustür von innen ab.

21

Aus dem Inneren des Hauses strömt Kim ein Schwall kalter, feuchter Luft entgegen, durchsetzt mit dem durchdringenden Geruch nach Fäulnis. Sie rümpft angewidert die Nase, weicht unwillkürlich etwas zurück. Es riecht, als würde das Haus schon seit Ewigkeiten leer stehen. Wann ist Sebis Oma gestorben? Hat er nicht gesagt, vor Kurzem erst? Jetzt stell dich nicht so an, weist sie sich selbst zurecht. Nur weil es da drin nicht so gut riecht. Sie gibt sich einen Ruck und macht einen zaghaften Schritt ins Hausinnere. Ein kleine rechteckige Diele. Fensterlos. Grauer – was auch sonst? – welliger PVC-Boden. Das Tageslicht erhellt den Raum nur spärlich. Auf der rechten Seite entdeckt sie eine Tür. Das obere Drittel ist verglast. Sie reckt den Kopf, kann aber durch die milchige Glasscheibe nichts erkennen. Soll sie da wirklich reingehen? Sie macht kehrt und geht wieder vor die Tür. Dort setzt sie sich auf eine Treppenstufe, wühlt im Rucksack nach dem Smartphone und wählt nach einem Blick auf die Uhrzeit – es ist fast halb zehn – Maikes Nummer. Es dauert ewig, bis die Freundin endlich dran ist.

»Ist dir schon langweilig?« Maike klingt verschlafen. »Oder warum weckst du mich zu so einer nachtschlafenden Zeit?«

»Er war nicht am Bahnhof«, sagt Kim und erzählt ihr von der SMS. »Und jetzt stehe ich hier vor dem Haus, das eine ziemliche Bruchbude ist, und weiß nicht, was ich tun soll.«

»Schon geklingelt?«

»Die Haustür ist offen.«

»Klingel trotzdem. Vielleicht wartet er ja da drin auf dich.«

Kim stapft die Stufen wieder hoch und drückt auf den Knopf. Der erwartete Klingelton bleibt aus.

»Kaputt«, informiert sie die Freundin.

»Wirf einfach mal einen Blick rein. Ich bleib dran. Hast du das Pfefferspray griffbereit?«

»Moment.« Sie greift in ihren Rucksack, nimmt das Spray heraus und steckt es in die Seitentasche ihrer Hose. »Jetzt.«

»Okay.«

Mit wenigen Schritten durchquert sie die Diele. Vor der Tür zögert sie kurz, dann drückt sie beherzt die Klinke herunter. Sie öffnet die Tür einen Spaltbreit und späht in den Raum hinein.

»Und? Bist du drin?«

»Ja!«

Überall auf dem Boden flackern brennende Teelichter, tauchen den abgedunkelten Raum in einen warmen, freundlichen Schimmer. An der Wand zucken Schatten wie kleine dunkle Lebewesen. In der Luft hängt der Geruch nach Kerzenwachs. Sie glaubt, den schwachen Duft von Zitronen wahrnehmen zu können. Aber auch der kann den Schimmelgeruch nicht vollständig überdecken.

»Ey, ich warte«, tönt Maikes Stimme in ihr Ohr.

»Hier ist alles voller Kerzen«, flüstert Kim.

»Wie romantisch«, haucht Maike.

Kim folgt dem schmalen, von brennenden Kerzen gesäumten Weg quer durch den Raum bis zu einer Treppe, die steil nach unten führt. Sie reckt den Hals, schaut hinunter. Auch auf der Treppe stehen rechter Hand Teelichter. Die rohen Mauerwände darüber schimmern feucht im Kerzenlicht. Die Stufen sind bedeckt mit roten Schnipseln. Sie erkennt erst auf den zweiten Blick, was es ist: Blütenblätter. Rosen? Was für eine total schöne Idee.

»Er hat überall hier Kerzen aufgestellt und Rosenblätter verteilt.«

»Wie süß ist das denn«, quietscht Maike entzückt.

»Das finde ich ja auch«, sagt Kim. »Aber warum soll ich denn in den Keller? Findest du das nicht auch seltsam?«

»Vielleicht gibt es da unten ja so was wie einen Hobbyraum oder einen Partykeller. Gretas Eltern haben in ihrem Keller sogar ein Gästezimmer.«

»Mhm. Ich weiß nicht.«

Sie lugt in den Treppenabgang, der trotz des Kerzenlichts nicht wirklich einladend wirkt. Erst jetzt registriert sie, dass das rot flimmernde Gebilde aus Grablichtern, das ihr unten vom Boden vor der Treppe entgegenleuchtet, ein Herz darstellen soll. Es ist allerdings ziemlich schief geraten. Der linke Bogen ist viel größer geworden als der rechte. Irgendwie ist das ja schon niedlich. Er hat sich so viel Mühe gegeben. Wahrscheinlich wartet er da unten auf sie und wundert sich schon, wo sie so lange bleibt. Sie können ja dann einfach woanders hingehen. So richtig romantisch ist das hier trotz des Aufwands, den er betrieben hat, nicht. Wahrscheinlich haben Jungs eine andere Vorstellung von Romantik als Mädchen. Aber schließlich zählt der gute Wille. Und der Gestank ist jetzt tatsächlich auch gar nicht mehr so schlimm.

In diesem Moment ertönt leise Musik. Schon als die ersten Klänge einsetzen, erkennt sie, was es ist: »Amazing day« von Coldplay. Sebis und ihr absoluter Lieblingssong.

»Was ist denn jetzt?« Maike klingt ungeduldig. »Glaubst du echt, jemand, der dir nur an die Wäsche will, gibt sich so viel Mühe?«

»Du hast recht«, sagt sie. »Ich geh da jetzt runter.«

Bist du sicher?, wispert eine Stimme in ihrem Hinterkopf. *Überleg es dir lieber noch mal.*

»Na, dann wünsche ich dir den fantastischsten Tag deines Lebens. Sag mir Bescheid, wann du zurückkommst, ja?«

»Mach ich. Ich rufe dich heute Abend an, bevor ich in den Zug steige.«

Sie verstaut das Handy im Rucksack und hängt ihn sich über die Schulter.

Noch kannst du einfach wieder gehen.

Sie ignoriert das Wispern in ihrem Hinterkopf. Das Pfefferspray behält sie, nach kurzem Zögern, trotzdem vorsichtshalber griffbereit in der Hand. Dann tastet sie sich die schmalen Stufen hinunter. Der Sänger von Coldplay stimmt im Hintergrund gerade den Refrain des Songs an. Die Schritte nimmt sie erst wahr, als sie direkt hinter ihr sind. Bevor sie reagieren kann, wird sie gepackt. Der Rucksack rutscht ihr von der Schulter, poltert die Stufen hinunter. Gleich darauf wird ihr das Spray aus der Hand gerissen. Ein Arm legt sich ihr wie eine Klammer um den Hals, drückt schmerzhaft gegen ihren Kehlkopf. Sie öffnet den Mund, will laut schreien, da presst sich ein feuchter Lappen auf ihr Gesicht. Ein widerlicher Geruch steigt ihr in die Nase. Sie gibt erstickte Laute von sich, versucht sich aus der Umklammerung zu befreien. Doch ihre Glieder werden immer schwerer, sie schafft es kaum noch, die Arme zu heben. Ihre Beine geben nach. Ihr Körper erschlafft. Ihr Verstand ist wie benebelt. Unter ihren Füßen kippt der Boden weg. Alles verschwimmt zu einem konturlosen Geflimmer. Dann wird ihr schwarz vor Augen. Sie fällt. Immer tiefer und tiefer stürzt sie ins Bodenlose.

22

Nach einer Viertelstunde gibt Jana auf. Sie schafft es einfach nicht, sich auf die Entspannungsübungen zu konzentrieren. Sobald sie die Augen schließt, sieht sie Henry vor sich. Wie er daliegt in seinem Blut und sie aus toten Augen anstarrt. Sie stemmt sich hoch, rollt die Isomatte zusammen und verstaut sie im Schrank.

Und was mache ich jetzt?

Auf dem Weg nach unten ist diese Frage ganz unvermittelt in ihrem Kopf. Ihr Herzschlag beschleunigt sich, ihre Schritte werden stockend. *Ich kann doch nicht einfach weitermachen, als sei nichts geschehen.* Mitten auf der Treppe bleibt sie stehen. Als sie zu wanken beginnt, greift ihre rechte Hand reflexartig nach dem Geländer und umfasst das glatte Holz. Ein Gefühl der Ausweglosigkeit überfällt sie mit einer Heftigkeit, die sie zutiefst erschreckt und ihr für einen Augenblick die Luft abschnürt. Sie spürt, wie ihre Beine unter ihr nachgeben. Wie in Zeitlupe sinkt sie auf eine Treppenstufe.

Dieses Gefühl kennt sie nur zu gut. Sie hatte gehofft, nie mehr damit konfrontiert sein zu müssen. Es ist vollkommen fehl am Platz in ihrem jetzigen Leben. Es gehört in eine andere Zeit. In eine Zeit, in der sie fürchtete, der Trostlosigkeit ihres Daseins nie mehr entfliehen zu können. Als sie glaubte, für immer gefangen zu sein in einem Leben, das nicht das ihre war. Gekettet an Menschen, die ihr vertraut waren und dennoch fremd blieben. Mit aller Macht überfällt sie die Erinnerung. Sie wehrt sich dagegen, aber die Bilder lassen sich nicht verdrängen. Sie stürmen auf sie ein, sind so eindringlich, so präsent wie schon lange nicht mehr. Mit einem Mal fühlt sie sich zurückversetzt in die Nacht, die ihr Leben von Grund auf verändert hat.

*

»Zieh dir was Warmes an. Es ist kalt, und die Nacht wird sicher lang.«

Sie hat die vor Aufregung vibrierende Stimme von Jürgen, dem Nachbarn, als er vor der Tür stand, selbst nach so langer Zeit noch im Ohr. Nur mal schauen, sagte er, ob etwas dran sei. Die beiden winkten ab, taten, als hätten sie kein Interesse. Sie argwöhnten, dass hinter all dem eine Finte stecke, eine Art Gesinnungstest. Im Nachhinein war Jana froh, dass keiner der beiden mitgekommen war. Sie hätten nur gestört, sie gehemmt. Ohne sie wurde es die berauschendste Nacht ihres Lebens. Die erste Nacht in Freiheit. Sie hat sich später immer wieder gefragt, ob die Dinge sich anders entwickelt hätten, wenn einer von ihnen dabei gewesen wäre. Ganz sicher hätten sie das, aber weggegangen wäre sie ohnehin. Nur später. Und wenn sie ganz ehrlich zu sich ist: Auch dann wäre sie allein gegangen.

Schon auf der Fahrt nach Berlin lief im Radio auf allen Kanälen die gleiche Nachricht rauf und runter. Fast im Sekundentakt wurde sie wiederholt. Als könnten die Sprecher selbst nicht so recht glauben, was sie da gerade verkündeten. Jana wurde immer aufgeregter. Sie konnte kaum still sitzen. Sie waren zu fünft losgefahren. Sie saß eingequetscht auf dem Rücksitz zwischen der korpulenten Frau von Jürgen und deren Bruder. Alle redeten wild durcheinander. Es knisterte richtiggehend vor Spannung in dem kleinen Auto. Je näher sie der Stadt kamen, desto voller wurden die Straßen. Sie kamen kaum vorwärts. Offenbar waren alle auf den Beinen, um sich mit eigenen Augen davon zu überzeugen, dass es wirklich wahr war: dass die Grenzen in den Westen tatsächlich offen waren. Sie stellten das Auto irgendwo ab, liefen zu Fuß weiter. Jana fror trotz der dicken Jacke. Gleichzeitig glühte sie vor Aufregung. Am Grenzübergang Bornholmer Straße hatte sich eine Menschentraube gebildet. Waren sie doch einer falschen Nachricht aufgesessen? Die Enttäuschung war wie ein Schlag in den Magen.

Plötzlich wurden Rufe laut: »Tor auf!« In Sekundenschnelle wurde ein mehrstimmiger Chor daraus. »Tor auf! Tor auf!«, begann die Menschenmenge zu skandieren. Jemand brüllte dazwischen: »Wir kommen zurück.« Sofort setzten andere ein. »Wir kommen wieder«, schallte es durch die Nacht. Es klang wie ein Versprechen. Dann brandete Jubel auf, die Menschentraube setzte sich in Bewegung. Jana ließ sich mitreißen, verschmolz mit der vorwärts strebenden Masse zu einem einzigen Körper. Vorbei an den Grenzbeamten, die den stetigen Strom mit unbewegten, teils fassungslosen Blicken begleiteten. Die Nachbarn hatte Jana in dem Gedränge recht bald aus den Augen verloren. Aber das störte sie nicht weiter. Sie ließ sich einfach treiben.

In dieser Nacht gab es keine Schranken mehr. Wildfremde Menschen fielen sich weinend vor Glück in die Arme. Jeder umarmte jeden. Alle küssten sich. Jana hatte sich noch nie in ihrem Leben so gut, so unbeschwert gefühlt.

Die ganze Welt schien ihr mit einem Mal offenzustehen. Eine Flasche Sekt wurde rumgereicht. Sie trank, verschluckte sich an der prickelnden Flüssigkeit und spuckt die Hälfte davon wieder aus.

»Herzlich willkommen in der Freiheit«, lachte jemand in ihren Husten hinein.

Sie sah hoch und blickte in aschgraue Augen, die vor Lebensfreude richtiggehend zu sprühen schienen. Es war Liebe auf den ersten Blick.

Die folgenden Tage und Nächte wich Torsten ihr nicht mehr von ihrer Seite. Er zeigte ihr sein Berlin. Kreuzberg, Schöneberg, auf ihren Wunsch hin auch den Ku'damm. Und immer wieder Kreuzberg. Bis sie das Gefühl hatte, schon immer hier im Westen gelebt zu haben. Sie genoss es in vollen Zügen. Sie genoss es, frei zu sein, ohne jegliche Verpflichtungen in den Tag hineinzuleben. Sich endlich jung zu fühlen. Sie war achtzehn und hatte das erste Mal in ihrem Leben das Gefühl, ihr stehe die Welt offen. Jeden Gedanken an Rückkehr verdrängte sie, sobald er in ihrem Hinterkopf auftauchte. Jeden Anflug von schlechtem Gewissen erstickte sie mit Torstens Hilfe in immer wieder neuen Aktionen. Sie musste so viel nachholen. Der Gedanke, in ihr freudloses Leben *drüben* zurückkehren zu müssen, wurde von Tag zu Tag unerträglicher. Und schließlich unvorstellbar.

*

Ein Geräusch reißt sie aus ihren Erinnerungen. Jemand schließt die Haustür auf. Schnell erhebt sie sich. Da sieht sie Max auch schon unten am Treppenabsatz auftauchen und mit einem verwunderten Ausdruck auf dem Gesicht zu ihr hochschauen.

»Du bist ja doch da«, sagt er.

»Wieso sollte ich nicht da sein?«, fragt sie überrascht und geht die Treppe hinunter. Sie ist ganz wackelig auf den Beinen und muss sich am Geländer festhalten.

»Die Haustür war abgeschlossen.« Er lässt die Sporttasche von seiner Schulter auf den Boden gleiten.

»Tatsächlich?« Sie gibt sich betont unbefangen. »Da war ich wohl in Gedanken.«

»Ich hab Hunger«, sagt Max erwartungsgemäß.

Sie folgt ihm in die Küche. Siedend heiß fällt ihr Hannes' Nachricht ein. Hat sie die auf dem Küchentisch liegen lassen? Hastig schiebt sie sich an Max vorbei.

»Bist du so lieb und bringst deine Sportsachen schon mal nach unten in die Waschküche?«

»Aber das kann ich doch –«

»Tu, was ich dir sage!«

Max wirft ihr aus großen Augen einen irritierten Blick zu. Sofort tut ihr ihr autoritäres Verhalten leid. »Bitte«, fügt sie schnell hinzu.

»Okay«, murmelt er und macht kehrt. Kurze Zeit später hört sie ihn die Kellertreppe hinunterstapfen.

Der Zettel liegt nicht mehr auf dem Küchentisch, stellt sie erschreckt fest. Wo ist er hingekommen? Sie entdeckt ihn schließlich auf dem Boden neben dem Tisch. Sie klaubt ihn auf und ist schon dabei, ihn zu zerknüllen, um ihn wegzuwerfen, da bemerkt sie, dass unter Hannes' Nachricht ein Zusatz steht, der vorher nicht da gewesen ist. Ungläubig starrt sie auf die Worte.

Mich *wirst du nicht so schnell los*.

Das *Mich* ist dick unterstrichen. Sie kneift die Augen zusammen. Das ist definitiv nicht Hannes' Handschrift. Die Buchstaben sind gestochen scharf. Jeder einzelne scheint mit großer Sorgfalt auf das Papier gemalt worden zu sein. Die Handschrift kommt ihr bekannt vor. Ihr fällt nicht ein, woher. Sie studiert sie genauer. Einer spontanen Eingebung folgend läuft sie mit dem Zettel in der Hand ins Wohnzimmer. Dort nimmt sie das Buch aus dem Regal, in dem der Umschlag steckt. Sie blättert es auf. Der Umschlag ist verschwunden. Ihr wird heiß vor Schreck. Erst als sie das Buch wieder zurückstellt, fällt ihr auf, dass sie sich in der Eile vergriffen hat. Sie nimmt das richtige heraus und vergleicht die Handschrift auf der Rückseite des Fotos mit der auf der Notiz von Hannes. Es gibt nicht den geringsten Zweifel. Beides wurde von ein und derselben Person geschrieben.

Hektisch kontrolliert sie die Terrassentür und sämtliche Fenster im Erdgeschoss. Alle sind verschlossen. Wer immer hier gewesen ist, muss einen Schlüssel zum Haus haben.

Was geht hier vor?

Ihr Magen hebt sich, die Übelkeit schwappt in einer Welle in ihr hoch. Sie würgt an der Säure und schafft es gerade noch in die Küche zum Spülbecken, bevor sie sich übergibt.

23

Als Kim wieder zu sich kommt, ist ihr speiübel. In ihrem Magen wütet ein Schmerz, als würde jemand mit der Spitze eines Messers darin herumstochern. Instinktiv krümmt sie sich zusammen und wimmert leise. Sekunden später schreckt sie hoch. Wo bin ich? Sie reißt die Augen auf. Alles, was sie sieht, ist ein milchiger Brei, in dem schwarze Schlieren wie winzige zuckende Kaulquappen schwimmen. Sie zwinkert heftig mit den Lidern, um ihre Augen scharf zu stellen. Stöhnend rollt sie sich auf den Rücken, bleibt für einen Moment erschöpft liegen. Ihre Handflächen ertasten eine weiche Unterlage. Eine Matratze? Erst jetzt nimmt sie den strengen Uringeruch wahr, der ihr entströmt. Sie würgt, unterdrückt den Brechreiz. Rasch setzt sie sich auf, stemmt sich dann von der Matratze hoch. Prompt wird ihr schwarz vor Augen. Sie schwankt, schafft es dennoch, das Gleichgewicht zu halten. Plötzlich hat sie das Gefühl, keine Luft mehr zu bekommen. Panik überfällt sie.

Sebi? Wo ist Sebi?

Endlich reißt der zähe Nebel vor ihren Augen. Noch kann sie ihre Umgebung nur verschwommen erkennen, aber nach und nach gewinnen die Konturen an Schärfe. Verwirrt und entsetzt zugleich registriert sie, dass sie sich in einem Kellerverschlag befindet. Kaum drei Meter breit und nur wenig länger. Oben rechts ist unter der Decke ein schmales rechteckiges Fenster in die Mauer eingelassen. Von außen vergittert und so blind vor Dreck, dass kaum Tageslicht in den Raum fällt. Die Wände sind aus rohen, bröckeligen Mauersteinen und glänzen vor Nässe. In einer Ecke häuft sich eine undefinierbare Masse aus Bauschutt auf dem nackten Betonboden. Seitlich erspäht sie eine Trennwand aus eng stehenden Holzlatten, die bis zur Decke reichen. In der Mitte die wie auf Hochglanz polierten silbernen Scharniere einer Lattentür, deren Holz sich hell von dem dunklen Ton der anderen Holzlatten abhebt. Sie scheint neu zu sein. Kim taumelt darauf zu, drückt mit beiden Händen dagegen. Obwohl sie damit gerechnet hat, ist die Enttäuschung wie ein Schlag mitten ins Gesicht. Die Tür ist abgeschlossen. Mit einem großen Riegel von außen versperrt. Natürlich. Was sonst?

In ihrem Kopf purzeln die Gedanken wild durcheinander. Was ist passiert? Wie bin ich hierhergekommen? Nur bruchstückhaft sickert die Erinnerung in ihr Bewusstsein. Für einen kurzen Moment spürt sie wieder, wie sich der feuchte Lappen auf ihr Gesicht presst, sogar der ekelerregend süßliche Geruch steigt ihr in der Nase. Sie hat sich gewehrt, fällt ihr ein. Doch sie hatte keine Chance. Irgendwann hat sie keine Luft mehr bekommen. Das ist das Letzte, woran sie sich erinnern kann. An das schreckliche Gefühl, ersticken zu müssen. Wahrscheinlich hat sie unmittelbar danach das Bewusstsein verloren und wurde dann in diesen Verschlag geschleppt.

Wie lange ist das jetzt her? Sie weiß es nicht, sie hat jegliches Zeitgefühl verloren. Es könnte gerade erst passiert sein, aber auch schon vor Stunden. *Mein Rucksack. Wo ist er? Da ist mein Handy drin.* Wenn sie hier unten Netz hat, kann sie Hilfe herbeitelefonieren. Ihr Blick irrt durch den Raum. Vielleicht ist er neben die Matratze gerutscht. Kim kniet sich auf sie, tastet mit der Hand den Spalt zur Wand hin ab. Kein Rucksack. Sie schlägt die Hände vors Gesicht, schluchzt laut auf.

Sebi hat dich verarscht, wispert eine hämische Stimme in ihrem Hinterkopf. *Und du bist auf ihn reingefallen. Hättest du mal auf mich gehört. Wärst du jetzt nicht in dieser beschissenen Situation. Ich habe dich gewarnt.*

Tränen strömen ihr über die Wangen. Alles in ihr schreit: *Nein. Das ist nicht wahr. Er hat mich nicht verarscht.* Mit beiden Händen wischt sie sich über die nassen Wangen. Das kann, das darf nicht wahr sein. Es hilft nichts, diese Worte in einem stummen Kanon zu wiederholen. Ihr Verstand weiß längst, was ihr Gefühl so vehement zu leugnen versucht.

Sebi ist nicht der, für den er sich ausgegeben hat. Er hat sie belogen. Ihr etwas vorgemacht. Und sie hat ihm vertraut. Ihm ihre geheimsten Gedanken und Sehnsüchte anvertraut. Sie hat ihm sogar »Ich hab dich lieb« geschrieben. Der Gedanke treibt ihr die Schamröte heiß ins Gesicht. Gleichzeitig flammt Wut in ihr auf. Kurz und heftig. Nur einen Atemzug später hat sie bereits wieder das Gefühl, vor überbordender Angst zu ersticken. Die Panik überrollt sie in einer riesigen Woge. Durch ihren Kopf pulsen wie in einer Endlosschleife in einer Tour die gleichen Fragen.

Wer ist Sebi wirklich? Warum hat er mich hierhergelockt? Was hat er mit mir vor?

Ihr Verstand verweigert die Antwort. Zu unvorstellbar, was geschehen könnte.

»Hilfe!«, schreit es aus ihr heraus. »Hilfe!« Immer wieder »Hilfe!«, bis ihr die Stimme versagt und ihr das Wort nur noch als ein Krächzen über die Lippen kommt.

Sie umschlingt sich mit beiden Armen. Ihr Kopf sinkt auf die Knie, ihr Körper wird von Weinkrämpfen geschüttelt.

Mama! Mama, bitte hilf mir!

24

Jana stützt sich mit beiden Händen auf dem Spülbecken ab. Ihr Atem geht schwer. Sie richtet sich auf, wischt sich mit dem Handrücken über die Lippen. Ihr ist noch immer speiübel. Sie öffnet den Hahn, schöpft sich mit der hohlen Hand Wasser in den Mund, um ihn auszuspülen. Dann spuckt sie die Flüssigkeit wieder aus.

»Mama?« Max' Stimme hinter ihrem Rücken hat einen ängstlichen Unterton. »Bist du krank?«

Sie schließt kurz die Augen, zwingt sich zu einem Lächeln und dreht sich dann zu ihm um. »Nein, nein. Mir ist nur ein bisschen übel.«

Er scheint ihren Worten nicht recht zu glauben, mustert ihr Gesicht mit argwöhnisch gerunzelter Stirn.

Sie tut, als würde sie es nicht bemerken. »Was möchtest du denn essen? Ich habe Pizza im Gefrierschrank.«

»Au ja, Pizza«, jubelt er. »Super! Ich hab einen gigantischen Bärenhunger. Wir haben übrigens zehn zu fünf gewonnen«, verkündet er stolz.

»Wow! Das ist ja toll«, sagt sie und gibt sich alle Mühe, beeindruckt zu klingen.

Sie schaltet den Backofen ein und nimmt die Pizza aus dem Gefrierschrank. Er setzt sich an den Küchentisch und erzählt ihr haarklein, wer wann ein Tor geschossen hat. Sie hört seiner begeisterten Schilderung nur mit halbem Ohr zu, nickt ab und zu zustimmend.

Niemand außer ihr, Hannes und den Kindern hat einen Schlüssel zum Haus. Wenn sie Urlaub machen, hinterlassen sie den Ersatzschlüssel bei der Nachbarin. Eine sehr nette ältere Frau mit zwei Hunden. Sie machen das seit Jahren so, die Frau ist über jeden Verdacht erhaben.

»Du hörst mir ja gar nicht zu!« Max' empörte Stimme drängt sich in Janas Überlegungen.

»Entschuldige, Schatz. Ich habe nur gerade –« Ihr fällt keine plausible Ausrede ein. »Oh, die Pizza muss in den Ofen«, sagt sie schnell.

»Wo sind eigentlich Papa und Kim?«, fragt er.

Sie schiebt das Blech mit der Pizza in den Backofen, sagt: »Kim übernachtet heute bei Maike. Und Papa«, sie schluckt, »Papa musste leider zu einem überraschend anberaumten Termin, der wahrscheinlich das ganze Wochenende dauert.« Sie schließt die Backofentür.

Max' Gesicht ist Enttäuschung pur. »Papa hat versprochen, dass wir morgen eine Radtour zusammen machen.«

»Dann machen einfach wir beide eine, was hältst du davon?«

Er wirft ihr einen skeptischen Blick zu. »Wir wollten eine richtig lange Tour machen«, sagt er. »Nicht nur kurz mal zum Gorinsee und wieder zurück.«

»Vielleicht ist Papa ja rechtzeitig wieder da«, sagt sie, obwohl sie es selbst nicht glaubt.

Er nickt. Sie sieht ihm an, dass auch er das bezweifelt. Es wäre nicht das erste Mal, dass Hannes ein gegebenes Versprechen nicht einhalten kann.

Max verschlingt die Pizza allein. Sie hat keinen Appetit, bekommt keinen Bissen hinunter. In ihrem Kopf türmen sich die Fragen.

Was soll ich denn jetzt tun? Ich kann doch nicht einfach abwarten, was als Nächstes passieren wird. Ich muss etwas unternehmen. Aber was?

Sie wird diese Gedanken nicht mehr los. Aber sie findet auch keine Lösung. Vor einer Anzeige schreckt sie nach wie vor zurück. Es gäbe zu viel, was sie erklären müsste. Ich sollte endlich den Mut finden, Hannes die Wahrheit zu sagen, denkt sie. Das wäre der einzig richtige Weg. Er wüsste ganz sicher einen Rat. Das weiß er immer.

Am Abend, als Max bereits im Bett liegt, hält sie es nicht länger aus. Sie muss mit jemandem reden, sonst dreht sie durch. Kurz entschlossen greift sie zum Telefon und wählt die Handynummer von Hannes.

25

Kim wischt sich die Tränen aus dem Gesicht, zieht die Nase hoch. Sie fühlt sich schrecklich. Der Geschmack in ihrem Mund ist widerlich. Ihre Augen brennen wie Feuer, ihre Lippen fühlen sich rissig an. Ich sehe bestimmt ganz furchtbar aus, kommt es ihr in den Sinn.

Das ist im Moment ja wohl dein kleinstes Problem, höhnt die Stimme in ihrem Hinterkopf.

Prompt schießen ihr wieder Tränen in die Augen. Sie presst die Lippen fest aufeinander, schluckt sie hinunter. Weinen bringt sie jetzt auch nicht groß weiter.

Das Licht, das durch das schmale Fenster in den Raum fällt, wird immer schwächer. Bald wird sie hier ganz im Dunkeln sitzen. Eine Welle der Angst überschwemmt sie. Sie zittert am ganzen Körper. Die feuchte Kälte ist ihr mittlerweile unter die Kleidung gekrochen und hat jegliche Wärme aus ihren Gliedmaßen gesaugt. Auf allen vieren kriecht sie über die Matratze, die sich unangenehm klamm unter ihren Händen anfühlt, bis zur Mauer. Dort setzt sie sich auf, zieht die Beine ganz eng an sich ran und umschlingt sie mit beiden Armen. Ihr ist nicht nur kalt, sie ist auch durstig. Sehr durstig. Irgendwo hat sie mal gelesen, dass ein Mensch länger ohne Nahrung als ohne Wasser auskommen kann. Wenn sie sich richtig erinnert, stirbt man ohne Flüssigkeit bereits nach wenigen Tagen.

Hat sie noch vor ein paar Minuten gehofft, dass sie mit

Sebi nie, nie wieder etwas zu tun haben muss, so wünscht sie sich jetzt nichts sehnlicher, als dass er auftaucht. Nichts ist schlimmer als die Angst, in diesem Verschlag mutterseelenallein die Nacht verbringen zu müssen. Kim schluchzt laut auf. Wie konnte sie nur so dumm sein, jemandem zu vertrauen, den sie noch nie in ihrem Leben gesehen hat? Von dem sie nicht mehr als den Namen wusste, lediglich ein paar Fotos kannte. Wenn sie nur wüsste, was er mit ihr vorhat. Wenn sie mit ihm reden könnte. Vielleicht könnte sie ihn dann überzeugen, sie gehen zu lassen. Sie würde auch dichthalten. Nichts verraten. Die Gedanken schlagen Purzelbäume in ihrem Kopf. Ihr ist schon ganz schwindelig vom vielen Denken. Sie presst ihren Rücken fester gegen das Mauerwerk, als könne die Härte der Steine sich auf sie übertragen und ihr Halt geben.

Keiner weiß, wo sie steckt. Oder hat sie Maike den Namen den Kaffs verraten? Sie kramt in ihrem Gedächtnis. Es will ihr einfach nicht einfallen. Sie schluchzt laut auf, lässt den Kopf auf die Knie sinken. In der Position verharrt sie eine Weile. Dann lässt sie sich auf die Seite gleiten, zieht die Beine ganz eng an ihren Bauch heran, umschlingt sich mit beiden Armen. Sie ist so müde. Die Erschöpfung drückt ihren Körper immer tiefer in die Matratze, bis sie glaubt, in dem weichen Schaumstoff zu versinken. Den Uringeruch nimmt sie nur noch ganz schwach wahr. In ihrem Kopf beginnt sich eine wattige Leere auszubreiten. Sie ist eingeschlafen, bevor der Gedanke, dass sie in diesem Loch sterben wird, wenn sie nicht rechtzeitig gefunden wird, bis in ihr Bewusstsein vorgedrungen ist.

26

Jana hat weder Hannes noch Sylvie erreicht. Schließlich hat sie beiden eine Nachricht geschickt mit der Bitte, sich bei ihr zu melden. Jetzt liegt sie auf dem Bett, starrt an die Zimmerdecke, während die Gedanken in ihrem Kopf Achterbahn fahren. Vorsichtshalber hat sie, bevor sie ins Bett gegangen ist, die Haustür zusätzlich mit der Sicherungskette von innen verschlossen. Dennoch stockt ihr bei jedem noch so kleinen Geräusch der Atem. Jedes Mal fährt sie panisch hoch und lauscht, ob sich jemand durch das Haus schleicht.

Irgendwann fällt sie in einen unruhigen Schlaf, aus dem sie schon kurze Zeit später völlig zerschlagen mit dumpfen Kopfschmerzen wieder hochschreckt. Durch die Ritzen des heruntergelassenen Rollladens sickert mattes Licht in den Raum. An Schlaf ist nicht mehr zu denken. Sie quält sich aus dem Bett und tappt barfuß nach unten. Hinter ihren Schläfen pocht ein bohrender Schmerz. Mit einem Becher Kaffee in der Hand stellt sie sich an die Terrassentür. Das ist in den letzten Tagen schon zu so etwas wie einem Ritual geworden, stellt sie mit einem Anflug von Traurigkeit fest.

Draußen huschen die letzten Schatten der schwindenden Dämmerung wie konturenlose Wesen über die Wiese, wischen mit ihren grauen Fingern über Beete und Sträucher. Nach und nach durchdringen die ersten Strahlen der

Morgensonne den Grauschleier, hüllen den Garten in ein warmes Licht, bringen die Tautropfen an den Grashalmen zum Funkeln und die Farben zum Leuchten. Ein neuer, ein schöner Tag kündigt sich an. Er will so gar nicht zu ihrer Stimmung passen. Eine Weile steht sie einfach nur da und schaut hinaus. Sie ist unglaublich müde. In ihrem Kopf herrscht eine Leere, die sie für diesen Augenblick ganz bewusst genießt. Ihr ist klar, dass sich das schon sehr bald wieder ändern wird.

In der ersten Etage regt sich etwas. Max schlurft laut gähnend ins Badezimmer. Zeit, Frühstück zu machen. Sie seufzt und begibt sich in die Küche. Kurze Zeit später erscheint Max und setzt sich nach einem gemurmelten Gruß an den Tisch. Sein Blick fällt auf den leeren Stuhl seines Vaters, augenblicklich bewölkt sich sein kleines Gesicht. Sie sucht nach tröstenden Worten, aber ihr fallen keine ein. Ihr Kopf ist immer noch wie leer gefegt.

Sie kauen beide recht lustlos auf ihren Brötchen rum. Max lässt seins nur halb aufgegessen auf dem Teller liegen und steht auf.

»Ich fahr ein bisschen mit dem Rad rum«, sagt er. »Rufst du mich an, wenn Papa nach Hause kommt?«

»Mach ich«, verspricht sie. »Aber sag mal, was hältst du davon, wenn ich einfach mitkomme? Bei dem schönen Wetter könnten wir zum Gorinsee – «

Er schüttelt den Kopf. »Lieber nicht.«

Die Zurückweisung versetzt ihr einen kleinen Stich. »Bleib in der Nähe«, bittet sie und erntet einen erstaunten Blick.

»Nur für den Fall, dass Papa gleich starten will, wenn er auftaucht«, schiebt sie als Erklärung rasch hinterher.

Er nickt. Kurze Zeit später hört sie die Haustür ins Schloss fallen. Einem Impuls folgend, eilt sie in die Küche und späht aus dem Fenster. Max taucht auf der Straße auf, schwingt sich aufs Rad und tritt in die Pedale. Jana überkommt ein ungutes Gefühl, als sie ihn davonradeln und ihren Blicken entschwinden sieht. Als würde ihrem Sohn da draußen ein Unheil drohen. Sie ist kurz davor, aus dem Haus zu stürmen und ihn zurückzuholen. Das Klingeln des Telefons im Wohnzimmer hindert sie daran, den Gedanken in die Tat umzusetzen.

Auf dem Display steht der Name ihrer Freundin Sylvie. Sie zögert, doch dann nimmt sie das Gespräch an. Schließlich ist sie es gewesen, die um einen Rückruf gebeten hat.

»Henry ist tot«, sagt Sylvie ohne ein Wort der Begrüßung.

27

Als Kim das zweite Mal erwacht, prallt ihr Blick gegen eine Mauer aus undurchdringlicher Schwärze. Für den Bruchteil einer Sekunde ist sie vollkommen orientierungslos. Dann fällt ihr schlagartig alles wieder ein. Stöhnend richtet sie sich auf. Die Zunge klebt ihr am Gaumen fest. In ihrem Magen wütet der Hunger. Unwillkürlich stößt sie einen Wimmerlaut aus, versucht gleichzeitig sich aufzuraffen. Doch so sehr sie sich auch anstrengt, sie schafft es nicht. Ihre Beine wollen sie nicht tragen, sacken unter ihr weg, als wären sie aus weichem Gummi. Mit einem Klagelaut sinkt sie auf die Matratze zurück. Bleibt mit ausgestreckten Beinen apathisch sitzen. Starrt in die Dunkelheit. Was sind das für Schatten in den Ecken? Ist da jemand? Auf dem Hintern robbt sie auf der weichen Unterlage so weit zurück, bis sie das kalte Mauerwerk in ihrem Rücken spürt.

Unvermittelt raschelt es irgendwo ganz in ihrer Nähe. Sie zuckt zusammen, lauscht mit wild klopfendem Herzen. Die Kratzgeräusche scheinen immer näher zu kommen. Etwas Weiches, Feuchtes berührt ihre Hand, huscht über ihren Arm. Sie reißt ihn panisch weg und fängt an zu schreien. Sie kann gar nicht mehr damit aufhören. Nach einer Weile gehen die Schreie in ein haltloses Schluchzen über.

»Mama«, heult sie. »Bitte! Komm mich holen.« Sie wippt vor und zurück, wiederholt immer wieder dieselben drei Worte. »Komm mich holen.«

Ihre Stimme wird immer kraftloser. Bis sie nur noch ein tonloses Raunen ist und schließlich ganz versiegt. Sie umschlingt sich mit beiden Armen. Ihre Augenlider werden schwer. Sie ist so furchtbar müde. Der Kopf sackt ihr immer wieder auf die Brust. Langsam dämmert sie weg. Ein Geräusch lässt sie wieder hochschrecken. Panisch reißt sie die Augen auf, starrt in die Dunkelheit.

Sind das Schritte? Sie legt den Kopf schief, lauscht. Licht flackert auf, erlischt sofort wieder.

»Ist da jemand?«, flüstert sie. Das Herz schlägt ihr bis zum Hals.

Die Schritte nähern sich. Sie wagt kaum zu atmen. Sie zieht die Schultern hoch, presst die Arme eng an ihren Körper und versucht, sich ganz klein zu machen. In ihren Ohren rauscht das Blut.

Plötzlich flammt Licht auf. Gleißend hell. Instinktiv schließt sie die Augen, hebt eine Hand schützend vors Gesicht. Als sie die Augen blinzelnd wieder öffnet, sieht sie eine dunkle Gestalt in der geöffneten Tür stehen. Das Licht blendet sie, sie kann nur schemenhafte Umrisse erkennen.

Die Gestalt kommt näher. Sie richtet den Strahl einer Taschenlampe direkt auf Kim. Kim verengt die Augen zu schmalen Schlitzen, um besser sehen zu können. Eine Hand mit einem Glas streckt sich ihr entgegen.

»Trink das!«

Der barsche Befehlston schüchtert Kim ein. Gehorsam nimmt sie das Glas. Darin schwimmt eine milchig trübe Flüssigkeit.

»Was ist das?«, fragt sie mit zittriger Stimme.

»Trink!«

Sie setzt das Glas an. Durstig, wie sie ist, würde sie es am liebsten in einem Zug leer trinken. Aber sie traut der Sache nicht. Wer weiß, was da drin ist. Sie trinkt nur einen winzigen Schluck davon und schüttelt sich. Die Flüssigkeit schmeckt total bitter.

»Was ist das? Das trinke ich nicht«, sagt sie.

»Entweder du trinkst das oder –«

Die Person, Kim kann sie nicht richtig erkennen, hat plötzlich etwas in der Hand. Entsetzt erkennt sie, dass es eine Waffe ist, deren Lauf direkt in ihr Gesicht zielt.

Schnell nimmt sie einen weiteren Schluck aus dem Glas.

»Austrinken!«

Sie beeilt sich, der Aufforderung nachzukommen, auch wenn ihr Magen sofort rebelliert gegen den bitteren Geschmack. Dann streckt sie die Hand mit dem leeren Glas von sich. In dem Moment, in dem sich ihr Gegenüber vorbeugt, um das Glas an sich zu nehmen, erhascht sie einen Blick auf das Gesicht. Für einen Moment überlagert das Erstaunen ihre Angst. Das ist ja eine Frau.

»Wer sind Sie? Was wollen Sie von mir?«

»Sei nicht so neugierig. Das wirst du noch früh genug erfahren.«

Die Frau richtet sich auf und verlässt den Kellerraum.

»Bitte gehen Sie nicht weg«, ruft Kim ihr hinterher. »Sagen Sie mir, was Sie von mir wollen.«

Die Schritte verhallen. Eine Antwort bekommt sie nicht. Dann erlischt das Licht.

Die Müdigkeit überkommt sie ohne Vorwarnung. Ihr fallen die Augen zu. Sie reißt sie auf, die Lider sind schwer wie Blei. Sie schafft es einfach nicht, sie offen zu halten. Auch ihr Körper wird immer schwerer und schwerer. Unvermittelt kippt sie zur Seite und schläft sofort ein.

28

Im letzten Moment kann Jana das »Ich weiß«, das ihr auf der Zunge liegt, hinunterschlucken.

»Um Gottes willen«, sagt sie stattdessen und versucht, ihre Stimme angemessen erschüttert klingen zu lassen. »Was ist passiert? Ein Unfall?«

»Er ist ermordet worden.«

»Woher weißt du das?« Die Frage kommt ihr schärfer als beabsichtigt über die Lippen.

»Die Polizei war bei mir.«

»Bei dir?« Dieses Mal muss sie ihr Erstaunen nicht heucheln.

Schweigen am anderen Ende der Leitung. Als sie schon nachhaken will, sagt Sylvie: »Ich würde gern vorbeikommen. Ich glaube, wir müssen dringend miteinander reden.«

»Jetzt gleich?«

»Wenn es dir nicht passt –«

»Doch, doch«, fällt sie der Freundin ins Wort. »Es passt sogar sehr gut. Ich bin im Moment allein hier.«

»In circa einer halben Stunde bin ich bei dir«, verspricht Sylvie und legt auf.

Es dauert fast eine Stunde, bis Sylvies Wagen endlich vor dem Haus hält.

»Stau auf der Autobahn. Bei dem schönen Wetter strebt offenbar jeder Berliner mit einem fahrbaren Untersatz ins

Grüne«, sagt sie statt einer Begrüßung, als Jana ihr die Tür öffnet und sie etwas förmlich ins Haus bittet.

Normalerweise umarmen sie sich, aber das erscheint Jana in Anbetracht der Umstände etwas unpassend. Sylvie sieht es anscheinend ebenso. Jedenfalls macht sie keinerlei Anstalten in diese Richtung.

»Einen Kaffee? Oder lieber ein Wasser?«

»Beides bitte.« Sylvie folgt ihr in die Küche.

Sie schweigen, bis sie sich, jede einen Becher dampfenden Kaffee und ein Glas Wasser vor sich, am Küchentisch etwas verlegen gegenübersitzen.

»Unser Telefonat neulich –«, beginnt Sylvie schließlich und streicht sich eine Haarsträhne hinters Ohr.

»Du hast letztens am Telefon –«, sagt Jana im gleichen Moment.

Sie sehen sich an, lächeln schief. Schon nach wenigen Sekunden werden sie allerdings wieder ernst. Aber die Spannung, die sich wie eine Mauer zwischen ihnen aufgebaut hatte, hat sich wenigstens etwas gelöst. Jana räuspert sich, umschließt ihren Kaffeebecher mit beiden Händen.

»Wieso hat die Polizei eigentlich dich über Henrys Tod informiert?«

»Ich war wohl der letzte Anruf auf seinem AB, und sie vermuteten, ich sei seine Freundin.«

»Hast du der Polizei was von mir gesagt?«, fragt Jana alarmiert.

»Nein. Kein Wort. Warum sollte ich? Oder hast du ihn umgebracht?« Sie schaut Jana prüfend an.

Jana schüttelt den Kopf. »Natürlich nicht«, sagt sie entrüstet.

»Das habe ich auch nicht ernsthaft geglaubt«, sagt Sylvie. »Aber nach eurer letzten«, sie wiegt den Kopf hin und her, »unschönen Begegnung hättest du ja schon einen Grund dazu gehabt.«

Jana hebt die Augenbrauen. An diesem Punkt waren sie schon mal. »Du hast gesagt, ich hätte dich an dem Abend angerufen?«, bringt sie das Thema vorsichtig zur Sprache.

»Ja«, bestätigt Sylvie. »Weißt du das etwa nicht mehr?« Ohne Janas Antwort abzuwarten, fährt sie fort: »Du klangst ziemlich aufgeregt am Telefon. Hast kaum einen zusammenhängenden Satz herausgebracht. Jedenfalls habe ich mir dann zusammengereimt, dass du eine handfeste Auseinandersetzung mit Henry gehabt und Angst bekommen hast, dass du ihn ernsthaft verletzt haben könntest. Deshalb hast du mich gebeten, nach ihm zu schauen. Du hast mir kurz beschrieben, wo ich ihn finde, und dann aufgelegt. Ich bin sofort runtergerannt und habe ihn von der Straße aufgesammelt. Seine Verletzung war allerdings nicht so dramatisch. Zwar sehr schmerzhaft für ihn«, Sylvie schickt ein kleines Grinsen zu Jana rüber, »aber nichts Schlimmes. Ich habe ihn dann nach Hause gebracht. Beziehungsweise geschleppt. Der Arme konnte ja kaum noch geradeaus laufen, so betrunken, wie er war.«

»Der Arme«, Jana schnaubt, »hätte mich fast vergewaltigt.«

»Er hat es ein bisschen anders dargestellt«, sagt Sylvie und weicht ihrem Blick aus.

»Ach? Tatsächlich?« Jana kann ihre Empörung nicht verbergen.

»Er wollte nur mit dir reden, sagte er, und du hättest komplett überreagiert. Regelrecht ausgerastet seist du. Wie eine Furie auf ihn losgegangen. Du, der hat dich wirklich geliebt. Der war am Boden zerstört. Er hat mir irgendwie leidgetan.«

»So leid, dass du dich weiterhin mit ihm treffen wolltest? Wann hattest du denn die Absicht, mir davon zu erzählen?« Sie sieht Ärger in Sylvies blauen Augen aufblitzen. Auf ihren rundlichen Wangen bilden sich rote Flecke.

»Wenn du mich an dem Abend nicht angerufen hättest, hätte ich Henry nie kennengelernt«, sagt sie und erhebt sich abrupt. »Ich glaube, ich gehe besser wieder.«

»Ich war das nicht«, sagt Jana. »Ich habe dich nicht angerufen.«

29

Sylvie mustert die Freundin in stummem Erstaunen, ihre Stirn hat sich in Falten gelegt. Jana sieht die Skepsis in ihrem Blick.

»Glaub mir«, beteuert sie. »Ich habe dich nicht angerufen an dem Abend.«

»Wenn du es nicht warst ...«, Sylvie lässt sich zurück auf den Stuhl sinken. »Wer war es dann?«

»Du hättest doch meine Nummer oder meinen Namen auf dem Telefondisplay sehen müssen.«

»So etwas hat mein Apparat nicht. Ich habe den schon seit Urzeiten.« Sylvie zuckt mit den Schultern. »Du kennst mich doch. Solange etwas funktioniert, wird nichts Neues angeschafft.«

»Hast du meine Stimme denn eindeutig erkannt?«

»Du hast wie gesagt ziemlich gestammelt, und die Verbindung war auch nicht gerade prickelnd. Es knisterte ständig in der Leitung. Einzelne Worte habe ich gar nicht verstanden«, sagt Sylvie nachdenklich. »Du hast dich mit deinem Namen gemeldet. Da bin ich mir sicher.«

»Und du bist dir auch sicher, dass es die Stimme einer Frau war?«

Sylvie wiegt nachdenklich den Kopf hin und her. »Da ich davon ausgegangen bin, dass du es bist, die mich angerufen hat, habe ich nicht darauf geachtet. Aber ja, doch. Es war eine Frauenstimme«, antwortet sie nach kurzem Zögern. »Hör mal, das ergibt alles keinen Sinn. Wer außer dir und Henry – und mir – wusste denn von dem Treffen?«

»Niemand«, antwortet Jana.

»Ich kapiere das nicht«, sagt Sylvie und schaut sie ratlos an. »Irgendwie ergibt das keinen Sinn.«

»Du wiederholst dich«, sagt Jana und verzieht den Mund zu einem freudlosen Grinsen.

»Ich brauche jetzt dringend eine Zigarette.« Sylvie nimmt ihre Handtasche von der Stuhllehne und kramt nach der Packung. »Auch eine?«

Obwohl sie sich vor einiger Zeit das Rauchen abgewöhnt hat, greift sie dankend zu. Gemeinsam gehen sie hinaus auf die Terrasse. Sylvie gibt ihr Feuer. Schweigend inhalieren sie den Rauch. Die Vögel zwitschern mit einer Inbrunst, als hätte sie jemand dafür bezahlt. Nur ein paar zarte Wölkchen, wie in das Blau des Himmels geflockt, sind zu sehen. Der laue Wind trägt den betörenden Duft des blühenden Flieders mit sich. Irgendwo ganz in der Nähe lachen Kinder. Ein Tag wie aus dem Bilderbuch. Der Situation völlig unangemessen, denkt Jana.

»Jemand hat Hannes ein kompromittierendes Foto von mir und Henry aufs Handy geschickt«, sagt sie wie beiläufig und streift die Zigarettenasche fahrig am Rand des Aschenbechers ab.

Sylvie sieht sie von der Seite an. »Shit. Wie hat er es denn aufgenommen?«

»Er ist vorübergehend in ein Hotel gezogen.« Jana spürt, wie sich ihr die Kehle zuschnürt. Sie presst die Lippen zusammen, kämpft gegen die aufsteigenden Tränen.

»Meinst du, Hannes hat Henry –« Sylvie lässt den Satz

erschrocken in der Luft hängen, zieht hektisch an der Zigarette.

Jana schüttelt heftig den Kopf. »Nein. Ganz sicher nicht.« Sie bricht in Tränen aus.

Sylvie zerquetscht ihre Zigarette im Aschenbecher, nimmt Jana ihre aus der Hand und drückt sie ebenfalls aus. »Komm«, sagt sie dann und öffnet die Arme.

Jana flüchtet sich wie ein liebesbedürftiges Kind in die Umarmung und lässt ihren Tränen freien Lauf.

Nach einer Weile löst sie sich von ihrer Freundin. »Danke«, sagt sie schniefend mit einem schiefen Grinsen. »Das tat gut, aber jetzt brauche ich dringend ein Taschentuch.«

Sylvie folgt ihr ins Haus. Sie wartet, bis Jana sich die Nase geputzt hat, dann sagt sie: »Schon merkwürdig, dass Henry ausgerechnet jetzt ermordet wird. Ob da«, sie stockt »etwas anderes dahintersteckt?«

»Der Gedanke ist mir auch schon gekommen«, sagt Jana. »Warte, ich habe da noch was.« Sie läuft ins Wohnzimmer und holt den Zettel mit der Notiz von Hannes. Das Foto lässt sie nach kurzem Zögern, wo es ist.

Sylvie zieht die Stirn kraus, studiert die Nachricht sorgfältig. »Wenn mich nicht alles täuscht, sind das zwei verschiedene Handschriften.«

»Jemand muss ins Haus eingedrungen sein, während ich oben im Schlafzimmer war. Alle Türen waren verschlossen.«

Sylvie schlägt erschrocken die Hand vor den Mund. »Wie unheimlich. Warst du schon bei der Polizei?«

»Bis jetzt nicht.«

»Dann solltest du das schleunigst nachholen.«

Jana würde ihre Freundin gerne einweihen, ihr die Gründe darlegen, warum sie die Polizei bisher nicht eingeschaltet hat. Aber so wie sie Sylvie einschätzt, würde diese ihr sicher sofort die Freundschaft kündigen, wenn sie die Wahrheit über Janas Vergangenheit erfahren würde.

Sylvie bemerkt ihr Zögern und zieht die Augenbrauen hoch. »Versprich es mir.«

Jana nickt. Sie wird es sich durch den Kopf gehen lassen.

»Süße, so leid es mir tut, ich muss los«, sagt Sylvie nach einem Blick auf ihre Armbanduhr. »Die Arbeit ruft.«

Jana begleitet die Freundin zur Haustür, wo ihr diese noch mal ausdrücklich das Versprechen abnimmt, die Polizei zu informieren.

»Pass gut auf dich auf.« Sie umarmt Jana zum Abschied und wirft ihr im Davongehen eine Kusshand zu. »Ruf an, wenn du mich brauchst, ja?«

Jana sieht ihr hinterher, bis ihr Wagen um die Ecke verschwunden ist. Dann geht sie langsam ins Haus zurück. Sie fühlt sich etwas besser nach dem Gespräch mit Sylvie. Nicht mehr ganz so aufgewühlt. Der Ton einer eingehenden SMS dringt an ihr Ohr. Hannes. Endlich. Sie beschleunigt ihre Schritte, nimmt das Handy vom Couchtisch und tippt auf das Symbol. Kein Name. Nur eine Handynummer. Sie öffnet die Kurznachricht.

Weißt du, was heute für ein Tag ist?

Jana spürt, wie ihr das Blut aus dem Kopf weicht. Ihr wird schwindlig. Sie wankt zum Sofa, lässt sich auf das Polster fallen. Wie gebannt starrt sie auf die Zeile im Display. Kann nicht glauben, was das steht.

Das kann nur ein Irrtum sein. Oder es ist so ein idiotischer Werbeslogan, der in dieser Sekunde millionenfach an alle Handybesitzer in ganz Deutschland versendet wird. Ein dummer Zufall. Der nicht wirklich etwas mit ihr zu tun hat.

Weißt du, was heute für ein Tag ist?

Natürlich weiß sie, was heute für ein Tag ist. Wie hätte sie diesen Tag je vergessen können? Es ist jedoch das erste Mal, dass sie von jemandem an diesen Tag im Mai vor genau achtundzwanzig Jahren erinnert wird.

30

Jemand rüttelt an ihrem Arm. Hört gar nicht mehr auf damit. Kim stößt einen unwilligen Laut aus, rollt sich zur Seite. Sie ist müde, will weiterschlafen.

»Lass das, Max«, murmelt sie schlaftrunken.

»Los, hochkommen!«

Sie spürt den schmerzhaften Griff unter ihrer Achsel, dann wird sie gewaltsam auf die Beine gezerrt. Das ist nicht Max, geht es ihr durch den Kopf. Das ist – sie versucht die Benommenheit abzuschütteln. Das ist – das ist *sie*. Mit einem Schlag ist sie wach. Dann geht alles ganz schnell.

»Hände auf den Rücken«, befiehlt die Frau.

Folgsam streckt Kim die Arme nach hinten und lässt es wie eine willenlose Marionette geschehen, dass ihr die Handgelenke zusammengebunden werden. Es ist, als hätte sie keine Kraft mehr, als sei jeder Widerstand in ihr zerbrochen.

»Ein Ton von dir«, zischt es neben ihrem Ohr, »und du bist tot.« Etwas bohrt sich ihr schmerzhaft zwischen die Rippen. »Verstanden?«

Sie nickt hastig, schluckt die Tränen hinunter.

Die Frau stößt Kim vor sich her Richtung Treppe. Mühsam schleppt sie sich Stufe für Stufe nach oben. Es kostet sie eine unglaubliche Anstrengung, die Beine zu heben. Die Müdigkeit hängt ihr wie schwere Bleigewichte in den Gliedern.

»Schneller.« Der schmerzhafte Druck in ihrem Rücken verstärkt sich. Sie stolpert hastig weiter.

Oben angekommen, packt die Frau sie am Arm, zwingt sie an ihre Seite. Aus den Augenwinkeln nimmt Kim die Pistole in ihrer Hand wahr. Sie ist zu müde, um sich zu erschrecken. Sie verlassen das Haus durch einen Hintereingang. Ein rotes Auto parkt im Hof. Die Frau öffnet die Beifahrertür. Kim duckt sich unter dem schmerzhaften Druck der Hand auf ihrem Kopf und klettert ins Wageninnere. Durch die Windschutzscheibe beobachtet sie, wie die Frau mit schnellen Schritten vor dem Auto zur anderen Seite eilt. Kurz flackert der Gedanke an Flucht in ihr auf. Doch da gleitet die Frau schon auf den Fahrersitz und verschließt mit dem Transponder die Türen. Die Pistole legt sie zwischen ihren leicht geöffneten Beinen ab. Dann startet sie den Wagen und lenkt ihn auf die Straße.

Kim hat Mühe, die Augen offen zu halten. Sie fallen ihr immer wieder zu. Ab und zu wirft sie einen verstohlenen Blick zu der Frau hin. Sie bekommt das Bild von ihr einfach nicht richtig scharf gestellt.

»Was glotzt du mich so an?«

Kim zuckt erschrocken zusammen. »Ich glotze nicht«, sagt sie rasch. Ihre Stimme ist ganz klein vor Angst.

»Vielleicht komme ich dir ja bekannt vor.« Die Frau wendet sich ihr zu, sieht sie mit hochgezogenen Augenbrauen fragend an. Auf ihrem Gesicht klebt ein Lächeln, das Kim nicht gefällt. »Na, fällt dir was auf?«

Was für eine merkwürdige Frage, denkt sie und betrachtet die Frau genauer. Sie hat kurze, blond gefärbte Haare, dunkle Augen. Schatten darunter, die fast lila wirken.

»Nein. Ich kenne Sie nicht.« Sie schüttelt den Kopf.

Die Frau mustert sie spöttisch mit heruntergezogenen Mundwinkeln und richtet dann ihr Augenmerk wieder auf die Straße.

»Du siehst ihm überhaupt nicht ähnlich«, sagt sie unvermittelt.

»Wem sehe ich nicht ähnlich?«

»Deinem Vater.«

»Sie kennen meinen Vater?«

»Ja, das kann man so sagen.« Sie lacht kurz auf. »Ihr siehst du allerdings auch nicht ähnlich«, sagt sie und wirft ihr einen prüfenden Seitenblick zu.

»Woher –«

»Ruhe jetzt«, fällt die Frau ihr barsch ins Wort. »Deine Fragerei geht mir auf die Nerven. Ich muss mich aufs Fahren konzentrieren.«

Kim sinkt in sich zusammen wie ein gescholtenes Kind. Betreten richtet sie den Blick aus dem Seitenfenster. Vielleicht ist da draußen ja jemand, den sie auf sich aufmerksam machen kann. Aber die Straße ist menschenleer. Die Häuser huschen wie graue Schatten an ihr vorbei. Irgendwann biegen sie nach rechts ab, holpern ein Stück durch den Wald über eine unbefestigte Straße. Bei jedem Schlagloch wird Kim komplett durchgeschüttelt. Sie spürt die Schläge bis unter die Schädeldecke. Ihre gefesselten Hände sind mittlerweile eingeschlafen. Sie bewegt vorsichtig die Finger. In ihnen sticht es, als würden sich abertausend Nadelspitzen in die Haut bohren.

»Wir sind da.«

Die Frau stoppt den Wagen und steigt aus. Keine Minute später reißt sie die Beifahrertür auf, packt Kim am Arm und zerrt sie aus dem Auto. Kim stößt sich den Kopf am Türrahmen und schreit auf vor Schmerz.

»Stell dich nicht so an«, zischt die Frau und zieht sie mit sich.

Sie eilen an einem flachen Gebäude vorbei. Kim hat Mühe, mit ihr Schritt zu halten. Sie kommt ständig ins Stolpern. Nur der schmerzhaft feste Griff der Frau um ihren Oberarm verhindert, dass sie zu Boden stürzt.

Hinter dem Gebäude taucht ein zweites Haus auf. Eine Art Bungalow. Fenster und Türen der Vorderfront sind mit Brettern vernagelt. Überall wuchert Unkraut. Sie betreten das Haus durch eine schmale Tür auf der Rückseite. Im Inneren ist es dunkel. Die Luft ist feucht und kalt. Es stinkt nach Kloake. Kim würgt, atmet durch den Mund weiter. Ihre Umgebung nimmt sie nur bruchstückhaft wahr. Neben ihr klackt es. Licht flammt auf. Sie schließt instinktiv die Augen. Der Lauf der Pistole bohrt sich ihr in den Rücken.

»Los, beweg dich!«

Die Frau schubst sie durch einen großen Kellerraum in einen schmalen Gang hinein. Er endet an einem mit Farbeimern, Lackdosen und sonstigem Kram vollgestellten Metallregal, das die gesamte Wandbreite einnimmt. Davor bleiben sie stehen. *Und was jetzt?* Kim traut sich nicht zu fragen. Die Frau dreht sich halb von ihr weg, die Waffe hält sie weiterhin auf sie gerichtet. Mit der freien Hand greift sie zwischen zwei farbverkrustete Eimer und tritt dann einen Schritt zurück. Erstaunt beobachtet Kim, wie das Regal nach innen schwingt und den Blick auf einen kleinen, fast quadratischen Raum freigibt. Die Bodenklappe registriert sie erst, als die Frau sich bückt und sie an einem Metallring hochzieht.

Renn weg, schießt es ihr in diesem Augenblick durch den Kopf. Jetzt ist der richtige Zeitpunkt. Sie macht einen zaghaften Schritt zurück. Dann einen zweiten. Doch da hat die Frau sich bereits wieder aufgerichtet. Mit der Pistole in der Hand winkt sie Kim zu sich.

»Los, runter mit dir.«

Zögernd tritt Kim an das kleine Rechteck, das sich im Boden auftut, und schaut hinein. Eine schmale Treppe führt steil hinunter. Die letzten Stufen verlieren sich im Schwarz der Dunkelheit.

»Mach schon!«

»Bitte.«

Mit einem Zittern in der Stimme wendet Kim sich um. Ein Blick in das versteinerte Gesicht mit den kalten Augen, und sie hat vergessen, was sie sagen wollte. Sie schluckt, jetzt nur nicht weinen, und setzt zögernd einen Fuß auf die erste Stufe. Ganz unvermittelt überfällt sie die Angst, das Gleichgewicht zu verlieren und kopfüber in das finstere Loch vor ihren Augen zu stürzen.

»Bitte«, fleht sie. »Nehmen Sie mir die Fesseln ab. Oder wollen Sie, dass ich das Gleichgewicht verliere und mir den Hals breche?«

Ohne ein Wort löst die Frau ihre Fesseln. »Nun mach schon«, sagt sie dann. »Ich hab nicht ewig Zeit.«

Kim fühlt die Frau jetzt ganz dicht hinter sich. Ihr Atem streift ihren Nacken. Sie hört ein Klicken. Fahles Licht verteilt sich auf der Treppe. Vorsichtig tappt sie Stufe um Stufe nach unten. Mit den Händen sucht sie rechts und links Halt an dem Mauerwerk, das sich unangenehm klamm und glitschig anfühlt. Sie ist froh, als sie heil unten angekommen ist. Die Treppe endet in einem länglichen Raum, ungefähr so groß wie ihr Zimmer zu Hause. An der Decke baumelt an einem Kabel eine nackte Glühbirne, deren grelles Licht sich sofort in ihren Augen verbeißt. Der Boden scheint aus grauem Beton gegossen zu sein. Die Wände sehen aus, als seien sie aus festgeklopftem braunem Lehm. Auf der rechten Seite macht Kim ein Metallregal aus, vollgestopft mit Konserven, Reis, Nudeln und anderen haltbaren Lebensmitteln. Auf dem unteren Brett stehen Töpfe und Teller. Ein viereckiger Tisch, ein Stuhl und ein Bett sind das einzige Mobiliar. An der Wand hängt ein Waschbecken. Direkt daneben steht ein weißes Gebilde aus Plastik, das sie erst auf den zweiten Blick als Campingtoilette identifiziert. Mitten im Raum, direkt unter der Birne befindet sich merkwürdigerweise ein Käfig. Er sieht aus wie eine Art übergroße Vogelvoliere. Die Tür ist weit geöffnet. Zwischen zwei Metallstäben hängt ein Vorhängeschloss mit offenem Bügel. Kim kommt ein schrecklicher Verdacht.

»Wollen Sie Lösegeld von meinen Eltern?«, krächzt sie. Ihr Mund ist so ausgetrocknet, dass ihr die Zunge am Gaumen festklebt.

»Lösegeld?« Die Frau lacht ein merkwürdig schepperndes Lachen. »Ja, so könnte man es auch nennen.«

»Meine Eltern –«, beginnt Kim hastig.

»Spar dir deinen Atem«, fällt ihr die Frau ins Wort. »Wenn du aufs Klo musst, erledige das am besten gleich. Später wirst du keine Gelegenheit mehr dazu haben.«

Kim schüttelt heftig den Kopf. Sie muss zwar wirklich, sogar dringend. Aber niemals wird sie sich in Gegenwart dieser Fremden auf die Toilette setzen.

»Wie du willst«, sagt die Frau achselzuckend. »Da rein.« Mit dem Lauf der Pistole deutet sie auf den Käfig.

»In diesen Käfig?« Sie schüttelt heftig den Kopf. »Nein!«, sagt sie trotzig, obwohl ihr das Herz bis zum Hals klopft. »Ich geh da ganz bestimmt nicht rein.«

Ohne ein weiteres Wort packt die Frau sie am Oberarm und drängt sie in den Käfig. Kim sträubt sich mit aller Kraft. Aber sie hat keine Chance. Die Fremde ist stärker als sie. Kim stolpert in den Käfig hinein. Bevor sie reagieren kann, schließt sich die Tür. Gleich darauf hört sie das Einschnappen des Vorhängeschlosses. Die Frau tritt einen Schritt zurück und betrachtet sie eingehend. Ein Lächeln gleitet über ihr Gesicht, als würde ihr Kims Anblick in dem Käfig große Freude bereiten.

Die ist irre, schießt es Kim durch den Kopf, *komplett durchgeknallt*. Die Angst wallt in einer Welle von Übelkeit in ihr hoch.

»Bitte«, fleht sie. »Bitte. Lassen Sie mich gehen. Ich verrate auch niemandem was.«

Wortlos wendet die Frau sich von ihr ab, geht mit raschen Schritten auf die Treppe zu.

»Nein, nicht. Sie können mich doch hier nicht allein lassen«, ruft Kim ihr hinterher. Jetzt schafft sie es nicht mehr, die Tränen zurückzuhalten.

Die Frau steigt die Treppe hinauf.

»Wann kommen Sie wieder?« Kim bringt die Worte kaum über die Lippen, so sehr weint sie.

Sie bekommt keine Antwort auf ihre Frage. Die Schritte verklingen, die Klappe fällt zu. Kim bleibt allein zurück mit ihrer Angst. In ihrem Kopf rotieren Fragen. Warum hat sie kein Foto von mir gemacht? Will sie wirklich kein Lösegeld? Will sie sie hier eingesperrt verhungern lassen? Warum? Sie hat doch nichts Böses getan, oder?

Sie umfasst die Gitterstäbe mit beiden Händen und rüttelt in ihrer Verzweiflung daran.

»Hilfe«, schreit sie. Immer wieder. »Hilfe!« Bis ihr die Stimme wegbleibt und nur noch trockene Schluchzer über ihre Lippen kommen.

31

Janas Herz rast. Sie starrt auf das Display, obwohl die Beleuchtung längst erloschen und der Text nicht mehr lesbar ist. Das ist ein Zufall, versichert sie sich ein ums andere Mal. *Das kann nur ein Zufall sein.* Ihr Verstand weigert sich, ihren Worten Glauben zu schenken. Als das Gerät nur wenige Minuten später den Eingang einer weiteren SMS ankündigt, erschreckt sie sich so sehr, dass ihr das Handy aus der Hand fällt. Mit einem dumpfen Laut schlägt es auf den Bodenfliesen auf. Reflexartig bückt sie sich danach. In einer kindlichen Anwandlung von Trotz wünscht sie sich, dass es den Fall auf die harten Fliesen nicht heil überstanden hat und sie die neue Nachricht nicht lesen muss. Aber natürlich funktioniert das Gerät nach wie vor einwandfrei. Mit zittrigen Fingern öffnet sie die SMS.

Weiss wo Bennie ist komme später Max

Die Erleichterung, dass die Nachricht von ihrem Sohn ist, weicht im Bruchteil einer Sekunde der Besorgnis. Was hat Max vor? Wie kommt er auf die Idee, zu wissen, wo der Hund steckt? Da stimmt was nicht. Sie drückt auf Rückruf. Schon nach dem ersten Klingeln springt die Mobilbox an und eine elektronische Frauenstimme informiert sie, dass der Teilnehmer vorübergehend nicht erreichbar ist. Sie drückt die Ansage weg und schreibt Max eine Nachricht:

Bitte komm sofort nach Hause. Das ist ein Befehl, Mama.

Fast löscht sie den letzten Satz wieder, lässt ihn dann doch stehen. Max ist ein artiges Kind. Er wird ihr gehorchen. Vor allem, wenn sie so einen ungewohnt strengen Ton ihm gegenüber anschlägt. Sie weiß zwar nicht, wie sie es begründen soll, dass sie ihn nach Hause zurückbeordert hat, aber da wird ihr schon etwas einfallen. Erst als sie die SMS abgeschickt hat, fällt ihr ein, dass sie Max nicht erreichen wird, wenn er das Handy ausgeschaltet hat. Was allerdings ungewöhnlich wäre. Sie haben die Abmachung, dass er über sein Handy jederzeit erreichbar sein muss, wenn er allein unterwegs ist. Und bisher hat er sich immer daran gehalten. Vielleicht ist er nur gerade in einem Funkloch. Das Netz im Ort ist nicht besonders gut.

Eine diffuse Angst ergreift Besitz von ihr. Wo könnte Max stecken? Sie springt hoch, dreht sich mehrmals im Kreis, als müsste sie sich erst orientieren, wo es langgeht. Sie muss ihn suchen. Sie schnappt sich ihre Jacke von der Garderobe und rennt aus dem Haus. Über eine Stunde fährt sie mit dem Rad kreuz und quer durch den Ort. Zwischendurch kehrt sie immer wieder zum Sportplatz zurück, aber nirgendwo gibt es eine Spur von ihrem Sohn. Auch über das Handy ist er nach wie vor nicht zu erreichen. Vielleicht ist er inzwischen ja schon zu Hause und wundert sich, wo seine Mutter abgeblieben ist. Die Hoffnung lässt sie schneller in die Pedale treten. Verschwitzt und außer Atem kommt sie vor dem Haus an. Sie lehnt das Rad gegen den Gartenzaun, rennt den Weg hinauf und schließt die Tür auf. Schon währenddessen wird ihr klar, dass Max nicht da ist. Wenn er in der Zwischenzeit nach Hause gekommen wäre, wäre die Haustür nicht mehr abgeschlossen.

»Max? Bist du da?«, ruft sie dennoch in das leere Haus hinein.

Niemand antwortet ihr. Mit hängenden Armen bleibt Jana im Hausflur stehen. Was nun? Soll sie die Polizei informieren? Sie wirft einen Blick auf die Uhr. Es ist halb zwei. Streng genommen ist Max gerade mal eine halbe Stunde überfällig. Sonntags essen sie immer um eins zu Mittag. Und Max vergisst schon ab und zu die Zeit.

Du bist hysterisch, weist sie sich selbst zurecht. *Komm wieder runter. Diese SMS hat dich völlig aus dem Tritt gebracht.*

Bei der ganzen Aufregung um Max hat sie die mysteriöse Nachricht erfolgreich verdrängen können. Jetzt schiebt sie sich umso vehementer wieder ganz nach vorne in ihr Bewusstsein. Sie kramt das Handy aus der Jackentasche und öffnet die Nachricht. Sie hat vorhin gar nicht auf die Handynummer geachtet, von der aus die Nachricht gesendet wurde. Die Nummer kommt ihr nicht bekannt vor. Sie öffnet die Nachricht noch mal.

Weißt du, was heute für ein Tag ist?

Das ist keine Werbung. Das ist eine Botschaft für dich.

Jana atmet tief durch. Dann tippt sie auf das Telefonsymbol und hebt das Gerät an ihr Ohr. Das Freizeichen ertönt. Jana hält unwillkürlich die Luft an.

»Ich hatte schon viel früher mit deinem Anruf gerechnet.« Eine Stimme, so eisig, dass es ihr einen Schauder über den Rücken treibt.

32

Was ist das für ein Geräusch? Es klingt wie ein Rauschen. Als würde Regen in Sturzbächen aus dem Himmel fallen. Kim dreht sich in ihrem Gefängnis um die eigene Achse. Der Käfig umschließt sie so eng, dass sie sich nicht mal bücken kann. Kim zieht die Nase hoch, versucht durch den Tränenschleier vor ihren Augen etwas zu erkennen. Der grelle Schein der Glühbirne übergießt den Raum mit seinem kalten Licht. Man sieht die buckligen Unebenheiten der Wände, selbst die dicke Staubschicht auf den Konservendosen in den Regalen ist deutlich zu erkennen. In einer Ecke an der Decke hockt eine große schwarze Spinne in ihrem Netz und scheint Kim zu belauern. Unwillkürlich schüttelt sie sich. Und dann entdeckt sie es: Aus der Wand über dem Waschbecken schießt Wasser in einem dicken Strahl. Wo kommt das denn plötzlich her? Ihr Blick fällt auf den Boden. Noch steht das Wasser nicht mehr als einen Fingerbreit im Raum. Aber was ist, wenn es nicht aufhört aus der Wand zu strömen? Höher und höher steigt? Dann wird sie hier ertrinken. Die Erkenntnis schnürt ihr den Magen zu. Sie stößt einen Wimmerlaut aus.

Plötzlich übertönt ein anderes Geräusch das Rauschen. Sie hält die Luft an. Die Bodenklappe öffnet sich. Hoffnung flammt in Kim auf. Die Frau ist zurückgekommen. Ein nie gekanntes Glücksgefühl durchströmt sie. Die Frau wird den Käfig aufmachen und sie von hier wegbringen. Sie wird nicht zulassen, dass sie hier ertrinkt. Kim wischt sich die Tränen von den Wangen, heftet die Augen erwartungsvoll auf die Treppenstufen. Da kommt sie auch schon. Aber – Kim stutzt. Das ist nicht die Frau, die gerade die Stufen runterstolpert. Das ist –

»Max«, flüstert Kim. »Max.«

Mitten in ihre gewisperten Worte hinein tönt der Klingelton eines Handys. Sie stutzt. Der Ton kommt ihr bekannt vor. Das ist – das ist der Klingelton, wenn ihre Mutter sie anruft. Sie hört schnelle Schritte auf der Treppe. Dann fällt die Bodenklappe mit einem lauten Knall wieder zu.

Max kommt auf sie zugetappt, starrt sie mit weit aufgerissenen Augen an. »Was ... was ...« Mehr bringt er nicht heraus.

»Wie bist du denn hierhergekommen?«, fragt Kim und reibt sich mit der Handkante über die Nase.

»Du hast mir doch eine SMS geschickt«, antwortet er, Trotz in der Stimme. »Du weißt, wo Bennie ist, hast du gesimst, ich soll dich am S-Bahnhof treffen. Da war dann diese Frau –« Er zeigt mit dem Daumen hinter sich. »Sie sagte, sie käme von dir und sie würde mich zu dir und Bennie bringen. Das war gelogen, stimmt's? Bennie ist nicht hier, oder?«

Sie schüttelt bedauernd den Kopf. »Nein, ist er nicht.«

»Ich dachte mir schon so was. Mein Handy hat sie mir auch abgenommen.«

»Weiß Mama, wo du bist?«, fragt sie hoffnungsvoll.

Er wird rot. Schaut sie betreten an. »Nein.«

Sie schließt die Augen. Ein Gefühl der Verzweiflung überkommt sie. Jetzt ist alles verloren.

Wir kommen nie wieder aus diesem Loch hier raus.

Erneut schießen ihr Tränen in die Augen. Sie schluckt sie runter. Sie ist die Ältere, sie muss tapfer sein.

»Hat sie dich da eingesperrt?« Max staunt sie an, als wäre sie ein exotisches Tier.

Kim presst die Lippen fest aufeinander – sie wird nicht weinen, schon gar nicht vor ihrem kleinen Bruder – und nickt.

»Da kommt Wasser aus der Wand«, sagt er verwundert und deutet mit dem Finger auf die Stelle in der Wand hinter ihr. »Jemand hat anscheinend die Wasserleitung angebohrt.«

»Kannst du versuchen es zu stoppen?«

»Ich schau's mir mal an«, sagt er eifrig.

Er setzt eine fachmännische Miene auf und geht an ihr vorbei. Seine Füße patschen durchs Wasser, das mittlerweile schon etwa drei Fingerbreit auf dem Beton steht.

Max hat nicht begriffen, in was für einer ausweglosen Situation wir uns befinden, geht es ihr durch den Kopf. Für ihn scheint das alles ein großes Abenteuer zu sein. Ähnlich wie seine bescheuerten Spiele auf dem PC.

»Das sieht nicht gut aus«, sagt Max. »Der Strahl ist zu stark. Das lässt sich nicht so einfach stoppen.«

33

»Wer sind Sie? Was wollen Sie von mir?« Jana ist so angespannt, dass ihre Worte gepresst klingen.

»Du hast anscheinend nicht begriffen, mit wem du es zu tun hast«, stellt die Frau fest. In ihrem Tonfall schwingt etwas mit, das Jana kurz stutzen lässt. Resignation? Enttäuschung?

»Nein, das habe ich nicht«, sagt Jana vorsichtig.

In einem Winkel ihres Bewusstseins regt sich eine leise Ahnung. Aber ihr Verstand weigert sich, diese vage Vermutung aufzugreifen und genauer zu betrachten.

»Dann denk nach. Und melde dich, wenn es dir einfällt. Lass dir aber nicht allzu viel Zeit.«

»Was soll das? Ich –«

Die Unbekannte lässt sie nicht zu Wort kommen, redet unbeirrt weiter.

»Komm nicht auf die Idee, die Polizei einzuschalten. Sonst wirst du keins deiner beiden Kinder lebend wiedersehen. Verstanden?«

Keins deiner Kinder, hallt es in Janas Kopf nach.

»Hast du mich verstanden?«, wiederholt die Stimme.

»Was ist mit Max und Kim? Was haben Sie mit meinen Kindern gemacht?« Janas Stimme überschlägt sich fast.

»Sie sind beide ziemlich enttäuscht. Kim, weil sie sich von der ersten große Liebe ihres Lebens verraten fühlt.

Max, weil ich ihn nicht wie versprochen zu seinem Hund gebracht habe. Sonst geht's ihnen, den Umständen entsprechend, gut.« Die Frau kichert und fügt hinzu: »Noch. Es liegt ganz an dir.«

»Hören Sie, wenn Sie Geld wollen –«, sagt Jana schnell. Doch die Verbindung ist bereits unterbrochen.

Ihre Hand krallt sich um das Handy, langsam lässt sie ihren Arm sinken. Sie spürt ihren Herzschlag bis unter die Schädeldecke. In ihrem Inneren tobt ein Sturm.

Wer ist diese Frau? Ist sie eine Erpresserin? Will sie Geld? Soll sie sich entgegen der Anweisung an die Polizei wenden? Wird einem das nicht immer geraten? Die Fragen prasseln wie ein Steinschlag auf sie nieder. Sie könnte den Kommissar verständigen, bei dem sie die Anzeige wegen Bennie aufgegeben hat, schießt es ihr durch den Kopf. Sie eilt ins Wohnzimmer.

Bist du wahnsinnig geworden, schreit eine Stimme in ihrem Hinterkopf. *Willst du das Leben deiner Kinder aufs Spiel setzen?*

Sie verharrt, holt mehrmals tief Luft. *Ganz ruhig, dreh nicht durch.* Erst jetzt merkt sie, dass sie das Mobilgerät nach wie vor mit der Hand umklammert, als müsse sie sich daran festhalten. Sie geht zum Sofa, setzt sich und legt das Handy vor sich auf dem Couchtisch ab. Sie versucht das Telefonat mit der Frau zu rekapitulieren, bekommt das Gespräch jedoch nur bruchstückhaft zusammen. Lediglich ein Satz drängt sich immer wieder in den Vordergrund, lässt sie schließlich nicht mehr los. *Du hast anscheinend nicht begriffen, mit wem du es zu tun hast.*

Die Frau scheint davon auszugehen, dass Jana sie kennt. Aber nicht mal die Stimme hat irgendeine Erinnerung in ihr wachgerufen. Wenn sie wenigstens wüsste, wie sie aussieht, dann könnte sie sich vielleicht an sie erinnern.

Weißt du, was heute für ein Tag ist?

Jana lässt sich in das Polster des Sofas zurücksinken, schließt die Augen. Hat die Vergangenheit sie nun doch eingeholt? Will sie jemand für ihre Vergehen von damals büßen lassen?

»Melde dich, wenn du weißt, wer ich bin«, hat die Anruferin gesagt.

Jana schlägt die Hände vors Gesicht, stößt einen Klagelaut aus. Was sie die ganzen Jahre versucht hat zu verdrängen, ist plötzlich wieder so präsent, als wäre das alles erst vor ein paar Wochen geschehen. Unweigerlich wandern ihre Gedanken in der Zeit zurück und landen im November 1989.

*

Sie war wie im Rausch. Ein Zustand, der sie alles Vergangene vergessen ließ. Zudem hatte sie sich Hals über Kopf in Torsten verliebt. Ein Blick in seine vor Lebensfreude funkelnden Augen, als er ihr in der Nacht der Maueröffnung die Sektflasche reichte und sie mit seiner etwas brüchigen Stimme in der Freiheit willkommen hieß, und es war um sie geschehen. Er war so ganz anders als Mirko. So viel jünger, lebendiger, hipper, wie man es zu der Zeit nannte. Er trug seine blonden Haare in Dreadlocks, die ihm fast bis zum Hintern reichten. Auf dem linken Oberarm prangte ein Tattoo aus schwarzen, ineinander verschränkten Linien, die sich zu Dreiecken und Rauten formten. Er nahm sie in jener Nacht mit in seine WG, wo sie wie selbstverständlich blieb.

Torsten studierte, Jana hat nie erfahren, was, es war irgendwie nicht wichtig. Er spielte Bass in einer Band und lebte zusammen mit anderen Musikern im vierten Stock eines heruntergekommenen Hauses in der Schlesischen Straße in Kreuzberg. Sie begleitete ihn auf Konzerte, trieb sich mit ihm und seinen Freunden in den Szenekneipen rum. Sie tanzten bis zum Morgengrauen im Basement, fuhren dann mit der U-Bahn zum Frühstücken ins Café M. Die Tage verschliefen sie, um dann abends von Neuem loszuziehen.

Von dem Begrüßungsgeld kauften sie sonntags auf dem Flohmarkt am Reichpietschufer Klamotten für sie. Sie genoss das neue Leben in vollen Zügen. Jeden Gedanken an ihre Familie auf der anderen Seite der noch existenten Mauer verdrängte sie sofort wieder. Das schlechte Gewissen ging unter im Rauch der Joints, die in der WG von früh bis spät rumgereicht wurden. Torsten stellte ihr keine Fragen. Er interessierte sich nicht für ihre Vergangenheit. Für ihn galt nur das Hier und Jetzt. Sie versuchte, es ihm gleichzutun, lebte ganz und gar in der Gegenwart. Als Torsten ihr einen Job als Kellnerin in seiner Stammkneipe verschaffte, zögerte sie nicht lange und griff zu.

Erst als einige Monate später Britta, rothaarig, mit dem explosiven Temperament eines Vulkans kurz vor dem Ausbruch, in der WG auftauchte und sich wie selbstverständlich in Torstens Bett legte, dachte sie zum ersten Mal über eine Rückkehr in ihr altes Leben nach. Doch etwas in ihr sperrte sich allein bei der Vorstellung. Es kam ihr so vor, als würde sie in ein Gefängnis zurückkehren müssen, aus dem sie sicher nie wieder würde ausbrechen können. Ein Kerker aus Verpflichtungen, Zwängen und Schikanen. Vor allem Schikanen. So wollte und so konnte sie nicht mehr leben. Das würde ihr und auch den anderen – in Gedanken nannte sie sie jetzt immer häufiger *die anderen* – nicht gerecht werden. Mit diesen und ähnlichen Begründungen gelang es ihr meistens, ihr schlechtes Gewissen wieder zu beschwichtigen. Eines Abends lernte sie in der Kneipe den schönen Robert kennen. Er kam aus Stuttgart und war in einem alten, umgebauten VW-Bus unterwegs. Es hielt ihn nie sehr lange an einem Ort. Als er sie nach einer Woche, nachdem sie mehrere Male miteinander ins Bett gegangen waren, fragte, ob sie nicht Lust hätte, mit ihm in Richtung Griechenland aufzubrechen, sagte sie ohne viel zu überlegen Ja. Es dauerte drei Jahre, bis sie wieder nach Deutschland zurückkehrte.

*

Heute kann sie nicht mehr sagen, was sie nach ihrer Rückkehr dazu bewogen hat, Kontakt zu ihrer Familie aufzunehmen. Vielleicht hatte sie instinktiv gespürt, dass etwas passiert war. Vielleicht lag es auch einfach nur daran, dass sich ihr Gewissen stärker bemerkbar machte, seit sie wieder in ihrer Nähe war. Jana hatte ihnen Ansichtskarten geschrieben aus Griechenland. Viele bunte, fröhliche Karten. Sonne, Strand, Meer. Sie sollten wissen, dass sie, trotz allem, an sie dachte. Im Nachhinein kommt es ihr erbärmlich vor, dass sie das getan hat. Mit der Zeit ist ihr klar geworden, dass sie das nicht für sie getan hat. Sie hat es für sich getan, ein Versuch, ihre Schuldgefühle zu beschwichtigen. Vielleicht ist es diese bittere Erkenntnis über sich selbst gewesen, die sie schließlich zum Telefonhörer hat greifen lassen. Aber da war es bereits zu spät. Es gab nichts mehr gutzumachen. Das Entsetzliche, das Unfassbare war bereits geschehen. Noch heute wacht sie manchmal mitten in der Nacht auf und hat die hasserfüllte Stimme im Ohr, die ihr damals die schreckliche Nachricht mitgeteilt hat. Ihr schrilles »Schuld bist du!«, das die Alte so lange in den Hörer kreischte, bis Jana schließlich einfach auflegte.

Das Klingeln des Telefons katapultiert sie in die Gegenwart. Sie springt auf, reißt den Hörer aus der Station. »Ja?«

»Frau Langenfeld? Hier ist Maike.« Der Stimme von Kims Freundin ist das Unbehagen deutlich anzuhören.

»Weißt du, wo Kim ist?«, fragt Jana.

»Sie wissen –« Maike pustet in den Hörer. Offenbar ist sie erleichtert, dass sie ihr die Situation nicht erst erklären muss.

»Ich weiß, dass sie nicht bei dir ist. Also, wo ist sie?«

»Das weiß ich auch nicht so genau. Sie wollte sich mit einem Jungen treffen. Aber sie müsste schon längst zurück sein. Ich mache mir langsam Sorgen.« Maike klingt jetzt weinerlich.

»Mit was für einem Jungen?«

»Sie hat ihn vor ein paar Wochen kennengelernt. In irgend so einem Forum. Seitdem chatten sie miteinander«, sagt Maike mit piepsiger Stimme.

»Wo wollte Kim sich mit ihm treffen?«

»In einem Kaff in der Nähe von Berlin.«

»Außerhalb von Berlin?«, fragt Jana erschrocken nach. »Weißt du den Namen?«

»Ja. Nein. Den habe ich vergessen.« Maike weint mittlerweile.

»Denk nach«, drängt Jana. »Vielleicht fällt er dir wieder ein.«

»Nein«, heult Maike. »Ich weiß nur noch, dass es ein winziges Kaff ist.«

Ohne ein weiteres Wort drückt Jana das Gespräch weg und stürzt nach oben in Kims Zimmer. Mit fliegenden Fingern durchsucht sie deren Schreibtisch. Unter einem Stapel Hefte wird sie schließlich fündig. Auf einem Zettel hat Kim den Namen des Dorfes sowie Straße und Hausnummer notiert. Ungläubig starrt Jana auf die Notiz, dann rennt sie wieder nach unten. Maike ist beim ersten Klingeln am Apparat, als hätte sie neben dem Telefon auf Janas Anruf gewartet.

»Weißt du, wie der Junge heißt, mit dem Kim sich treffen wollte?«, fragt sie ohne Umschweife.

»Ja, das weiß ich«, sagt Maike eifrig. »Sebi. Die Abkürzung von Sebastian. Den Nachnamen kenne ich nicht.«

»Danke«, sagt Jana tonlos und unterbricht die Verbindung. Mechanisch steckt sie den Hörer in die Station zurück.

Sebastian. Allein der Name löst eine Flut von Gefühlen in ihr aus. Die Angst schnürt ihr die Kehle zu.

Ihre Ahnung hat sie nicht getäuscht. Jemand treibt ein übles Spiel mit ihr. Jemand, der ihre Vergangenheit ganz genau zu kennen scheint.

34

»Was will diese Frau denn von uns?«

Max hat sich auf den Tisch gesetzt und lässt die Beine baumeln. Sie haben ihre Schuhe und Strümpfe inzwischen beide ausgezogen, damit sie nicht nass werden. Zum ersten Mal glaubt Kim, so etwas wie Verunsicherung aus seiner Stimme herauszuhören.

»Keine Ahnung«, antwortet sie. »Erst dachte ich, sie will Lösegeld, aber das glaube ich inzwischen nicht mehr. Dann hätte sie uns doch nicht beide entführen müssen. Ihr scheint es um was anderes zu gehen.« Sie befeuchtet mit der Zunge ihre Lippen. Inzwischen ist ihr Mund so ausgetrocknet, dass sie die Worte kaum noch verständlich formulieren kann.

»Wasser«, nuschelt sie. »Bitte, Max. Ich bin echt am Verdursten.«

»Sofort.« Er springt von der Tischkante. Wasser spritzt vom Boden hoch.

Mit Sorge beobachtet sie, wie schnell das Wasser steigt. Es umspült bereits ihre Knöchel.

Derweil geht Max vor dem Regal an der Wand in die Hocke, zieht nacheinander Teller und Pfannen vor und kommt schließlich mit einem Porzellanbecher in der Hand wieder hoch.

»Schau!« Voller Stolz, als wäre der Becher eine selbst erlegte Beute, präsentiert er ihn seiner Schwerster.

»Super«, sagt sie und bringt sogar ein Lächeln zustande.

Er hält den Becher unter den Wasserstrahl, lässt ihn halb volllaufen und reicht ihn ihr dann durch die Gitterstäbe. Gierig trinkt sie den Becher leer, leckt sich die Lippen. Nie in ihrem Leben hat sie etwas Köstlicheres als dieses Wasser getrunken.

»Mehr«, sagt sie.

Max beeilt sich, ihrer Bitte nachzukommen.

Sie trinkt noch einen dritten Becher Wasser und fühlt sich gleich viel besser, auch wenn ihr jetzt der Magen wehtut.

»Was machen wir, wenn der Raum vollläuft?«, fragt Max und beäugt skeptisch den Boden.

»Vielleicht ist ja hier irgendwo der Haupthahn«, antwortet sie, obwohl sie selbst nicht daran glaubt. »Schau dich doch mal um.«

Er nickt, watet durch den Raum und inspiziert sorgsam jede Ecke. »Da ist kein Hahn«, sagt er schließlich.

Er kehrt zu ihr zurück. Sein Gesicht verzieht sich, es sieht aus, als würde er jeden Augenblick anfangen zu weinen. Anscheinend ist jetzt auch ihm klar geworden, dass das hier kein Spiel ist.

»Sie kommt zurück.« Kims Stimme klingt zuversichtlicher, als ihr zumute ist. »Sie wird uns hier nicht ertrinken lassen.«

Max nickt. Sie sieht ihm an, dass er ihr kein Wort glaubt.

35

Nach einem kurzen Moment der Benommenheit weiß Jana, was sie zu tun hat. Sie läuft in die Diele, schnappt sich ihre Tasche und verlässt mit schnellen Schritten das Haus. Sie will gerade die Tür zu ihrem Auto aufschließen, als ihr einfällt, dass das Handy im Wohnzimmer auf dem Couchtisch liegt. Sie hastet zurück, holt es und rennt wieder zum Auto. Ihre Hände zittern so sehr, dass es ihr erst beim dritten Versuch gelingt, den Zündschlüssel ins Schloss zu stecken. Sie umfasst das Lenkrad mit beiden Händen, versucht sich zu beruhigen. Wenn sie derart aufgeregt losfährt, wird sie am nächsten Baum landen. Sie zwingt sich, einige Minuten zu warten, bis das Zittern ihrer Hände sich einigermaßen gelegt hat, dann erst dreht sie den Zündschlüssel. Wider Erwarten springt der Motor ihres alten Polos sofort an. Das erste Mal seit Wochen. Jana wertet es als ein gutes Zeichen. Wofür auch immer.

Wer die Anruferin ist, weiß sie nach wie vor nicht, als sie jedoch die Notiz mit dem Ortsnamen auf Kims Schreibtisch gefunden hat, ist ihr klar geworden, wo sie Kim und wahrscheinlich auch Max finden wird. In Ruskow. Jenem Dorf, das sie in der Nacht des Mauerfalls verlassen und in das sie seither nie wieder einen Fuß gesetzt hat. Dennoch würde sie den Weg dahin vermutlich im Schlaf finden.

Sie hat Zepernick kaum hinter sich gelassen, da tönt das Handy in ihrer Tasche, die sie auf dem Beifahrersitz deponiert hat. Ohne die Straße aus den Augen zu lassen, angelt sie mit der rechten Hand nach der Tasche, zieht sie auf den Schoß und fischt das Mobilgerät heraus. Mit klopfenden Herzen öffnet sie die SMS.

Ich warte auf deine Nachricht. Denk dran: Die Zeit läuft.

Jana wird vor Schreck ganz heiß. Das hat sie völlig vergessen in der Hektik. Sie fährt auf den nächsten Parkplatz. Nach kurzer Überlegung antwortet sie:

Ich weiß nicht wer, aber ich weiß, wo du bist. Ich bin bereits unterwegs und gleich da.

Die Antwort kommt prompt:

Schön, ich freue mich auf unser Wiedersehen.

Jana will das Handy schon in ihre Tasche zurückstopfen, da fällt ihr ein, dass sie Hannes benachrichtigen sollte. Wie sie befürchtet hat, meldet sich wieder nur die Mailbox. Sie zögert, dann beschließt sie, ihm eine Nachricht zu schreiben, in der Hoffnung, dass er diese bald lesen wird.
»Hannes«, schreibt sie und stockt. Wie soll sie ihm in aller Kürze erklären, was passiert ist? Für einen Moment erscheint es ihr unmöglich. Soll sie ihm auf die Mailbox sprechen? Schließlich tippen sich die Worte leichter als gedacht.

Ich brauche deine Hilfe. Es geht um Kim und Max. Komm bitte so schnell wie möglich nach Ruskow, Hauptstraße 15. BITTE, es ist wirklich wichtig. Jana.

Dass die beiden entführt worden sind, schreibt sie vorsichtshalber nicht. Wie sie Hannes kennt, informiert er sofort die Polizei. Das Risiko möchte sie auf keinen Fall eingehen. Auch wenn sich bei ihr selbst mittlerweile leise Zweifel eingeschlichen haben, ob sie tatsächlich richtig handelt. Sie schiebt sie kurzerhand weg und dreht den Zündschlüssel. Der Motor hustet, verstummt.

»O nein. Bitte nicht!« Sie versucht es noch mal.

Der Motor röchelt, als wäre er kurz vor dem Erstickungstod, und geht wieder aus. Sie könnte heulen. Sie hätte sich gleich ein Taxi nehmen sollen. Schließlich kennt sie die Macken ihrer altersschwachen Kiste.

»Tu mir den Gefallen und spring endlich an«, fleht sie.

Und tatsächlich. Als hätte der Wagen nur auf diesen Zuspruch gewartet, springt er beim nächsten Versuch reibungslos an. Der Motor schnurrt wie ein zufriedenes Kätzchen. So klingt es jedenfalls in ihren Ohren. Mit einem erleichterten Stoßseufzer setzt sie ihre Fahrt fort. Schon nach kurzer Zeit taucht das gelbe Hinweisschild am Straßenrand auf, auf dem unter anderem auch der Ort Ruskow verzeichnet ist. Fünfzehn Kilometer bis dahin.

Jana biegt ab und folgt der mit Kopfsteinen gepflasterten Straße bis zur nächsten Abzweigung. Je näher sie ihrem Ziel kommt, desto nervöser wird sie. Hannes hat bislang nicht auf ihre Nachricht reagiert. Sie hofft sehr, dass er seinen Ärger auf sie hintenanstellen und ihrer Bitte sofort nachkommen wird. Zu zweit könnte es ihnen bestimmt gelingen, die Kinder aus den Fängen ihrer Entführerin zu befreien. Sie ist sich inzwischen sicher, dass die alte Frau hinter alldem steckt. Mit ihr könnte sie es – notfalls – auch allein aufnehmen. Sie müsste inzwischen weit über achtzig sein. Warum sie sich allerdings nach so langer Zeit an ihr rächen will, begreift Jana nicht so ganz. Aber wer weiß. Vielleicht ist sie ja todkrank und hat beschlossen, vor ihrem Tod reinen Tisch zu machen. Merkwürdig ist allerdings, dass die Stimme am Telefon nicht wie die einer alten Frau geklungen hat. Das hat allerdings wenig zu sagen. Eine Telefonstimme kann sich jung anhören, auch wenn sie zu einem alten Menschen gehört.

36

Das Dorf sieht noch trister aus, als Jana es in Erinnerung hat. Ruskow ist ein sogenanntes Hauptstraßendorf. Die Straße, die schnurgerade in den Ort hineinführt, führt auch wieder aus ihm heraus. Links und rechts davon reiht sich ein trostloses graues Haus an das nächste. Fenster und Türen sind fest verschlossen, abweisend, als würden sie sich schämen für ihr schäbiges Äußeres. Zu DDR-Zeiten waren die Häuser alle bewohnt, auch wenn sie schon damals merkwürdig farblos und heruntergekommen aussahen. Aber jetzt wirkt der Ort verlassen. Jana fährt mit Schrittgeschwindigkeit durch das Dorf, bemerkt auffällig viele mit Holzbrettern vernagelte Fenster, kaputte Scheiben, schadhafte Dächer, verwahrloste Vorgärten. Nur wenige Fahrzeuge parken am Straßenrand. Die meisten sehen sogar aus, als hätten sie mehr Jahre auf dem Buckel als ihr eigener Wagen. Die Mehrzahl hat nicht mal mehr ein Nummernschild.

Einige Meter vor der Nummer fünfzehn parkt sie den Wagen am Straßenrand. Hannes hat nicht auf ihre Nachricht reagiert. Ob sie noch mal versuchen soll, ihn zu erreichen? Nach kurzem Zögern wählt sie seine Nummer. Wieder springt sofort die Mailbox an. Verärgert unterbricht sie die Verbindung. Dann eben nicht! Sie stopft das Handy in ihre Tasche zurück und steigt aus. Der Himmel hat sich mittlerweile unter einer dunkelgrauen Wolkendecke versteckt. In der Luft hängt feucht und schwer der Geruch nach Regen. Sie holt tief Luft und setzt sich in Bewegung. Die Angst vor der bevorstehenden Konfrontation beschleunigt ihren Herzschlag. Hinter einem der Fenster glaubt sie eine Bewegung wahrzunehmen. Eine Gardine wird zur Seite geschoben. Ein neugieriges Augenpaar mustert sie durch die Scheibe. Schnell schaut sie weg und marschiert mit hoch erhobenem Haupt weiter. Hier wird sie niemand mehr erkennen, beschwichtigt sie ihr Unbehagen. Es ist schon viel zu lange her. Je näher sie der Nummer fünfzehn kommt, desto langsamer geht sie. Die Aufregung wächst mit jedem ihrer Schritte. Sie glaubt, ein Auto hinter sich zu hören – Hannes! –, schaut sich voller Hoffnung um. Aber die Straße liegt leer und verlassen da. Enttäuscht geht sie weiter bis zu dem schäbigen Haus, das vor einer gefühlten Ewigkeit eine Zeit lang ihr Zuhause war. Direkt davor parkt ein feuerroter Golf neueren Jahrgangs und versperrt den Gehweg. Der Wagen wirkt wie ein Farbtupfer und ein Fremdkörper zugleich in dieser trostlos grauen Umgebung. Wem er wohl gehört? Sie umrundet das Fahrzeug, ein Berliner Kennzeichen, und öffnet das Gartentürchen. Der Vorgarten ist mit meterhohem Unkraut überwuchert. Jemand hat einen schmalen Pfad bis zu den Stufen niedergetrampelt, die zum Eingang hochführen. Das Haus macht wie alle anderen Gebäude hier einen vernachlässigten Eindruck. Es war schon damals recht unansehnlich. Der Garten jedoch sah immer gepflegt aus, die Fenster waren spiegelblank geputzt, die Vorhänge frisch gewaschen und von einem strahlenden Weiß. Darauf hat Mirkos Mutter immer den größten Wert gelegt. Der äußere Schein musste auf Teufel komm raus gewahrt werden.

Sie folgt dem Pfad und geht die Stufen zur Eingangstür hoch. Der Name auf dem Klingelschild ist verblasst. Kaum noch lesbar. Es ist der gleiche wie damals: Schmidt. Ein Allerweltsname. Es ist auch nach wie vor ihr Name. Auch wenn sie sich mittlerweile Langenfeld nennt. Sie atmet tief durch, drückt dann auf den Klingelknopf. Die Tür öffnet sich in der gleichen Sekunde, als hätte jemand direkt dahinter auf ihr Erscheinen gelauert.

Vor ihr steht eine ganz in Schwarz gekleidete Frau. Sie ist fast einen Kopf größer als sie. Auf den ersten Blick wirkt sie sehr zart und jung, fast wie ein Teenager, mit ihrem blond gefärbten Kurzhaarschnitt. Erst wenn man genauer hinschaut, sieht man das Netz der Fältchen um die Augen, die dunklen Schatten darunter, die feinen Linien neben den Mundwinkeln. Ihr Alter ist schwer zu schätzen. Sie sieht verlebt, fast krank aus. Es ist definitiv nicht die Frau, die sie hier erwartet hat.

»Du hast lange gebraucht. Ich habe früher mit dir gerechnet«, sagt sie. Misstrauen in der Stimme, die tief und rau klingt, als würde sie zu viel rauchen. Vielleicht auch zu viel trinken. Über Janas Kopf hinweg wirft sie einen Blick auf die Straße.

»Das Auto wollte nicht anspringen«, sagt Jana und ärgert sich gleichzeitig, dass sie sich zu einer Entschuldigung genötigt fühlt.

»Komm herein.« Mit einer übertrieben höflichen Geste bittet sie Jana ins Haus.

»Wo ist sie? Hat sie dich vorgeschickt?«

Da die junge Frau sie wie selbstverständlich duzt, spricht auch Jana sie mit du an. Sie reckt den Hals, versucht einen Blick ins Hausinnere zu erhaschen.

»Wen hast du erwartet? Außer mir ist hier keiner.«

»Dann hast du mich angerufen? Wo sind Max und Kim? Was hast du mit den beiden gemacht? Bring mich sofort zu ihnen.« Jana gibt sich forscher, als ihr zumute ist.

»Willst du nicht mal erst reinkommen? Dann können wir in aller Ruhe miteinander reden. So zwischen Tür und Angel macht sich das nicht so gut.«

Die unerschütterliche Höflichkeit der Frau hat etwas Bedrohliches.

»Sag mir erst, was du von mir willst. Vorher setze ich keinen Fuß in dieses Haus.«

Die Frau runzelt die Stirn, schüttelt gleichzeitig bedauernd den Kopf. »Du hast es nicht anders gewollt«, sagt sie in einem Tonfall, als wolle sie ein unartiges Kind zurechtweisen. Ihre linke Hand verschwindet hinter ihrem Rücken.

Sie ist Linkshänderin wie ich, geht es Jana merkwürdigerweise durch den Kopf. Dann erstarrt sie. Die Frau zielt mit einer Waffe auf sie.

»Ich würde wirklich nur sehr ungern von ihr Gebrauch machen«, sagt sie betont liebenswürdig.

Einen Wimpernschlag lang erwägt Jana, sich auf sie zu stürzen, ihr die Waffe zu entreißen. Aber sie zögert zu lange. Die Frau hat sie bereits am Arm gepackt. Sie zerrt sie mit einer erstaunlichen Kraft ins Haus hinein und versetzt ihr einen Stoß in den Rücken. Jana stolpert vorwärts, kann sich im letzten Augenblick fangen. Hinter ihr fällt die Tür ins Schloss. Der Lauf der Pistole bohrt sich ihr in den Rücken, gleichzeitig wird ihr die Tasche von der Schulter gerissen und achtlos auf den Boden geworfen.

»In die Küche«, befiehlt die Frau. »Geradeaus. Aber was sag ich dir das. Du kennst dich hier ja aus.«

Jana folgt dem dunklen Flur, an dessen Ende sich die Küche befindet. Sie sieht fast genauso aus wie damals. Rechts direkt neben der Tür die Eckbank aus dunklem, massivem Holz mit den hässlichen Sitzkissen aus braunem, mittlerweile zerschlissenem Cord, der Boden aus graugrün gesprenkeltem Linoleum, das ganz fleckig geworden ist und sich an einigen Stellen unschön beult. Auch der alte Küchenschrank mit den vielen kleinen Schubladen und der Glasvitrine in der Mitte steht noch an der gleichen Stelle. Nur das Holz ist im Lauf der Jahre dunkler geworden.

»Setz dich.« Eine Bewegung mit der Pistole weist ihr den Platz auf der Eckbank zu.

Jana folgt dem Befehl ohne Widerworte. Die Frau nimmt ihr gegenüber Platz, lässt sie nicht aus den Augen. Die Waffe legt sie nicht aus Hand. Sie greift in die Tasche ihres Hoodies und zieht ein Foto heraus.

»Sieh es dir genau an.« Sie schiebt es über den Tisch zu ihr rüber. Es ist eine alte Schwarz-Weiß-Aufnahme. Die gezackten Ränder weisen leichte Vergilbungen auf.

Jana wirft der Fremden einen schnellen Blick zu. Ihre Miene ist vollkommen ausdruckslos. Zögernd nimmt sie das Foto in die Hand. Sie erkennt es sofort wieder. Ein Mann und eine Frau sind darauf zu sehen. Stocksteif stehen die beiden nebeneinander. Jeder für sich. Es wirkt fast, als hätten sie Angst, ihre Körper könnten sich berühren. Der Hintergrund ist etwas verschwommen. Ein Baum. Ein großes Gebäude. Auf dem Gesicht des Mannes ein verlegenes, etwas ratlos wirkendes Grinsen. Die Frau neben ihm ist deutlich jünger als er. Fast noch ein Kind. Sie schaut mit seltsam teilnahmslosem Gesicht in die Kamera. In ihren Armen liegt ein Baby in einem weißen Strampler. Auch der

Mann hat ein Baby auf dem Arm. Bei beiden wirkt es unbeholfen, wie sie die Kinder halten. Als wären sie eigens für das Foto und gegen ihren Willen dazu gezwungen worden.

»Von wem hast du dieses Foto?«, fragt sie und legt es mit einem Gefühl der Beklemmung auf den Tisch zurück.

Als sie aufschaut, blickt sie direkt in die dunklen Augen der Unbekannten, in denen sie für einen winzigen Augenblick ein sehnsüchtiges Flehen aufblitzen zu sehen glaubt. Doch der Eindruck verflüchtigt sich so schnell wieder, dass sie es für eine Sinnestäuschung hält.

Die Frau sagt nichts, sieht sie einfach nur unverwandt an. Es kostet Jana einiges an Überwindung, dem forschenden Blick nicht auszuweichen.

»Was willst du von mir?«, fragt sie schließlich, als sie das Starren der Frau nicht länger aushält.

»Du hast keine Ahnung, wen du vor dir hast.« Obwohl die Unbekannte es wie eine Feststellung formuliert, klingt es wie eine Frage. Eine Frage, in der die Enttäuschung deutlich hörbar mitschwingt.

Sie mustert die Frau eingehend. Dann schüttelt sie den Kopf. »Nein, tut mir leid. Ich habe eigentlich ein recht gutes Personengedächtnis, und dich habe ich noch nie in meinem Leben gesehen.«

Die Frau schnaubt ein freudloses Lachen gegen die Decke. »Ich habe mir unser Treffen bestimmt tausend Mal, ach was, Millionen Mal in Gedanken ausgemalt. Mir immer wieder vorgestellt, wie du reagieren würdest. Was du sagen, wie du dich herauswinden würdest. Ob du versuchen würdest, die Schuld an allem den anderen in die Schuhe zu schieben. Oder ob du dazu stehen würdest. Tränenreich um Entschuldigung bitten würdest. Aber auf eins wäre ich im Traum nicht gekommen. Nie hätte ich damit gerechnet, dass du mich nicht erkennen würdest.«

Ihre Stimme ist bei jedem Wort leiser geworden. Die letzten Worte sind nur ein gehauchtes Flüstern. Jana hat Mühe zu verstehen, was sie sagt. Umso erschrockener ist sie, als die Frau ihr gegenüber unvermittelt aufspringt, das Gesicht zu einer Grimasse verzerrt, in der sich Schmerz und Wut die Waage halten.

»Verdammt!«, brüllt sie. Sie beugt sich vor und rammt Jana den Lauf der Pistole an die Stirn.

Jana schreit auf vor Schmerz, zuckt zurück. Die Frau beugt sich vor. Ihre dunklen Augen bohren sich in ihre. Tränen glitzern darin.

»Sieh mich an. Sieh mich genau an«, zischt sie. »Und dann sag mir noch mal, dass du nicht weißt, wer ich bin.«

37

Das Gesicht der Fremden ist so nah vor ihrem, dass Jana ihren Atem wie eine unangenehme Berührung auf der Haut spürt. Sie scheint Janas Unbehagen zu registrieren und weicht ein kleines Stück zurück. In ihren Augen sieht Jana sich wie eine Miniaturausgabe gespiegelt. Der Druck der Waffe auf ihrer Stirn verstärkt sich. Sie drückt sich fester gegen die harte Rückenlehne der Eckbank, verharrt bewegungslos.

»Wer bin ich?«, zischt die Frau.

Speicheltröpfchen treffen Janas Gesicht. Unwillkürlich wischt sie sich mit beiden Händen über die Wangen. Merkwürdigerweise empfindet sie plötzlich keine Angst mehr. Obwohl ihr immer klarer wird, dass sie es mit einer gestörten, womöglich sogar wahnsinnigen Person zu tun hat. Einem Menschen, der jederzeit durchdrehen könnte. Ihr Verstand arbeitet mit einem Mal glasklar. Sie muss die Ruhe bewahren, muss versuchen, diese Frau wieder auf Distanz zu bringen, Zeit gewinnen. Vielleicht wird sie irgendwann unachtsam und macht einen Fehler. Nur dann hat Jana eine Chance, sie zu überwältigen.

»Gib mir wenigstens einen Hinweis«, sagt sie und legt einen bittenden Ton in ihre Stimme. »Hast du die Schmidts gekannt?«

Die Frau beugt sich wieder näher zu ihr heran, flüstert nah an ihrem Ohr: »Oh, ja. Das habe ich. Sehr gut sogar.«

»Du musst damals noch ein Kind gewesen sein«, sagt Jana und fügt schnell hinzu: »Vielleicht sind wir uns ja tatsächlich mal begegnet. Aber so leid es mir tut, ich kann mich nicht an dich erinnern.«

Die Frau lässt die Hand mit der Waffe auf den Tisch fallen, als wäre sie ihr mit einem Mal viel zu schwer geworden. Langsam sinkt sie auf ihren Stuhl zurück. In ihren Augen, die unverwandt auf Jana gerichtet sind, entdeckt diese einen tiefen Schmerz, der sie überraschenderweise anrührt. Sie versucht sich davor zu verschließen. Sie will kein Mitleid, sie darf kein Mitleid empfinden für diese Person, die sie bedroht und die ihre Kinder in ihrer Gewalt hat.

»Was willst du von mir?« Jana legt die Unterarme auf den Tisch, beugt sich vor, sieht nun ihrerseits der Frau fest in die Augen. »Willst du mir das nicht endlich sagen.«

»Dass du mich erkennst«, sagt sie. »Heißt es nicht, Mutterliebe ist ein naturgegebener Instinkt? Aber ich hätte mir ja denken können, dass er bei dir eher unterentwickelt ist. Ach, was sag ich.« Sie macht eine wegwerfende Handbewegung. »Das Gefühl ist bei dir gar nicht vorhanden. Wie konnte ich nur eine Sekunde davon ausgehen.«

Jana schreckt zurück, starrt ihr Gegenüber ungläubig an. »Du bist nicht ... du kannst nicht ...«, stammelt sie. »Nein.« Wie zur Bekräftigung schüttelt sie heftig den Kopf. »Das kann nicht sein.«

»Wieso nicht?« Die Frau hebt fragend die Augenbrauen.

»Weil sie tot ist«, antwortet Jana mit tonloser Stimme.

»Nur weil du sie all die Jahre totgeschwiegen hast, getan hast, als würde sie nicht existieren, heißt das noch lange nicht, dass sie tatsächlich gestorben ist.«

»Das ist sie aber«, widerspricht Jana und holt tief Luft, bevor sie die schrecklichen Worte ausspricht. »Sie ist mit vier Jahren gestorben. Ihr Vater hat sie umgebracht.«

Die Augen der Frau verengen sich zu schmalen Sicheln. »Das ist nicht wahr«, zischt sie. »Und das weißt du auch.«

»Es ist leider wahr«, sagt Jana mit leisem Bedauern in der Stimme.

»Dann bin ich wohl wunderbarerweise von den Toten auferstanden«, sagt die Frau. »Hallo, Mama. Ich darf doch Mama zu dir sagen?«

Jana verschlägt es die Sprache. Fassungslos schaut sie ihr Gegenüber an. Mit unbewegter Miene hält diese ihrem Blick stand.

»Willst du mir nicht gratulieren?«, fragt sie nach einer Weile. »Oder hast du auch vergessen, dass heute mein Geburtstag ist?«

»Du ... du bist nicht –« Jana bekommt den Namen nicht über die Lippen.

»Doch. Die bin ich.«

»Nein!« Ihre Gedanken überschlagen sich. »Sie ist tot«, sagt sie, ohne die Augen von dem Gesicht der Frau lösen zu können.

Sieht sie ihr ähnlich? Sie hat – wie sie selbst – dunkle, fast schwarze Augen und auch die gleichen tiefen Grübchen auf den Wangen. Aber das hat nichts zu bedeuten. Das haben Millionen anderer Menschen auch. Wenn sie sich nur besser daran erinnern könnte, wie Sophies Vater ausgesehen hat. Sein Gesicht hat sie – wie alles andere – in all den Jahren aus ihrem Gedächtnis getilgt. Sie weiß nur noch, dass er auffallend große Hände hatte, mit denen er ihre Körpermitte damals fast umschließen konnte. Und nicht nur seine

Hände waren riesig, er selbst war ungewöhnlich groß. Er war ihr damals wie ein Riese erschienen. Groß und schlaksig. Genau wie die Frau, die ihr jetzt gegenübersitzt und behauptet, ihre Tochter zu sein.

»Und?«, fragt sie jetzt spöttisch. »Wie lautet dein abschließendes Urteil?«

»Beweis mir, dass du tatsächlich Sophie bist.«

»Verdammt!« Sie schlägt mit der Faust auf den Tisch.

Jana zuckt zusammen, hebt in einem Reflex abwehrend die Hände.

»Wenn du es schon nicht fühlst, dann musst du es doch wenigstens sehen«, brüllt sie. »Schau mich verdammt noch mal an!« Sie richtet die Waffe auf Jana. »Schau mich endlich an!«

»Sie«, Jana räuspert sich, »hat gesagt, er habe erst Sebastian, dann dich und zum Schluss sich selbst erschossen.«

»Du lügst!« Sie spuckt ihr die zwei Worte mitten ins Gesicht.

»Warum sollte ich lügen?« Jana verzieht keine Miene.

»Willst du ihre Version hören?«

Jana nickt.

»Sie hat dir gesagt, dass ich Glück hatte, dass die Kugel mich nur gestreift hat.«

Ohne die Waffe aus der Hand zu legen, springt sie auf und hebt das schwarze Sweatshirt bis zur Körpermitte hoch. Sie wendet ihr die rechte Seite zu und sieht sie an, ihr Blick eine einzige Herausforderung. Die Narbe ist kaum zu sehen. Eine feine rosafarbene Linie zeichnet sich zwischen zwei Rippenbögen ab.

»Du wolltest mich nicht haben. Hast gesagt, dass zurzeit in deinem Leben einfach kein Platz für mich ist. Dass es erst mal besser ist, wenn ich bei ihr bleibe. Nur vorübergehend. Natürlich. Du hast fest versprochen, dass du dich bald wieder meldest. Du müsstest erst ein paar Vorbereitungen treffen, dann würdest du mich zu dir holen.«

»Das hat sie dir erzählt?« Jana schüttelt fassungslos den Kopf.

»Ich kam dazu, als sie mit dir telefoniert hat«, sagt sie und setzt sich wieder hin.

»Du hast also nicht alles gehört, was sie gesagt hat?«, fragt Jana nach.

»Nein. Aber bei deinen letzten Worten hat sie mir den Hörer ans Ohr gehalten. Du hast gesagt, es tut dir leid. Und dann hast du aufgelegt.«

»Ich kann mich nach so langer Zeit natürlich nicht mehr an den genauen Wortlaut dieses Telefonats erinnern. Ich weiß allerdings noch genau, dass sie mich kaum zu Wort hat kommen lassen. Das Erste, was sie mir gesagt hat, war, dass du und Sebastian tot seid. Dass Mirko euch und sich erschossen hat. Und dass ich schuld daran bin. Immer wieder hat sie das gesagt. Natürlich war ich geschockt über diese furchtbare Nachricht und wahrscheinlich habe ich auch gesagt, dass es mir leidtut. Es war –«

»Sie hat es von Anfang gewusst«, fällt Sophie ihr ins Wort, die Mundwinkel verächtlich nach unten gezogen. »›Wenn du glaubst, dass dieses Flittchen sein Versprechen wahr macht, kannst du warten bis zum Sankt-Nimmerleins-Tag.‹ Das waren ihre Worte. Und sie hat recht behalten.«

»Sie hat behauptet, dass du tot bist«, sagt Jana. »Sie hat dich und mich angelogen.«

»Nenn mir einen Grund, warum ich dir glauben soll. Und komm bloß nicht auf die Idee, zu sagen, weil du meine

Mutter bist.« Bei dem Wort Mutter trieft ihre Stimme geradezu vor Hohn.

»Du hast sie gekannt. Wahrscheinlich besser als ich. Du weißt, dass sie eine«, Jana zögert, sucht nach dem richtigen Wort, »eine unglaublich bösartige Frau war. Es hat ihr gefallen, anderen wehzutun.«

Für einen Moment scheint Sophie verunsichert. Jana hat anscheinend voll ins Schwarze getroffen. Doch dann verhärten sich deren Gesichtszüge wieder.

»Und warum hast du uns dann all die Jahre, bis ich volljährig wurde, Geld geschickt?«

38

»Was habe ich?«

»Du hast uns Geld geschickt. Natürlich ohne Absender. Nicht regelmäßig. Aber immer wieder mal. Warum hast du das getan, wenn du davon ausgegangen bist, dass ich tot bin?«

»Ich habe euch kein Geld geschickt«, sagt Jana. »Hat sie das behauptet? Wo ist sie eigentlich? Hol sie her. Mal sehen, ob sie bei ihrer Lüge bleibt, wenn wir uns von Angesicht zu Angesicht gegenüberstehen.«

Sophie verzieht die Lippen zu einem verächtlichen Lächeln. »Sie ist vor zwei Jahren gestorben. Ich habe sie im Familiengrab neben Vater und Sebastian bestatten lassen. Hast du das Foto nicht bekommen?«

»Doch«, sagt Jana. »Aber auf dem Grabstein waren nur die Jahreszahlen 1989 und 1993 zu lesen.«

»Das stimmt. Bei der Beerdigung waren ihre Daten noch nicht eingraviert. Ich hatte aber angenommen, dass du es auch so verstehst.«

»Ich dachte ...« Jana beißt sich auf die Unterlippe, schluckt. »Gratuliere, jetzt hast du auch sie auf dem Gewissen«, zitiert sie aus dem Gedächtnis den Satz auf der Rückseite. »Wie meintest du das?«

Sophie lacht glucksend. »Sie hat dich im Fernsehen entdeckt, und ihr ist das Herz vor Schreck stehen geblieben.«

Jana sagt nichts. Nicht mal zu einem höflichen »Es tut mir leid« kann sie sich durchringen. Sie hat diese Frau aus tiefster Seele gehasst. Ihr Tod lässt sie völlig kalt.

Sophie holt tief Luft. »Okay«, sagt sie mit gefährlich ruhiger Stimme. »So kommen wir anscheinend nicht weiter.« In ihrem Gesicht arbeitet es. Ihre Hand umschließt die Waffe fester.

Jana kann die Anspannung, unter der Sophie steht, regelrecht spüren. Sie muss aufpassen, dass die Stimmung nicht kippt und sich endgültig gegen sie richtet. Wenn es nur um sie beide ginge, könnte sie pokern, sie provozieren. Gestresste Menschen machen schnell einen Fehler. Sie muss vorsichtig sein. Ihre Worte sorgfältig abwägen. Kim und Max befinden sich in der Gewalt dieser Frau. *Deiner Tochter.* Ihr Verstand versucht zwar nach wie vor, es zu leugnen, ihr Gefühl jedoch sagt ihr, dass es stimmt. Sophie ist ihre Tochter. Sonst würde sie das hier nicht so gnadenlos durchziehen.

Sie nimmt das Foto, das zwischen ihnen auf dem Tisch liegt, in die Hand, und betrachtet es eingehend. Es zeigt sie und ihren Mann Mirko kurz nach der Geburt der Zwillinge. Sophie und Sebastian. Ihre Kinder. Sie horcht in sich hinein. Sie hat sie in sich getragen, sie – unter großen Schmerzen – geboren. Sie sind ihr *Fleisch und Blut.* Dennoch weckt der Anblick der hilflosen Babys keine Gefühle in ihr. Jana spürt Sophies Blick auf sich und schaut auf. Sophie beobachtet sie aus wachsamen Augen.

»Ich glaube dir, dass du Sophie bist«, sagt sie und legt das Foto wieder auf den Tisch.

Sophie stößt ein schrilles Lachen aus. »Ich hoffe, du erwartest nicht, dass ich dir jetzt um den Hals falle.«

Jana übergeht die Bemerkung. »Ich verstehe immer noch nicht so ganz, was du von mir willst. Was haben Kim und Max mit uns beiden zu tun?«

»Eine Menge«, behauptet Sophie.

»Sag mir erst, wo sie sind«, fordert Jana sie auf. »Ich muss wissen, dass es ihnen gut geht. Dann reden wir beide, ja?«

Sophie schüttelt den Kopf. »Nein. So einfach ist es nicht.«

»Okay«, sagt Jana. »Wie soll das hier jetzt weitergehen? Was hast du vor?«

Ihr Blick fällt auf die Waffe in Sophies Hand. Ein schneller Griff, denkt sie, und ich kann sie ihr entreißen. *Warte den richtigen Augenblick ab. Du darfst es nicht überstürzen.* Es fällt ihr schwer, auf die Stimme der Vernunft zu hören, auch wenn sie weiß, dass es richtig ist, was sie ihr rät.

Sophie dreht die Waffe wie spielerisch auf der Tischplatte. »Erzähl mir von dir«, sagt sie. »Erzähl mir deine Version der Geschichte. Und«, sie beugt sich über den Tisch, schaut Jana tief in die Augen, »ich will die Wahrheit von dir hören. Keine Lügen. Hörst du?«

»Sie wird dir nicht gefallen«, antwortet Jana leise.

Wieder gibt Sophie dieses unechte laute Lachen von sich. Irgendwie verzweifelt und ein bisschen wahnsinnig klingt es in Janas Ohren. *Was hat die Alte dir angetan?* Für einen Augenblick empfindet Jana einen Anflug von Mitleid für diese fremde junge Frau, die ihre Tochter ist und der das Leben so übel mitgespielt hat.

»Leg los«, sagt Sophie. »Ich bin durch eine harte Schule gegangen. Ich vertrag einiges.«

»Gut.« Jana schürzt die Lippen, nickt. »Wie du willst.«

Sophie lehnt sich in den Stuhl zurück. Ihre linke Hand ruht scheinbar entspannt auf der Waffe.

»Ich werde ehrlich zu dir sein. Ich habe Mirko nicht geliebt«, sagt Jana.

Sophie schnaubt. »Erzähl mir was Neues.«

Jana hebt abwehrend die Hände. »Lass mich bitte ausreden. Mirko arbeitete für den Staat. Eine seiner Aufgaben war die Überwachung und Kontrolle der Kinderheime. Nach dem Tod meiner Eltern wurde ich in einem Waisenhaus untergebracht«, fügt sie hinzu. »Anfangs kam er nur alle paar Monate vorbei. Später wurden seine Besuche dann immer häufiger.« Jana schließt kurz die Augen. Plötzlich sieht sie ihn wieder vor sich: den großen, etwas unbeholfenen Mann, seine verstohlenen Blicke, das Begehren in seinen Augen. Schnell spricht sie weiter.

»Ich war gerade mal siebzehn, als ich schwanger wurde. Selbst noch ein halbes Kind.«

»Mir kommen gleich die Tränen vor Rührung«, sagt Sophie trocken. »Vielleicht hättest du nicht mit jedem x-beliebigen Typen gleich ins Bett steigen sollen.«

»Er war sofort bereit, mich zu heiraten«, fährt Jana unbeirrt fort. »Ich habe nicht lange gezögert, als er mir den Vorschlag machte. Ich wollte nur eins: raus aus diesem Gefängnis mit seinen stumpfsinnigen Regularien und den ständigen Übergriffen durch das männliche Personal. Obwohl – die Frauen waren auch nicht viel besser.« Sie schluckt, sucht Sophies Blick. »Du kannst dir nicht vorstellen, wie schlimm es dort war. Wir hatten keinerlei Rechte. Nur Pflichten. Die konnten mit uns machen, was sie wollten. Wir wurden wie Leibeigene behandelt.«

»Wenn du versuchst, auf die Art Mitleid zu schinden, spar dir die Mühe«, sagt Sophie kalt.

»Mirko hatte die Genehmigung bekommen, mich zu heiraten, obwohl ich nicht achtzehn war. Er hatte durch seine Arbeit Beziehungen in der Partei.« Sie zuckt mit den Achseln. »Mehr wusste ich nicht. Es hat mich auch nicht interessiert. Ich wollte nur eins: raus aus dem Heim. Dass er fast zwanzig Jahre älter war und seine Mutter der bösartigste Mensch, der mir je untergekommen ist, habe ich dafür in Kauf genommen.«

Sie holt tief Luft, starrt sekundenlang vor sich hin, scheinbar ganz in ihre Erinnerungen versunken. Sophies Hand ruht auf der Waffe.

»Ich hatte ja nicht wissen können, dass das Leben mit ihm und seiner Mutter unerträglicher sein würde, als es im Kinderheim gewesen ist«, fährt sie fort.

»Mir reicht's jetzt«, schreit Sophie unvermittelt. »Hör auf mit dieser Mitleidsnummer. Die zieht bei mir nicht.«

»Du wolltest die Wahrheit hören.« Jana gibt sich ungerührt. »Die Wahrheit ist: Mirko stand auf kleine Mädchen. Ich sah jünger aus, als ich war. Wirkte sehr kindlich. Und er war total scharf auf mich. Möchtest du die Details wissen? Oder soll ich sie dir lieber ersparen?«

39

Sophie fährt wie eine Furie vom Stuhl hoch. »Das ist nicht wahr«, kreischt sie. Ihre Stimme überschlägt sich fast. »Mein Vater war ein wunderbarer Mensch, der alles für Sebastian und mich getan hat. Er hat uns über alles geliebt. Wage es nicht, ihn in den Dreck zu ziehen.« Mit einer Hand stützt sie sich auf dem Tisch ab, die andere mit der Waffe hält sie auf Jana gerichtet. Ihr Gesicht ist zu einer Grimasse verzerrt und rot vor Wut.

Jana verschränkt die Arme. Sie versucht, es sich nicht anmerken zu lassen, wie sehr sie der Wutausbruch erschreckt hat. »Geliebt hat er euch?«, fragt sie betont ruhig und ohne Häme. Sie hofft, dass Sophie das leichte Zittern in ihrer Stimme nicht wahrnimmt.

»Ja«, schreit Sophie. »Jedenfalls mehr als du.« Sie bläst Jana ihren keuchenden Atem ins Gesicht.

»Und warum hat er dann auf euch geschossen? Er hat deinen Bruder umgebracht. Das hatte er auch mit dir vor. Du bist nur durch viel Glück mit dem Leben davongekommen. Nennst du das Liebe?«

»Er wusste keinen anderen Ausweg mehr«, zischt Sophie.

Jana registriert die Verunsicherung in ihrer Stimme. Offensichtlich ist sie auf dem richtigen Weg.

»Die Wende hat seine Existenz vernichtet. Niemand hat ihm eine Chance gegeben. Er war am Ende. Hatte keine

Kraft mehr.« Sie reiht die Sätze wie auswendig gelernt aneinander.

Jana hebt zu einer Erwiderung an, Sophie bringt sie mit einer Handbewegung zum Schweigen. »Und er hat es nie verwunden, dass du ihn ohne ein Wort sitzen gelassen hast. Weißt du, dass er alles von dir aufgehoben hat? Deine Kleider, deine Bücher, einfach alles.« Sophies Stimme wird immer schriller. »Selbst deine beschissenen Postkarten hat er gesammelt. Wie ein Kind hat er sich gefreut, wenn wieder eine kam. Seht ihr, hat er gesagt, sie hat uns nicht vergessen. Das hat sie mir erzählt, bevor sie das alles im Garten aufgeschichtet und verbrannt hat.« Sie lässt sich zurück auf den Stuhl sinken. Plötzlich sieht sie müde und erschöpft aus. »Du bist schuld. Du bist schuld an seinem und an Sebastians Tod.«

Jana schüttelt den Kopf. »Das bin ich nicht, Sophie. Und das weißt du auch.«

»Sebastian würde noch leben, wenn du uns damals nicht im Stich gelassen hättest. Wir waren gerade mal sechs Monate alt, als du weggegangen bist. Wie konntest du das tun? Uns einfach unserem Schicksal überlassen? Uns aus deinem Leben streichen, als hätten wir nie existiert?«

»Ich weiß, es gibt keine Entschuldigung für mein Verhalten –«, beginnt Jana, aber Sophie fällt ihr wieder ins Wort.

»Nein, es gibt keine Entschuldigung. Du hast die beiden auf dem Gewissen. Und wenn sie mich nicht rechtzeitig gefunden hätte, wäre auch ich gestorben. Ich verdanke ihr mein Leben.« Die letzten Worte klingen bitter.

Jana legt die Unterarme auf den Tisch, beugt sich vor. »Sophie, Mirko wollte dich umbringen. Begreif das doch endlich. Er hat Sebastian getötet. Er allein war das. Er trägt die Verantwortung dafür. Niemand sonst.«

Ihre eindringlichen Worte scheinen bei Sophie angekommen zu sein. Sie sieht Jana nachdenklich an.

»Was willst du mir damit sagen?« Jetzt schleicht sich ein misstrauischer Ausdruck auf ihr Gesicht. »Dass sein Vergehen schlimmer war als deins?«

»Nein.« Jana schüttelt den Kopf. »Das kann man nicht vergleichen. Ich möchte nur nicht, dass du dein Leben ruinierst. Verstehst du? Noch ist es nicht zu spät. Du bist doch noch so jung, Sophie.« Sie versucht ihre Stimme so sanft wie möglich klingen zu lassen. Aber ihre letzten Worte dringen offenbar nicht mehr zu Sophie durch. Sie schaut an ihr vorbei, der Blick ist seltsam starr.

»Du glaubst nicht, wie oft ich mir gewünscht habe, ich wäre mit den beiden gestorben. Großmutter hat mir danach das Leben zur Hölle gemacht. Ich konnte tun, was ich wollte. Manchmal hatte ich den Eindruck, je mehr Mühe ich mir gegeben habe, desto mehr hat sie mich abgelehnt«, sagt sie mit der hellen Stimme eines kleinen Mädchens. »Sie konnte einfach nicht vergessen, dass ich deine Tochter war. Jeden verdammten Tag hat sie mir vorgehalten, wie unfair es ist, dass ich lebe und ihr über alles geliebter Sohn sterben musste. Der in seinem Leben nur einen einzigen Fehler gemacht hat: dich zu lieben und zu heiraten.«

»Er hat mich nicht geliebt«, sagt Jana. »Er hat meine Situation für seine Zwecke ausgenutzt. Auch sie wusste von den Vorlieben ihres Sohnes für kleine Mädchen, oder zumindest ahnte sie es. Sie wollte es nur nicht wahrhaben.«

»Du hast sie alle auf dem Gewissen.« Sophie ist aus ihrer Starre erwacht. Janas Worte haben sie nicht erreicht. »Jetzt fehle nur noch ich. Dann ist die Liste deiner Opfer komplett.«

Jana läuft ein Schauder über den Rücken. Sophie klingt eindeutig irre. »Was ich getan habe, ist mit nichts zu rechtfertigen«, sagt Jana, ohne auf Sophies Anschuldigung einzugehen. »Ich hätte damals nicht einfach verschwinden dürfen. Es war nicht richtig von mir, euch im Stich zu lassen. Aber ich hatte vor, es wiedergutzumachen. Ich habe mich damals gemeldet in der festen Absicht, dich und Sebastian zu besuchen, euch kennenzulernen. Da war es leider schon zu spät. Und ich schwöre dir, sie hat mir gesagt, dass auch du tot bist. Das musst du mir glauben, Sophie.«

»Du bist nicht mal auf die Idee gekommen, unser Grab zu besuchen. Spätestens dann hättest gewusst, dass ich lebe.«

Jana senkt schuldbewusst den Kopf. »Ich wollte nie mehr einen Fuß in dieses Dorf hier setzen«, sagt sie leise.

»Du wolltest nichts mehr mit uns zu tun haben«, sagt Sophie. »Wir waren dir schon immer scheißegal. Du hattest keinerlei Gefühle für uns. Gib es endlich zu.«

»Du hast recht«, sagt Jana. »Ich habe dich und deinen Bruder nicht geliebt. Ihr beide wart wie fremde Wesen für mich. Unvorstellbar, dass ihr in mir gewachsen seid und ich euch geboren haben soll.«

40

Es ist, als hätten ihre Worte Sophie zum Schweigen gebracht. Eine unwirkliche Stille breitet sich im Raum aus. Jana wagt kaum zu atmen. Sophies Blick scheint ins Leere gerichtet. Ihr Gesicht sieht aus, als wäre jeder Ausdruck daraus gelöscht. Mit einem Mal wirkt sie wie eine leere Hülle. Jana erträgt den Anblick nicht länger, wendet sich ab. Durch das schmutzige Fensterglas schweift ihr Blick nach draußen in den Hinterhof. Die Dämmerung ist bereits weit fortgeschritten. Im schwindenden Tageslicht zeichnen sich die verschwommenen Konturen einer Ruine ab, von der nur noch eine Seiten- und die Rückwand stehen. In dem Gebäude war früher der Hühnerstall untergebracht, erinnert sie sich. Jetzt ist der Innenraum voller Bauschutt und Unrat. Dazwischen wuchert meterhoch Unkraut. Mirkos Mutter hat sie jeden Morgen zum Eierholen abkommandiert, nachdem sie mitbekommen hatte, welch panische Angst Jana vor den wild um sich pickenden Hühnern hatte. Das war allerdings eine der harmlosesten ihrer Boshaftigkeiten. Sie liebte es vor allem, Jana mit Worten zu verletzen, sie bei jeder sich bietenden Gelegenheit runterzumachen, zu demütigen. Manchmal hat sie tagelang kein Wort mit Jana gewechselt, ohne ihr den Grund dafür zu verraten. Manchmal hat sie sie geschlagen. Und Mirko schaute zu und schwieg. Nicht ein Mal hat er gegen seine Mutter aufbegehrt. Gott, was hat sie ihn für dieses devote Schweigen gehasst.

Im Glas der Fensterscheibe sieht sie Sophies Gesicht gespiegelt. Wie ein Scherenschnitt hebt es sich vor dem Dunkel draußen ab.

»Warum hast du uns nicht geliebt?«, hört Jana sie im Flüsterton fragen. »Wir waren doch deine Kinder. Was haben wir dir denn getan?«

Jana wendet sich ihr wieder zu. Verwundert stellt sie fest, dass in Sophies Augen Tränen schwimmen.

»Nichts«, sagt sie ruhig. »Ihr habt mir nichts getan.«

»Warum?«

Jana holt tief Luft: »Du sagtest, du willst die ganze Wahrheit wissen. Bist du dir da wirklich sicher?«

»Ja!«

»Ich wurde vergewaltigt. Nein, nicht von Mirko«, sagt sie schnell, als sie sieht, dass Sophie aufbegehren will. »Es war einer der Erzieher. Er hat mich immer wieder vergewaltigt. Wann immer ihm der Sinn danach stand. Alle wussten davon, keiner hat ihm Einhalt geboten. Es kam, wie es kommen musste, irgendwann war ich schwanger.«

»Soll das heißen«, Sophie schluckt, »Mirko ist nicht unser Vater gewesen?«

»Ja.«

»Das ist nicht wahr«, entgegnet Sophie tonlos. »Ich glaube dir kein Wort.«

»Dann lass es bleiben«, sagt Jana müde. »Ich bin dieses Spielchen, ehrlich gesagt, langsam auch leid. Wir sollten damit aufhören und anfangen, uns –«

»Wann das hier zu Ende ist, bestimme ganz allein ich«, fällt Sophie ihr scharf ins Wort. »Hörst du? Ich bestimme das. Ich! Ich allein.« Bei den letzten Worten ist sie immer lauter geworden.

»Okay, okay.« Jana hebt beschwichtigend die Hände.

Die Sorge um Max und Kim zermürbt sie. Sie muss das hier beenden. Irgendwie. Sie muss das Gespräch wieder auf die Kinder bringen, aus Sophie herauskitzeln, wo die beiden sind. Ob es ihnen gut geht. Sie darf sie auf keinen Fall reizen. Sie muss einen klaren, kühlen Kopf bewahren. Versuchen, sie auf ihre Seite zu ziehen. Ihr Bild von dem ach so tollen Vater demontieren. Wenn ihr das nicht gelingt, dreht Sophie womöglich endgültig durch. Und wer weiß, wozu sie dann fähig ist.

Aus dem Flur tönt ein Handyton in ihre Überlegungen. Hannes, das ist Hannes, schießt es ihr durch den Kopf. Sie richtet sich auf. Vielleicht ist er ja auf dem Weg hierher. Das Geräusch verstummt nach dem ersten Piepton sofort wieder.

»Klingt, als sei der Akku deines Handys leer«, stellt Sophie fest. Jana glaubt, so etwas wie Schadenfreude aus dem Tonfall herauszuhören.

Warum kommt er denn nicht endlich, denkt Jana verzweifelt. Er müsste die Nachricht längst gelesen haben. Zu zweit wäre es ein Leichtes, Sophie zu überwältigen. *Vielleicht hat er die Nachricht in seinem Zorn auf dich einfach ungelesen gelöscht.* Die Stimme in ihrem Hinterkopf formuliert genau das, was sie schon die ganze Zeit insgeheim befürchtet hat und nicht zu denken wagte.

»Wusste mein Vater –« Sophies Stimme reißt sie aus ihren Gedanken. »Wusste er von der Vergewaltigung?«

Jana nickt. »Ja. Er wusste es. Das war unser Deal. Ich heirate ihn. Und er erkennt das Kind als sein eigenes an. Da wussten wir beide noch nicht, dass es Zwillinge werden.«

»Warum hast du nicht abgetrieben?«

»Ich habe die Schwangerschaft lange Zeit verdrängt, weil ich es nicht wahrhaben wollte. Ich war schon im fünften Monat, als es allmählich auffiel. Da war es«, Jana zuckt mit den Schultern, »zu spät für eine Abtreibung.«

Sophie erhebt sich und beginnt in der Küche auf und ab zu wandern. Dabei murmelt sie in einem unverständlichen Singsang etwas vor sich hin. Ihre linke Hand hält die Pistole so fest umklammert, dass die Knöchel unter der Haut hervortreten. Jana lässt sie keine Sekunde aus den Augen.

»Nichts als Lügen«, sagt Sophie plötzlich. Sie bleibt stehen und zielt mit der Waffe auf Jana. »Kein Wort davon ist wahr. Das sagst du nur, um Mirko schlechtzumachen. Damit du besser dastehst. Er war mein Vater. Er hat uns über alles geliebt. Er hat sogar dich geliebt, obwohl du ein schlechter, ichbezogener Mensch bist. Er wurde nur immer verzweifelter. Und daran bist du schuld. Da kannst du mir erzählen, was du willst. Du hast ihn kaputtgemacht.«

Scheinbar ungerührt von den Anschuldigungen schiebt Jana das Foto über den Tisch. »Sieh es dir an. Sieh es dir genau an. Schaut so ein überglücklicher Vater aus?«

In einer schnellen Bewegung greift sich Sophie das Foto vom Tisch. Sie klemmt sich die Waffe unter den Arm und zerfetzt es, lässt die Stücke achtlos auf den Boden fallen.

»Ich weiß gar nicht, warum ich das all die Jahre aufgehoben habe«, murmelt sie. »Was hat eigentlich dein Mann dazu gesagt, dass du zwei deiner Kinder einfach unter den Tisch hast fallen lassen?«

Jana spürt, wie ihr die Röte ins Gesicht steigt. »Hannes weiß nichts davon«, sagt sie leise.

»Verarsch mich nicht.«

»Das tue ich nicht.«

»Spätestens bei der Bestellung eures Aufgebotes hättest du unsere Existenz offenlegen müssen.«

»Wir sind nicht verheiratet«, sagt Jana. »Ich wollte nicht, aus genau diesem Grund, und Hannes hat meinen Wunsch nach längerer Diskussion schließlich akzeptiert. In meinem Pass steht nach wie vor Jana Schmidt.«

Sophie nimmt wieder ihr gegenüber Platz. In ihren Augen liest Jana eine so abgrundtiefe Verachtung, dass es ihr einen Schrecken einjagt. Das war es nicht, was sie erreichen wollte.

»Weißt du was?«, sagt Sophie. »Du bist wirklich das Allerletzte. Du widerst mich an.«

Ihre Lippen und Wangen bewegen sich, als würde sie Speichel in der Mundhöhle sammeln. Einen Augenblick lang befürchtet Jana tatsächlich, Sophie wolle sie anspucken. Sie will schon abwehrend die Hände heben, da spricht Sophie weiter.

»Ich werde dir sagen, wie es wirklich war.« Aus ihren Augen springt der Hass Jana an wie ein wildes Tier. »Du hast für jeden die Beine breit gemacht in der Hoffnung, einer der Typen holt dich aus dem Heim raus. Als du dann schwanger geworden bist und dein Stecher dich nicht wollte, hast du dich Mirko an den Hals geworfen. Du hast natürlich bemerkt, wie sehr er in dich verliebt war. Frauen wie du riechen so was förmlich.« Ihre Stimme trieft vor Abscheu. »Du hast ihm die Kinder angehängt, und Mirko, blind vor Liebe, hat dir geglaubt, dass es seine sind. Du hast ihn schamlos für deine Zwecke ausgenutzt. Nicht umgekehrt.«

»So war es nicht, Sophie. Warum willst du mir nicht glauben?«

»Weil du lügst.«

»Ich lüge nicht. Ich hatte dich gewarnt. Ich wusste, dass dir die Wahrheit nicht gefallen würde.«

»Warum sollte ich ausgerechnet dir glauben?«

»Können wir an diesem Punkt nicht einfach einen Schlussstrich ziehen? Wir kommen so nicht weiter«, fleht Jana. »Sophie, bitte.«

»Ich bestimme hier die Regeln. Hast du das noch immer nicht begriffen?«

»Ich tue alles, was du willst«, flüstert Jana. »Aber sag mir, wo Kim und Max sind. Bitte. Ich muss wissen, dass es ihnen gut geht.«

»Alles zu seiner Zeit.«

»Was willst du von mir? Was soll ich tun?« Jana schreit jetzt fast. »Sag es mir endlich.«

»Du sollst dich entscheiden«, sagt Sophie. Ein Lächeln zuckt in ihren Mundwinkeln. »Für deine Kinder«, sie macht eine kleine Pause, »oder für dich.«

41

Was machen wir, wenn sie nicht zurückkommt und das Wasser immer weiter steigt? Bis an die Decke. Dann ertrinken wir hier doch.« Max schaut sie aus großen Augen so erschrocken an, als sei ihm das gerade erst aufgegangen.

Kim zuckt hilflos mit den Schultern. Ihr fällt keine Erwiderung ein. Sie hofft immer noch, dass die Frau endlich zurückkommt und diesem Albtraum ein Ende bereitet. Oder dass sie von irgendwem gefunden werden. Vielleicht haben ihre Eltern schon die Polizei verständigt. Mittlerweile müsste rausgekommen sein, dass sie nicht bei Maike übernachtet hat. Wenn ihr nur einfallen würde, ob sie ihr gesagt hat, wo sie sich mit Sebi treffen wollte.

Das Wasser reicht ihr mittlerweile bis zur Mitte der Waden. Ihre Füße sind so eiskalt, dass sie die Zehen kaum bewegen kann. Sie schmerzen höllisch. Kim tritt auf der Stelle, um sich aufzuwärmen. Das Wasser platscht unter ihren schnellen Tritten.

Plötzlich kommt Bewegung in Max. Er watet durch das Wasser auf die Treppe zu.

»Was hast du vor?«, ruft Kim und umklammert mit beiden Händen die Metallstäbe des Käfigs. Für den Bruchteil einer Sekunde überfällt sie die irrationale Angst, er wolle sie hier allein lassen.

»Ich schau mal, ob ich die Bodenklappe aufkriege«, sagt

er und krabbelt unter Zuhilfenahme seiner Hände die schmale Stiege hoch.

Sie hört ihn eine Weile ächzen und stöhnen. Als er zurückkommt, sieht sie seinem enttäuschten Gesicht an, was sie schon vorher wusste.

»Sie ist verdammt schwer«, sagt er und verzieht enttäuscht den Mund. »Allein schaffe ich das nicht. Aber zu zweit könnten wir es vielleicht hinkriegen.«

»Dafür müsste ich aus diesem Käfig rauskommen.« Sie rüttelt verzweifelt an den Gitterstäben.

Er kratzt sich am Kopf, beäugt den Käfig. »Eine Säge«, sagt er schließlich. »Wir brauchen eine Säge.« Er befühlt die Metallstäbe. »Die sind gar nicht so dick.«

Hoffnung keimt in ihr auf. Ihr Blick durchforstet die Regale. Vielleicht gibt es ja einen Werkzeugkoffer hier unten. Max scheint die gleiche Idee zu haben. Zielstrebig bewegt er sich auf das erste Regal auf der linken Wandseite zu. Dort verharrt er kurz, seine Hand fährt über die Wandfläche.

»Hast du gesehen, was hier in die Wand geritzt ist?«

»Nein«, antwortet sie. »Was denn?«

»Hier steht: Sebastian und Papa. Hinter jedem Namen so ein Kreuz wie in den Todesanzeigen. Und darunter ein Herz, das ein Pfeil durchbohrt. Was glaubst du, was das zu bedeuten hat?«

Zum Glück scheint er keine Antwort von ihr zu erwarten. Er beugt sich vor und beginnt, die Regalfächer zu inspizieren. Ihr ist allein bei der Erwähnung des Namens der Schreck in alle Glieder gefahren. Sebis Vater hat sich erschossen. Das hat er zumindest behauptet. Ob er das in dem Keller hier getan hat? Ihr läuft es kalt den Rücken hinunter.

Warum steht hinter Sebastians Name ein Kreuz? Ist er etwa auch tot? Mit wem hat sie dann die ganze Zeit gechattet? Ihr wird schlagartig übel.

Max' lauter Jubel reißt sie aus ihren quälerischen Gedanken. »Ich hab was gefunden. Keine Säge. Aber das hier.« Triumphierend hält er ein großes Brotmesser mit einer gezackten Klinge in die Höhe. In der anderen Hand präsentiert er ihr ein Küchenmesser mit gelbem Griff. Vorsichtig fährt er mit dem Daumen über die Klinge.

»Klein und scharf«, sagt er und grinst schief.

»Gib her«, sagt sie. »Besser als gar nichts. Lass es uns einfach probieren.«

42

Jana richtet sich kerzengrade auf. »Wie meinst du das?«

»Dein Leben gegen das deiner Kinder«, antwortet Sophie ungerührt, fast desinteressiert.

»Willst du mich erschießen?«, fragt Jana. Ihr Blick huscht zu der Pistole. *Wenn ich nur an sie rankommen könnte.* Aber bisher hat Sophie sie nicht ein einziges Mal aus der Hand gelegt.

Sophies »Nein« klingt regelrecht entrüstet. »Das wäre viel zu einfach.«

»Bitte. Hör mir zu.« Jana beugt sich vor, will ihre Hand nach Sophie ausstrecken, schreckt jedoch im letzten Moment vor der Berührung zurück. Janas Arm bleibt wie ein nutzloser Gegenstand mitten auf dem Tisch liegen. Sie registriert den Spott in Sophies Mienenspiel, sieht jedoch auch den verletzten Ausdruck in deren Augen.

»Lass uns wie vernünftige Menschen miteinander reden, ja? Ich kann die Zeit nicht zurückdrehen, was geschehen ist, ist geschehen. Warum schauen wir nicht in die Zukunft? Gib uns eine Chance. Wir können uns kennenlernen. Einen«, sie sucht nach dem richtigen Wort, »einen Neustart versuchen.«

Im gleichen Atemzug, in dem sie diese Worte ausspricht, wird ihr bewusst, dass sie nicht nur falsch klingen, sondern auch falsch sind. Die junge Frau, die ihr gegenübersitzt, ist ihr nicht nur fremd, sie stellt eine Bedrohung dar. Für ihr eigenes Leben und das ihrer Kinder. Da kann sie sich noch so oft sagen, dass Sophie ihr Kind ist. Sie empfindet nichts für sie. Da ist nicht mal ein Funke Sympathie. Und sie kann sich beim besten Willen nicht vorstellen, dass sich an ihren Gefühlen jemals etwas ändern wird. Schon gar nicht nach allem, was zwischen Sophie und ihr vorgefallen ist.

Es ist nicht so, dass sie die kurze Zeit, die sie mit den beiden Kindern verbracht hat, vergessen hätte. Im Gegenteil. Sie erinnert sich sehr gut daran, wie schrecklich sie sich damals gefühlt hat. Sie war komplett überfordert mit den Babys, die von früh bis spät lautstark ihre Aufmerksamkeit einforderten. Nicht mal genug Milch hatte sie. Sie wollte einfach nicht einschießen. Irgendwann war Jana fest davon überzeugt, die beiden würden ihre Abneigung spüren und sie hassen. Sie fingen an zu schreien, sobald sie nur in ihre Nähe kam. Die Gesichter rot verzerrt, die Äuglein tränenverschleiert, brüllten sie sich die Lunge aus dem Leib. Die Tränen kullerten ihnen nur so aus den Augen. Der Rotz lief ihnen aus der Nase. Und sie empfand nichts für die beiden, nichts, außer Widerwillen und Ekel. Es gab Tage, da war sie kurz davor, sie so lange zu schütteln, bis sie endlich Ruhe geben würden. Bei Mirko weinten sie erstaunlicherweise nicht. Oder zumindest selten. Mucksmäuschenstill nuckelten sie in seinen Armen an ihren Schnullern oder Fläschchen. Wer weiß? Vielleicht hätte sie einem der Babys tatsächlich etwas angetan, wenn sie damals geblieben wäre.

»Wir beide und eine gemeinsame Zukunft? Das glaubst du doch wohl selbst nicht«, sagt Sophie, als könnte sie die Gedanken ihrer Mutter lesen. »Du bringst es ja nicht mal über dich, mich zu berühren.«

Wie ertappt zieht Jana ihren Arm wieder an sich. »Ich brauche Zeit«, murmelt sie. »Das kommt alles so ... so überfallartig.«

»Genug jetzt mit dem Rumgequatsche. Was ist mit Max und Kim? Liebst du sie?«

»Ja, natürlich!«, sagt Jana, ohne eine Sekunde zu zögern.

»So sehr, dass du bereit wärst, für sie dein Leben zu geben?«

Jana starrt ihr Gegenüber fassungslos an. Sie öffnet den Mund, will etwas sagen, aber kein Wort kommt ihr über die Lippen.

»Na los, sag schon: Wärst du bereit dazu?«

Langsam schüttelt Jana den Kopf. »Mir reicht es endgültig. Ich spiele dein krankes Spiel nicht länger mit.« Sie macht Anstalten aufzustehen.

»Setz dich wieder hin.« Sophie richtet den Lauf der Waffe auf sie.

Jana verharrt in der Bewegung, schaut erst die Waffe, dann ihre Tochter an. »Das wirst du nicht tun.« Ihre Stimme klingt sicherer, als sie sich fühlt. »Ich kann mir nicht vorstellen, dass du fähig bist, jemanden umzubringen.«

Sophie verzieht die Lippen zu einem verächtlichen Lächeln. »Da kennst du mich aber schlecht«, sagt sie. »Wer glaubst du, hat euren Hund auf dem Gewissen?«

»Das warst du? Du hast Bennie getötet?« Jana schafft es nicht, ihr Entsetzen zu verbergen. Sie sinkt auf die Bank zurück.

»Ja, das war ich.« Sophie begleitet ihr Geständnis mit einem lapidaren Achselzucken. »Es war übrigens gar nicht so einfach. Das blöde Vieh hat sich gewehrt und mich in die Wade gebissen.«

Jana glaubt, so etwas wie Empörung in ihrer Stimme mitschwingen zu hören.

»Warum?« Mehr bringt sie nicht heraus.

»Das hatte verschiedene Gründe«, sagt Sophie. »Zum einen wollte ich dich erschrecken, einen ersten Keil in deine ach so heile Bilderbuchwelt treiben. Zum anderen wollte ich natürlich auch sehen, ob ich überhaupt in der Lage dazu bin, ein Lebewesen zu töten.«

Jana kriecht eine Gänsehaut über den Körper. Sophie ist gestörter und somit noch gefährlicher, als sie angenommen hat.

»Beim zweiten Mal ging es dann Gott sei Dank wesentlich problemloser vonstatten«, verrät Sophie ihr im Plauderton, als säßen sie bei einem gemütlichen Kaffeeplausch zusammen. »Es war fast ein Kinderspiel.«

Jana kommt ein furchtbarer Verdacht. »Hast du –«, sie schluckt. »Hast du auch Henry umgebracht?«

Ein Grinsen geht über Sophies Gesicht. »Oh, hat man die Leiche deines Lovers schon gefunden?«

Jana nickt und versucht gleichzeitig, gegen das Panikgefühl anzukämpfen, das ihr den Verstand zu lähmen droht. Die Angst ist plötzlich überall. In ihrem Kopf, in ihrer Brust, in ihrem Bauch. Sie schnürt ihr die Kehle zu, wickelt sich um ihren Magen. Durch ihren Kopf irrt nur ein Satz. Immer wieder der eine Satz, der keinen anderen Gedanken zulässt. *Sie ist eine Mörderin.*

Sophie deutet ihr Schweigen richtig. »Jetzt bist du geschockt, was?«, sagt sie mit einem kleinen, fast genüsslich wirkenden Lächeln.

Jana sagt nichts. Ihr fehlen die Worte.

Sophie steht auf und geht zum Fenster, als könne sie in Janas Kopf sehen und müsste Abstand zu ihr gewinnen. Sie lehnt sich mit dem Rücken an die Fensterbank und beobachtet sie von dort, wie Jana mit einem schnellen Seitenblick feststellt. Sie ringt nach wie vor um Fassung, nur allmählich schaltet sich ihr Verstand wieder ein. Sophie hat nichts mehr zu verlieren, wird ihr klar. Es wird schwer, wenn nicht sogar unmöglich sein, sie zum Aufgeben zu überreden. Ihrer einzige Chance ist es, an die Waffe zu kommen und den Spieß umzudrehen.

»Die Polizei kommt sicher demnächst auf dich zu«, sagt Sophie unvermittelt. »Dein Lover hat nämlich einen Brief hinterlassen. Adressiert an Jana Langenfeld. Der ist tatsächlich von ihm. Das mit seinem Blut auf die Fliesen im Bad gekritzelte Jana stammt allerdings von mir. Es sieht aus, als hätte er deinen Namen mit letzter Kraft kurz vor seinem Tod da hingeschrieben.« Sie klingt, als wäre sie stolz auf ihre Leistung.

Jana fällt ein, dass sie den Brief noch immer in ihrer Tasche mit sich herumträgt. Sie hatte ihn wegwerfen wollen, aber dann überstürzten sich die Ereignisse, und sie hat es vergessen. Sie spürt Sophies Augen forschend auf sich ruhen. Sie erwartet eine Reaktion von ihr. Jana rührt sich nicht. Sieht stur geradeaus. Mit keinem Blick, keiner Geste will sie sich verraten. Sophie darf nicht wissen, dass sie es gewesen ist, die Henrys Leiche entdeckt hat.

»Auf Henrys Handy sind auch die Fotos, die ich deinem Mann von euch beiden geschickt habe.« Sie lacht glucksend, löst sich von der Fensterbank und setzt sich wieder hin. »Wie hat dein Gatte denn darauf reagiert?«

»Warum tust du uns das an?«, fragt Jana leise.

»Dir«, sagt Sophie und verengt die Augen zu schmalen Schlitzen. »Dir tue ich das an. Die anderen sind mir vollkommen gleichgültig. Die sind lediglich Mittel zum Zweck. Du sollst leiden. So wie ich gelitten habe.«

Jana wird immer klarer, dass sie Sophies Hass nichts entgegensetzen kann. Sie wird es nicht schaffen, sie auf ihre Seite zu ziehen. Sie muss etwas anderes versuchen. Nur was?

»Henry hat mir übrigens sofort geglaubt, dass ich deine Tochter bin. Er hat sogar gesagt, dass ich dir ähnlich sehe.« Die letzten Worte klingen wie ein einziger Vorwurf.

»Woher wusstest du von Henry und mir?«

»Ich bin dir ab und zu nachgefahren. Ein Mal habe ich sogar im Riemers nur zwei Tische von euch entfernt gesessen. Ihr habt mich nicht bemerkt, so sehr wart ihr mit euch selbst beschäftigt. Obwohl ich ständig zu euch rübergeschaut habe.«

»Verstehe«, sagt Jana und kramt in ihrem Gedächtnis. Sie kann sich tatsächlich nicht erinnern.

»Übrigens der Tritt in seine Eier –« Sophie grinst anerkennend. »Alle Achtung, so viel Mumm hätte ich dir gar nicht zugetraut.«

»Du warst das, die uns von der anderen Straßenseite aus beobachtet hat.«

Sophie nickt, verzieht den Mund zu einem spöttischen Lächeln. »Sofort danach habe ich dann deine Freundin Sylvie angerufen. Mich für dich ausgegeben. Sie kann jetzt auf jeden Fall bezeugen, dass du Henry auf brutalste Weise angegangen bist, bevor du ihn dann am nächsten Tag ermordet hast.«

»Deine Rechnung wird nicht aufgehen«, sagt Jana mit fester Stimme.

Sophie runzelt die Stirn. »Was redest du da?«

»Du bist gesehen worden, als du nach dem Mord an Henry das Haus verlassen hast.«

43

Sophie starrt sie mit zusammengekniffenen Augen eine Weile argwöhnisch an, dann bricht sie in schallendes Gelächter aus. »Viel hätte nicht gefehlt, und ich wäre tatsächlich drauf reingefallen.«

»Glaub es, oder lass es bleiben. Die Polizei ist heute Morgen bei mir gewesen und hat mir –«

Sophie springt hoch. Der Stuhl fällt hinter ihr polternd zu Boden. Sie beugt sich über den Tisch und funkelt Jana mit vor Hass sprühenden Augen an. »Lügen. Nichts als Lügen. Das ist das, was du am besten kannst, was? Lügen verbreiten«, schreit sie. »Dir deine Welt zurechtlügen. Macht dir das eigentlich Spaß?«

Speicheltröpfchen treffen Janas Wange. Sie weicht zurück, wischt sie mit einer schnellen Bewegung weg.

»Mich kann keiner gesehen haben. Es war mitten in der Nacht, als ich gegangen bin. Die Straße war menschenleer.«

»Es gibt einen Zeugen, der von einem Fenster seiner Wohnung direkt gegenüber beobachtet hat, wie du das Haus verlassen hast«, behauptet Jana. »Die beiden Polizisten, die bei mir waren, haben dich ziemlich genau beschrieben.«

Sophie winkt ab. »Spar dir deinen Atem. Ich glaub dir kein Wort. Und wenn – es ist mir egal. Willst du wissen, wie ich es gemacht habe?«

Instinktiv schüttelt Jana den Kopf, doch Sophie redet einfach weiter.

»Als er hörte, dass ich deine Tochter bin, hat er mich ohne zu zögern in die Wohnung gelassen. Attraktiver Mann übrigens«, sagt sie und schnalzt anerkennend mit der Zunge. »Ich kann verstehen, was du an ihm gefunden hast. Jedenfalls habe ich ihm alles brühwarm erzählt. Er hat mir jedes Wort geglaubt. Immerhin hast du ja auch ihn von jetzt auf gleich abgeschossen. Wir haben zusammen seinen Whiskey ausgetrunken. Er hat sich allerdings den weit größeren Anteil davon hinter die Binde gekippt. Es war richtig nett. Irgendwann habe ich mich verabschiedet, da war er schon sturzbetrunken, und seine Wohnungsschlüssel, die am Schlüsselbrett neben der Eingangstür hingen, eingesteckt.«

»Hör auf! Ich will das nicht hören«, sagt Jana und hält sich die Ohren zu.

»Er war ziemlich überrascht, als ich plötzlich hinter ihm im Bad aufgetaucht bin«, spricht Sophie mit doppelter Lautstärke ungerührt weiter. »Er war gerade im Begriff, in die Badewanne zu steigen. Vielleicht hat er geglaubt, dass er dann wieder nüchtern wird. Es ging ganz schnell. Seine Reaktionen waren nicht mehr besonders koordiniert. Er hat dich wirklich geliebt, weißt du das? Er hat sich den ganzen Abend bei mir ausgeheult. Immer wieder betont, wie toll er dich findet. Was für eine unsagbar wunderbare Frau du bist. Er hat sich gar nicht mehr eingekriegt. Sogar den Brief, den er dir geschrieben hat, hat er mir gezeigt. Ich hätte kotzen können. Vielleicht hätte ich ihn verschont, wenn er nicht so sehr von dir geschwärmt hätte. Wer weiß?« Sie zuckt die Achseln.

»Sophie, du bist krank. Du musst dir helfen lassen.« Jana legt einen bittenden Ton in ihre Worte. Auch wenn sie kaum Hoffnung hat, ihre Tochter auf diese Art zu erreichen. Sie muss es wenigstens versuchen.

»Ich beobachte dich schon eine ganze Weile«, sagt Sophie. Janas Worte scheinen überhaupt nicht mehr zu ihr durchzudringen. »Henry war nicht der Einzige, mit dem du deinen Mann betrogen hast. Stimmt's? Du kannst wohl nie genug kriegen.«

»Das ist nicht wahr.« Jana schüttelt vehement den Kopf. »Warum behauptest du das?« Sie spürt Ärger in sich hochsteigen.

»Mir kommt da gerade ein Verdacht.« Ein listiger Ausdruck schleicht sich in Sophies Miene. »Kann es sein, dass Hannes gar nicht der Vater von Kim ist? Sie sieht ihm nicht im Geringsten ähnlich. Du hast ihm ein Kuckuckskind ins Nest gelegt. Habe ich recht?«

»Nein.« Jana legt so viel Nachdruck wie möglich in dieses eine Wort. Ihre Augen huschen zu der Waffe, die in greifbarer Nähe vor ihr auf dem Tisch liegt. Umklammert von Sophies Hand. Ein Griff –

Sophie legt den Kopf schief und mustert sie. »Auch egal«, sagt sie schließlich. »Du bist ihre Mutter. Nur das zählt.«

»Seit wann beobachtest du mich eigentlich schon?«, fragt sie, ohne weiter auf Sophies Unterstellung einzugehen. Millimeter für Millimeter bewegt sie eine Hand unauffällig auf die Waffe zu.

»Gut zwei Jahre.« Sophie richtet sich auf und nimmt die Pistole vom Tisch.

Jana könnte schreien vor Enttäuschung.

»Als ich dann vor einem halben Jahr den Job als Schwangerschaftsvertretung im Büro deines Mannes bekommen habe, war ich sozusagen auf der Zielgeraden.«

»Du arbeitest für Hannes?«, fragt Jana überrascht. »Wie hast du das denn geschafft?«

Sophie zuckt mit der Schulter. »Ich habe mich ganz normal beworben. Als Bürokraft. Mein polizeiliches Führungszeugnis ist so sauber wie ein unbeschriebenes Blatt Papier. Schließlich habe ich mir bis vor Kurzem nie etwas zuschulden kommen lassen. Und ich hatte Glück. Ich habe deinem Mann gefallen.« Ihre Augen sind voller Spott. »Ach, was sag ich. Er war total scharf auf mich. Einmal haben wir's sogar in seinem Büro auf dem Schreibtisch miteinander getrieben.«

Jana sagt nichts, sie hält Sophies hämischem Blick mit unbewegter Miene stand. Sie glaubt ihr kein Wort. Sophie will sie provozieren. Aber das wird ihr nicht gelingen. Sie fixieren sich eine Weile, die sich ins Endlose zu dehnen scheint. Als Sophie endlich die Augen senkt, atmet Jana insgeheim auf. Sie hätte den Blickkontakt nicht eine Sekunde länger ausgehalten.

»Dein Mann hat die schlechte Angewohnheit, ständig sein Handy auf dem Schreibtisch im Büro zu vergessen«, spricht Sophie weiter, die Augen auf die Tischplatte geheftet. »Ich habe alle seine privaten Nachrichten, auch die an dich, gelesen. Bin an alle wichtigen Telefonnummern gekommen. Und den Schlüssel zu eurem Haus nachmachen zu lassen war auch kein Problem. Dein Mann mag mich, ob du's glaubst oder nicht. Er vertraut mir.« Sie lacht glucksend. »Und das ist ihm leider zum Verhängnis geworden.«

44

»Was soll das heißen?«, fragt Jana. In ihr schrillen alle Alarmglocken.

Sophie hebt in gespieltem Bedauern eine Hand. »Er hat mir erzählt, dass er an seinen freien Wochenenden gerne eine ausgedehnte Runde mit dem Rad durch den Wald dreht. Um den Kopf freizukriegen. Immer die gleiche, von anderen wenig befahrene Strecke. Fast schon ein Ritual. Seine Worte.« Sie hebt den Arm, tut, als schaue sie auf eine imaginäre Armbanduhr. »Ein böser Unfall. Er müsste eigentlich schon tot sein.«

»Nein!«

Jana springt hoch, wirft sich halb über den Tisch, greift nach der Waffe in Sophies Hand. Sie fühlt das glatte Metall an den Fingern, als sich ihre Hand um den Lauf schließt. Mit einer ruckartigen Bewegung entreißt Sophie ihr die Waffe und versetzt ihr gleichzeitig einen so harten Schlag gegen den Brustkorb, dass ihr der Atem wegbleibt. Sie schnappt nach Luft.

»Versuch das nicht noch mal«, zischt Sophie.

Sie drückt Jana die Pistole auf die Stirn. Ihr Finger krümmt sich um den Abzug. Das Geräusch, als sie die Waffe entsichert, geht Jana durch und durch. Sie ist wie gelähmt vor Entsetzen. Nur das Keuchen ihres eigenen Atems dringt an ihr Ohr. Sie rechnet jede Sekunde damit, dass Sophie abdrückt. Nach endlos langen Minuten nimmt sie die

Pistole wieder von ihrer Stirn, hält sie aber weiter auf Janas Gesicht gerichtet.

Jana starrt in den Lauf, atmet zitternd ein und aus. »Was soll ich tun?«, flüstert sie. »Was verlangst du von mir?«

»Endlich stellst du die richtige Frage«, sagt Sophie. »Es gibt nur einen Weg, deine Kinder zu retten. Beweise mir, dass du zu wahrer Mutterliebe fähig bist.«

Jana senkt wie beschämt den Blick auf ihre Hände. »Sophie, wie soll ich dir das denn beweisen?«, sagt sie schließlich. »Ich weiß, dass mein Verhalten damals hochgradig egoistisch und verantwortungslos war. Ich habe mich geändert, ich bin ein ganz anderer Mensch geworden. Ich bereue zutiefst, dass ich euch im Stich gelassen habe. Bitte, das musst du mir glauben.« Ihre Stimme klingt mit jedem Wort verzweifelter. Der letzte Satz ist ein einziges Flehen.

»Ich glaube dir ja«, sagt Sophie. Mitleid schwingt in ihrer Stimme mit, macht sie ganz weich.

»Ja?« Erstaunt schaut Jana auf. Ein Blick in die Augen ihrer Tochter, die sie kalt und unbarmherzig mustern und in vollkommenem Gegensatz zu ihrem sanften Tonfall stehen, macht jegliche Hoffnung auf einen versöhnlichen Ausgang mit einem Schlag zunichte.

»Das reicht mir nur leider nicht mehr«, sagt Sophie.

»Was soll ich tun? Ich mache alles, was du willst«, sagt Jana rasch. »Alles!«

»Richte dich selbst. Dann schenke ich deinen Kindern das Leben.« Sie hält sich den Lauf der Waffe an die Schläfe. »Es ist ganz einfach«, sagt sie. »Peng, und tot bist du.«

Jana starrt sie fassungslos an. »Das kann nicht dein Ernst sein.«

»Ich habe nie in meinem Leben etwas ernster gemeint«, sagt Sophie. »Entscheide dich: dein Leben gegen das deiner Kinder.«

»Sophie, du bist krank. Du brauchst dringend Hilfe.« Jana weiß, dass sie sich wiederholt. Aber im Moment fällt ihr keine andere Erwiderung ein. Es gelingt ihr kaum, das Zittern in ihrer Stimme zu unterdrücken. »Bitte, gib mir die Waffe.« Sie streckt ihr die geöffnete Hand entgegen. »Ich verspreche dir, ich gehe nicht zur Polizei. Du musst –«

»Hör auf mit dem Gelaber«, fährt Sophie sie an. »Das glaubst du doch selbst nicht. Entscheide dich endlich. Du oder deine Kinder.«

Mit Janas Selbstbeherrschung ist es endgültig vorbei. »Sophie, bitte«, schreit sie. »Hör auf damit. Ich bin deine Mutter.«

Sophie reißt die Augen auf und betrachtet sie so perplex, als hätte sie ein exotisches Wesen aus einer anderen Welt vor sich. »Das fällt dir reichlich spät ein.«

Jana will etwas erwidern, Sophie lässt sie nicht zu Wort kommen.

»Weißt du, ich habe unserem Treffen regelrecht entgegengefiebert. Unzählige Male habe ich mir vorgestellt, wie es sein wird, meiner Mutter von Angesicht zu Angesicht gegenüberzustehen. Ich habe nicht mit einem Sturm der Gefühle gerechnet, ich dachte allerdings schon, dass ich etwas anderes als Hass für dich empfinden würde. Immerhin hast du mir das Leben geschenkt.« Sie lacht, kurz und freudlos. »Auch wenn ich auf dieses Geschenk im Nachhinein gerne verzichtet hätte. Nach Vaters und Sebastians Tod war mein Leben eine einzige Hölle.«

»Sie war es, die dir das Leben zur Hölle gemacht hat. Nicht ich«, flüstert Jana. »Aber glaub mir, wenn ich könnte, würde ich alles rückgängig machen«, fügt sie schnell hinzu, als sie sieht, wie Sophies Augen sich zu schmalen Schlitzen verengen.

»Komm mir nicht wieder mit dieser Mitleidsnummer. Die zieht bei mir nicht«, sagt Sophie mit kalter Stimme. »Es nützt dir auch nichts, dich rauszureden und anderen die Schuld in die Schuhe zu schieben. Denn all das wäre nicht geschehen, wenn du dich damals nicht klammheimlich verpisst und uns unserem Schicksal überlassen hättest. Also, was ist? Ich will eine Entscheidung von dir.«

»Ich kann das nicht«, sagt Jana. Die Stimme bricht ihr weg. Plötzlich hat sie einen dicken Kloß im Hals. Sie räuspert sich. »Ich kann mich nicht erschießen. Das ... das schaffe ich nicht.«

»Dann werden deine Kinder in ihrem Gefängnis elend verrecken.«

»Du kannst mich nicht ewig hier festhalten. Irgendwann wirst du –«

»Aber lange genug«, fällt ihr Sophie ins Wort. »Wie lange dauert es, bis ein Mensch verdurstet? Drei Tage. Oder vier? Bei Kindern geht es, glaube ich, sogar etwas schneller.«

Janas Herzschlag beschleunigt sich, in ihren Ohren rauscht das Blut. *Du musst etwas tun. Du musst etwas tun*, hämmert es unablässig in ihrem Kopf.

»Obwohl im Moment«, Sophie grinst sie an, »ausreichend zu trinken ihr geringstes Problem sein dürfte.«

Jana versucht mit aller Macht die Panik wegzudrücken, die von ihr Besitz zu ergreifen droht. Ihr gesamtes Inneres scheint vor Angst zu beben. Es dauert einige Sekunden, bis sie sich so weit gefangen hat, dass sie sich in der Lage sieht, Sophie zu antworten.

»Ich muss wissen, dass es meinen Kindern gut geht«, sagt sie und ist selbst erstaunt, wie fest ihre Stimme klingt. »Bevor ich das nicht sicher weiß, werde ich nichts von dem, was du von mir verlangst, tun.«

»Das kannst du haben«, sagt Sophie seelenruhig.

Sie greift in die Seitentasche ihrer schwarzen Cargohose und holt ein Handy heraus. Sie schaltet es ein, tippt auf die Tasten und betrachtet das Display mit konzentrierter Aufmerksamkeit.

»Oh«, sagt sie schließlich. »Sie haben sie gerade entdeckt. Was für ein Zufall.« Es klingt fast ein bisschen amüsiert.

Sie dreht das Handy in ihrer Hand so, dass Jana einen Blick auf das Display werfen kann.

45

»Kim? Schau mal.«
Sie lässt die Hand mit dem Messer sinken, bewegt die schmerzenden Schultern. Max deutet mit dem Zeigefinger in die obere Ecke. Sie kneift die Augen zusammen, sieht genauer hin. Ein länglicher schwarzer Kasten hängt da, der ihr vorher nicht aufgefallen ist. In der Mitte leuchtet ein roter Punkt. Ist das eine Kamera?

»Das ist eine Kamera«, bestätigt Max im gleichen Moment ihre Vermutung. »Wir werden beobachtet.«

»Glaubst du, sie beobachtet uns?«

»Wer sonst?«

»Ob sie hören kann, was wir sagen?«

»Keine Ahnung«, sagt er. »Vielleicht.«

»Aber dann bekommt sie auch mit, was wir hier machen.« Sie senkt ihre Stimme zu einem Wispern.

Er kratzt sich am Kopf. »Vielleicht schaut sie nur manchmal nach, ob wir noch da sind.« Auch er flüstert jetzt. »Wenn wir die Kamera kaputt machen, kommt sie sicher sofort her und –« Er bricht ab, zuckt mit den Schultern. »Wir hören ja, wenn sich die Klappe öffnet. Ich stelle mich neben die Treppe und ramme ihr das Messer in den Rücken.«

Dem unsicheren Klang seiner Stimme ist anzuhören, dass er seinen Worten selbst keinen rechten Glauben schenkt.

»Lass uns einfach weitermachen«, sagt sie. »Schau, der Stab ist hier schon fast durch.«

Sie zeigt auf die Stelle, an der tatsächlich bereits eine deutlich sichtbare Einkerbung im Metall der Stange zu sehen ist. Allerdings ist der Wasserspiegel mittlerweile deutlich gestiegen. Die trübe Brühe schwappt ihr bereits gegen die Kniekehlen. Max steht bis zu den Oberschenkeln im Wasser.

»Bei mir auch«, sagt er. Er geht in die Hocke, schnellt sofort wieder hoch. »Mist, jetzt ist mein Po ganz nass geworden.«

»Wir müssen uns beeilen, bevor das Wasser weiter steigt«, sagt sie und reckt die Hände. Sie setzt das Messer an und sägt weiter. Max beugt den Rücken und tut es ihr gleich. Schweigend bearbeiten sie den Metallstab. Kims Blick huscht immer wieder zu der Kamera. Aber der rote Punkt ist erloschen.

46

Jana starrt auf das Display. Das ist Kim. Eingesperrt in einen Käfig. Davor steht Max. Beide haben den Kopf in den Nacken gelegt und scheinen etwas zu betrachten, was sich über ihnen befindet. Für einen Moment kommt es ihr so vor, als würden sie ihr direkt in die Augen schauen. Sie glaubt sogar, einen flehenden Ausdruck auf ihren Gesichtern erkennen zu können. In ihrem Kopf formen sich die passenden Worte dazu: *Mama, bitte hilf uns.* Sie zieht scharf die Luft ein, legt eine Hand auf ihren Brustkorb. Was ist das? Ist das Wasser? Ja, der ganze Raum steht unter Wasser. Max reicht es schon bis zu den Oberschenkeln. Irgendwelche Gegenstände schwimmen in dem Wasser herum. Ihr Herz beginnt zu rasen. Unvermittelt zieht Sophie das Handy weg. In einem Reflex will Jana danach greifen.

»Nicht doch!« Sophie haut ihr spielerisch auf die Finger, als hätte sie ein unartiges Kind vor sich. Sie schaltet das Gerät aus und lässt es in ihrer Hosentasche verschwinden.

»Zufrieden?«

»Wo sind sie?«, keucht Jana. »Sag mir, wo meine Kinder sind.«

»Gerne«, sagt Sophie in einem liebenswürdigen Ton, der sofort Janas Misstrauen erregt. »Aber du wirst damit nichts anfangen können.«

Jana ist kurz davor, aufzuspringen und sich auf sie zu

stürzen, um ihr die Antwort aus dem Leib zu schütteln. Nur die Pistole, die wieder auf sie gerichtet ist, hält sie davon ab.

»Ich habe sie an den Ort gebracht, wo Sebastian und Vater gestorben sind.«

»Wo ist das? Bitte, sag es mir.«

Sophie schüttelt in falschem Bedauern den Kopf. »Das ist nicht die richtige Frage.«

»Sophie, bitte. Lass uns den Wahnsinn beenden. Sie werden ertrinken, wenn sie nicht rechtzeitig gefunden werden.« Nur mit Mühe gelingt es Jana, die aufsteigenden Tränen zurückzuhalten. »Willst du das?«

»Es liegt in deiner Hand«, sagt Sophie.

»Die beiden haben dir nichts getan. Das ist eine Sache zwischen dir und mir«, beschwört Jana sie. »Bitte, lass die beiden frei. Dann können wir in Ruhe über alles miteinander reden.«

»Du willst es einfach nicht kapieren.«

»Bitte«, sagt Jana eindringlich. Sie kann nicht verhindern, dass ihre Augen sich mit Tränen füllen. »Es sind Kinder! Sie haben dir nichts getan.«

»Halt die Klappe«, schreit Sophie. »Darum geht es nicht. Wieso will das nicht in dein Hirn rein? Du sollst bezahlen für das, was du uns angetan hast.«

»Das war nicht ich! Das war dein Vater und seine Mutter! Deine Großmutter.« Die Verzweiflung lässt auch Jana schreien. »Sie haben dir das Leben zur Hölle gemacht. Sie! Nicht ich. Warum willst du das nicht begreifen?«

Sie springt auf.

Sophie richtet die Waffe auf sie.

»Glaub mir, ich habe kein Problem damit, abzudrücken und deine Kinder in dem Bunker verrecken zu lassen.«

Jana sinkt auf ihren Platz zurück.

»Weißt du, wie lange ich darauf gewartet habe, dass du endlich kommst, mich von hier wegbringst?« Sie beugt sich vor und schaut Jana direkt in die Augen. »Weißt du, wie das ist? Wenn ein Tag nach dem anderen vergeht, und du wartest und wartest und nichts passiert. Weißt du, wie es sich anfühlt, wenn die Scheißhoffnung einfach nicht weggehen will? Immer wieder von Neuem aufflackert? Kannst du dir vorstellen, wie weh das tut?«

Jana öffnet den Mund, will etwas sagen, etwas Beschwichtigendes, Tröstendes. Aber ihr Kopf ist wie leer gefegt.

»Es gab bis zu ihrem Ableben keinen einzigen Tag, an dem sie den Tod ihres Sohnes nicht tränenreich bejammert hat. Keinen Tag, an dem sie dich nicht verflucht, dir die Pest an den Hals gewünscht hat. Keinen Tag, an dem sie mich nicht mit ihrem Hass auf dich überschüttete und alle anderen Gefühle in mir erstickte. Es hat sie nie interessiert, dass mein Verlust schwerer wog als ihrer. Ich hatte meinen geliebten Bruder und meinen Vater verloren. Für sie zählte das nicht. Um Sebastian hat sie nicht eine Träne vergossen. Warum auch? Wir waren ja deine Brut. Die Kinder der verkommenen Hure. Keinen Deut besser als die Mutter.«

»Ich kann nur noch mal beteuern, wie schrecklich leid mir das alles tut«, wispert Jana. »Glaub mir, ich hätte dich geholt, wenn ich gewusst hätte, dass du lebst.«

»Wir wissen beide, dass das nicht stimmt. Also hör damit auf, mir irgendwelche Lügen zu erzählen«, sagt Sophie kalt. »Es hat lange, sehr, sehr lange gedauert, bis ich endlich kapiert habe, dass sie recht hatte und du mich nicht zu dir nehmen würdest. Ich weiß nicht mehr genau, wann ich angefangen habe, dich dafür zu hassen. Irgendwann habe ich ihn in mir gespürt. Diesen Hass. Anfangs war er nur wie eine kleine Flamme, ich habe sogar versucht, sie zu ersticken. Ich wollte dich nicht hassen. Aber die Flamme wurde immer größer und mächtiger, bis sie jedes andere Gefühl in mir verbrannt hat und ich nichts mehr hatte, was ich dem hätte entgegensetzen können. Denn da war ja nichts.« Sophie lehnt sich zurück, schließt kurz die Augen, als hätte die lange Rede sie erschöpft.

Durch das Fenster fällt kaum noch Licht in die Küche. Dunkle Schatten haben sich in die Ecken gelegt. Jana hat nicht mitbekommen, dass es schon so spät ist. Hat sie die ganze Zeit gehofft, dass Sophie geblufft hat, so wird ihr jetzt immer klarer, dass Hannes wirklich tot sein muss. Sonst wäre er längst hier. Er hätte sie nie im Stich gelassen. Trotz des Streits, den sie hatten, wäre er ihrer Bitte gefolgt. Die Angst umschließt ihr Herz wie eine kalte Faust. Sie versucht sich gegen das Gefühl der Trauer zu verschließen, das sie zu überwältigen droht. Sie darf sich dem jetzt nicht hingeben. Sie muss stark bleiben, einen kühlen Kopf bewahren. Ihren Kindern zuliebe.

»Sophie, du kommst aus dieser Sache nicht mehr mit heiler Haut heraus. Das muss dir doch klar sein. Die Polizei fahndet bereits nach dir wegen dem Mord an Henry. Wenn du jetzt auch noch –«

»Du sagst es«, schneidet ihr Sophie das Wort ab. »Es kann mir egal sein, ob ich für einen oder mehrere Morde verurteilt werde. Heimtücke wird immer mit lebenslänglich bestraft. Und der Mord an Henry war heimtückisch.«

»Ich könnte für dich aussagen«, wirft Jana schnell ein. »Ich könnte –«

»Könnte, könnte, könnte«, äfft Sophie ihren eifrigen Tonfall nach. »Gekonnt hättest du vieles, nur getan hast du es nie. Sei wenigstens ein Mal im Leben ehrlich. Mir ist nicht mehr zu helfen.« Den letzten Satz betont sie mit Nachdruck. »Ich bin –«, sie zögert, als müsse sie nach dem richtigen Wort suchen. »Ich bin verloren«, sagt sie schließlich. Mit einem Mal klingt sie wie ein kleines Mädchen.

Jana senkt beschämt die Augen. Sophie hat recht. Ihr kann niemand mehr helfen. Aber diese Tatsache ihr gegenüber zuzugeben würde die Situation mit Sicherheit nicht entspannen. Jana zermartert sich das Hirn nach einer möglichst unverfänglichen Antwort, ihr will keine einfallen. Es gibt einfach keine. Und mit leeren Phrasen braucht sie Sophie nicht zu kommen.

»Ich warte noch immer auf deine Entscheidung«, sagt Sophie nach einer Weile des Schweigens.

Ihre Stimme klingt müde, stellt Jana fest. In ihrem Gesicht zeichnet sich die Erschöpfung mittlerweile deutlich ab. Sie sieht verhärmt aus, krank. Auch die Schatten unter ihren Augen scheinen dunkler geworden zu sein. Die Auseinandersetzung hat sie stärker mitgenommen, als Jana vermutet hat.

»Bist du bereit, dein Leben für das deiner Kinder zu geben?«

»Wer garantiert mir, dass du sie nach meinem Tod freilässt?«, flüstert Jana. Sie hebt den Kopf und sieht ihr Gegenüber eindringlich an.

»Gute Frage.« Sophie schnalzt anerkennend mit der Zunge. »Mein Wort würde dir nicht genügen?«

Jana schüttelt stumm den Kopf.

»Ich hatte mir so etwas in der Art fast gedacht«, sagt Sophie. »Aber auch für diesen Fall habe ich Vorsorge getroffen«, sie macht eine Pause und fügt dann leise ein »Mama« hinzu. Ihr Tonfall ist weich, fast zärtlich.

Jana kriecht eine Gänsehaut über den Körper.

47

»Wie meinst du das?«, fragt Jana erschrocken.
»Ich habe mir gedacht, dass du nicht bereit sein wirst, dein Leben für das deiner Kinder zu geben«, sagt Sophie. »Ich hatte nur gehofft, dass ich mich täusche. Ich hatte es so sehr gehofft.«

Jana schüttelt in stummer Fassungslosigkeit den Kopf. Mit Vernunft wird sie ihr nicht beikommen können. Sie muss die Waffe in die Hände kriegen. Das ist ihre einzige Chance. Doch als hätte Sophie ihren Gedanken gelesen, umfasst sie den Griff der Pistole mit beiden Händen und richtet sie wieder auf sie.

»Es gibt natürlich einen Plan B.« Sie senkt die Stimme zu einem verschwörerischen Flüstern, als würde sie Jana ein Geheimnis verraten. »Ich fürchte nur, auch der wird dir nicht gefallen«, sagt sie.

»Ein Plan B? Wie sieht der aus?« Jana richtet sich kerzengerade auf. Jeder Muskel ihres Körpers ist angespannt. Sie fürchtet das Schlimmste.

»Du hattest deine Chance. Leider hast du sie vertan.«

Jana atmet zitternd ein und aus. Was kommt nun? Was hat sie vor? Wird sie sie jetzt doch erschießen?

»Ich schenke dir das Leben«, sagt Sophie.

Jana ist so verdutzt, dass es ihr die Sprache verschlägt. Mit allem hätte sie gerechnet, nur nicht damit.

»Und ich –« Sophie lächelt versonnen vor sich hin. »Ich

werde in deiner Erinnerung weiterleben. Ich werde mich einbrennen in dein Gedächtnis und dich nie wieder loslassen. Es wird kein einziger Tag vergehen, an dem du nicht an mich denkst.« Jetzt schaut sie Jana direkt an.

Ihre Augen sind riesig, wie ein dunkler Abgrund. Für einen Moment überkommt Jana das irrationale Gefühl, in dieses Schwarz regelrecht hineingesaugt zu werden. Sie hält es nicht aus, senkt rasch den Blick. Sophie schnaubt ein spöttisches Lachen.

»Auch wenn ich all die Jahre keine Rolle in deinem Leben gespielt habe, in Zukunft wirst du mich nie wieder vergessen.«

»Sophie, was hast du vor?« Jana schaut hoch. »Bitte, sag es mir.«

»Das Wasser dürfte jetzt schon ziemlich hoch stehen«, sagt sie, Janas eindringliche Bitte ignorierend. »Deine Kinder, fürchte ich, werden nicht überleben. Du wirst sie nicht rechtzeitig finden können.«

»Okay«, sagt Jana schnell. »Ich tue es. Gib mir die Waffe.« Sie streckt Sophie ihre geöffnete Hand entgegen.

Sophie legt den Kopf schief. Über ihr Gesicht huscht ein Ausdruck des Erstaunens.

Jana spürt, wie ihr die Röte in die Wangen steigt. Sophie verzieht höhnisch den Mund.

Ohne dass sie es ausspricht, weiß Jana, was sie denkt: *Du wirst dich nicht erschießen. Du wirst die Waffe gegen mich richten und aus mir herauspressen wollen, wo deine Kinder sind. Aber den Gefallen, dass du dich als Heldin aufspielen kannst, tue ich dir nicht.*

»Zu spät«, sagt Sophie. In ihrer Stimme schwingt falsches Bedauern mit.

»Bitte, Sophie«, fleht Jana. »Sag mir, wo die beiden sind. Du darfst sie nicht für etwas bestrafen, das du mir vorwirfst –«

»Leb wohl, Mama«, sagt Sophie leise mitten in ihre letzten Worte hinein. Es klingt fast wehmütig. Jana hält unwillkürlich die Luft an.

In einer fließenden Bewegung richtet Sophie die Waffe gegen sich. Ohne Jana aus den Augen zu lassen, schiebt sie sich den Lauf in den halb geöffneten Mund und umschließt ihn mit den Lippen. Es wirkt fast obszön, wie sie das tut.

»Nein!«, schreit Jana.

Sie springt hoch, wirft sich quer über den Tisch, schnappt mit beiden Händen nach der Waffe. Doch sie greift ins Leere.

Der Knall des Schusses zerreißt die Stille wie ein Donnerschlag. Das Glas der Küchenvitrine zersplittert in abertausend Stücke. Blut schießt aus Sophies gesprengtem Hinterkopf, verteilt sich wie explodierender roter Nebel über ihrem Körper.

Unwillkürlich duckt sich Jana und weicht zurück. Der Schuss hallt in ihren Ohren nach, wird zu einem gewaltigen Rauschen. Ihr Herz rast, überschlägt sich fast. Sie will nicht hinschauen, tut es doch. Sophie ist auf dem Stuhl in sich zusammengesunken. Ein Arm ruht auf ihrem Schoß, der andere baumelt neben dem Stuhl. Die Waffe entgleitet ihrer Hand und schlägt tonlos, wie in Zeitlupe, auf dem Boden auf. Ihr Kopf ist auf den Brustkorb gesackt, die Augen sind halb geschlossen. Man könnte meinen, sie schläft, wenn sie nicht über und über mit Blut besudelt wäre.

»Sophie«, flüstert Jana in die erdrückende Stille, die sich nach dem Schuss in dem Raum ausgebreitet hat.

Erst jetzt nimmt sie den Druck auf ihrem Trommelfell wahr, den beißenden Schmerz in den Ohren. Unvermittelt überfällt sie ein Zittern, gleichzeitig fühlt sie eine Eiseskälte in jede Faser ihres Körpers kriechen. Sie beißt die Zähne so fest zusammen, dass ihr Kiefer zu schmerzen beginnt. Der Blutgeruch, der in der Luft hängt und immer intensiver wird, vermischt sich mit Gestank nach Kordit. Ihr Magen rebelliert, sie würgt, kann nur mit Mühe den Brechreiz unterdrücken. Sie sitzt wie erstarrt, unfähig, sich zu rühren.

Plötzlich geht ein Zucken durch Sophies Körper. Unwillkürlich stößt Jana einen Schrei aus. O Gott, sie lebt. Sie rutscht von der Eckbank, in zwei Schritten ist sie neben ihr. Sophie hängt jetzt wieder regungslos in dem Stuhl. Jana geht neben ihr in die Hocke, ihr Blick streift die Schusswunde, die im Hinterkopf klafft, schnell schaut sie weg, tastet mit zitternden Fingern am Handgelenk nach dem Puls. Findet ihn nicht. Sie richtet sich auf, legt zwei Finger an die Halsschlagader. Auch hier kann sie keinen Pulsschlag fühlen. Vielleicht war das gerade ein verzweifeltes Aufbäumen des Körpers. Ein letztes Zucken der erschlaffenden Muskeln, bevor jegliches Leben aus ihr gewichen ist. Denn Sophie ist tot. Daran gibt es nicht den geringsten Zweifel.

Jana verharrt neben der Toten. Doch die Sorge um Max und Kim drängt sich mit aller Macht in den Vordergrund ihres Denkens. Für einen Moment ist sie vollkommen konfus, weiß nicht, was sie als Nächstes tun soll. In ihrem Kopf türmen sich tausend Fragen auf. Sie presst die Hände gegen die Schläfen, schließt die Augen, versucht sich zu sammeln. Ein Bild erscheint vor ihrem inneren Auge. Max und Kim in einem dunklen Raum, der wie ein Keller aussieht. Das Handy. Wo ist Sophies Handy? Kurz zögert sie, dann beugt sie sich über die Tote, tastet die Taschen der Hose danach ab. Mit spitzen Fingern zieht sie es heraus und entfernt sich ein paar Schritte. Sie drückt die On-Taste, verfehlt sie fast, so sehr zittert sie. Das Display leuchtet auf und verlangt einen PIN-Code. Obwohl sie das befürchtet hat, könnte sie schreien vor Enttäuschung.

Vielleicht sind sie ja hier im Haus. Unten im Keller.

Sie wirft das Handy auf den Tisch, hastet in den Hausflur und reißt die Tür zur Kellertreppe auf. Ein Schwall kalter Luft drängt sich ihr entgegen, durchtränkt mit dem beißenden Geruch nach Schimmel und Fäulnis. Jana atmet flacher und tastet nach dem Lichtschalter. Eine Deckenlampe flammt auf, spuckt ihr trübes Licht über die ausgetreten Stufen. Sie bückt sich unter dem niedrigen Türrahmen hindurch und eilt hinunter. Nur am Rande nimmt sie die Teelichter wahr, die rechts und links die Stufen säumen. In einigen flackert es sogar noch.

Am Boden vor der Treppe entdeckt sie einen Rucksack. Sie erkennt ihn auf den ersten Blick. Er gehört Kim. Ihr Herz setzt einen Schlag aus.

»Kim«, ruft sie laut. »Kim? Max? Seid ihr hier?« Ihre Stimme bricht sich an den Wänden und hallt wie ein leises Echo in ihrem Kopf.

Die Stille hier unten ist erdrückend. Jana weiß es schon, bevor sie den gesamten Keller abgesucht und in jeder dunklen Ecke nachgeschaut hat. Die beiden sind nicht hier. Sie hastet zurück zur Treppe, denkt im letzten Moment daran, Kims Rucksack mitzunehmen, und hetzt die Stufen wieder hoch. Oben angekommen, kippt sie den Inhalt des Rucksacks auf den Boden. Sie geht in die Hocke und durchwühlt die Sachen hastig. Sie weiß selbst nicht genau, wonach sie sucht. Sie hofft, auf irgendeinen Hinweis zu stoßen, wo Kim und Max stecken könnten. Aber sie findet nichts. Auch Kims Handy ist nicht mehr da. Schwer atmend richtet sie sich wieder auf.

Sie muss die Polizei verständigen. Sofort! Die müssen herkommen und mit Suchhunden das ganze Dorf und die Umgebung absuchen. Die Kinder müssen hier irgendwo sein. Sie sieht sich um, entdeckt ihre Tasche auf dem Boden. Siedend heiß fällt ihr ein, dass ihr Handy erst vor Kurzem signalisiert hat, der Akku sei bald leer. Sie fischt es dennoch heraus, drückt die On-Taste. Das Display bleibt dunkel. Sie versucht es noch mal, mit dem gleichen Ergebnis.

»Verdammter Mist, verdammter!«, brüllt sie in ihrer Verzweiflung und kämpft mit den Tränen.

Das Telefon stand, wenn sie sich richtig erinnert, in einem der Zimmer. Sie stopft das Handy in die Tasche zurück und öffnet die nächstbeste Tür auf der rechten Seite des Flurs. Dahinter verbirgt sich ein grün gekacheltes Badezimmer mit einer völlig verdreckten Wanne. Es riecht durchdringend nach Kloake. Schnell zieht Jana die Tür zu und öffnet die nächste. Auch aus diesem Raum wabert ihr ein unangenehm muffiger Geruch entgegen. Ihre Augen irren suchend umher. An der Wand steht ein nacktes Bett ohne Matratze. Direkt davor auf einer Kommode aus Pressspan thront ein alter Röhrenfernseher. Eine dicke Staubschicht liegt auf dem Gehäuse. Der Kleiderschrank mit dem ovalen Spiegel in der Tür sieht aus, als wäre er aus dem vorvorigen Jahrhundert übrig geblieben. Sie erhascht einen Blick auf ihr Spiegelbild und erschrickt. Ihr aschfahles Gesicht ist mit Blutspritzern übersät. Fahrig wischt sie sich über die Wangen, während ihre Augen weiter durch das Zimmer wandern. Ein Telefon gibt es auch hier nicht. Sie macht kehrt, rennt ins nächste Zimmer. Ein zerschlissenes Sofa, ein Polstersessel aus dunkelbraunem Cord und eine Vitrine. Darauf thront tatsächlich ein klobiges Telefon. Tiefschwarz mit einer Wählscheibe in der Mitte. Jana stürzt darauf zu, nimmt den Hörer ab und wählt die Notrufnummer der Polizei. Sie presst den Hörer so fest an ihr Ohr, dass es schmerzt. Statt des erwarteten Freizeichens hört sie – nichts. Sie drückt die Gabel des Apparates mehrmals hintereinander herunter. Es hilft nichts. Die Leitung ist tot.

48

»Ich hab's geschafft«, jubelt Max und reckt die Hand mit dem Messer in die Höhe. Vor Freude hüpft er auf und ab. Wasser spritzt hoch, durchnässt sein Shirt.

»Ich hab's auch gleich.« Kim säbelt mit neu erwachtem Eifer an dem Gitterstab.

»Lass mich mal«, sagt Max. »Mein Messer ist schärfer als deins.«

Dankbar lässt Kim die Hand mit dem Messer sinken. Die Arme und der Nacken tun ihr weh. Und kalt ist ihr auch. Sie spürt ihre Füße nicht mehr. Der steigende Wasserspiegel macht ihr schreckliche Angst. Es reicht ihr mittlerweile schon bis weit über die Knie. Sie müssen es hier rausschaffen, sonst – Sie verdrängt den Gedanken, wirft einen Blick nach oben zur Kamera. Kein roter Punkt. Sie weiß selbst nicht, wieso, aber sie wertet das als ein schlechtes Zeichen. Als hätte die Frau jedes Interesse an ihnen verloren. Oder sie einfach vergessen. Sie behält ihre Befürchtungen jedoch für sich. Sie will ihrem kleinen Bruder nicht unnötig Angst machen.

Max hat sich den Stuhl geholt und ist draufgestiegen. Jetzt bearbeitet er, die Zungenspitze zwischen die Lippen geklemmt, mit Feuereifer das obere Ende der Metallstange. »Nun mach schon«, murmelt er vor sich hin. »Brich endlich.«

Keine Sekunde später hält er die Stange in der Hand. »Hurra!«, ruft er und strahlt sie an.

»Klasse«, sagt sie und klatscht in die Hände. Schnell quetscht sie sich durch die Lücke zwischen den beiden Gitterstäben.

»Dicker dürftest du aber nicht sein«, sagt er und grinst.

»Blödmann.« Sie boxt ihm auf den Oberarm. Dann umarmt sie ihn in einer spontanen Regung und gibt ihm einen Kuss.

»Dass Frauen immerzu küssen müssen.« Verlegen befreit er sich aus ihrer Umarmung.

Kim lächelt ihn an. »Los, komm schon«, sagt sie. »Machen wir, dass wir hier rauskommen.«

Seite an Seite waten sie durch das kalte Wasser. Kim wirft einen letzten Blick auf die Kamera. Sie ist immer noch ausgeschaltet. Jetzt ist sie froh darüber. Wenn ihre Flucht nicht gleich bemerkt wird, verschafft ihnen das einen Vorsprung. Sie ballt die Hände zu Fäusten, bittet in einer Art stummem Gebet, dass es ihnen gelingen möge zu entkommen.

»Lass mich vorgehen«, sagt sie und setzt einen Fuß auf die erste Stufe, die wie die fünf weiteren bereits komplett unter Wasser steht.

Als sie die Bodenklappe in greifbarer Nähe sieht, bleibt sie stehen, drückt sich mit dem Rücken gegen das Mauerwerk, damit Max neben sie treten kann. Eng aneinandergepresst schauen sie hoch. Max reckt die Arme nach oben. Er kommt nur mit den Fingerspitzen an die Bodenklappe ran.

»Ich muss eine Stufe höher«, sagt er. »Ich bin kleiner als du.«

»Okay.«

»Auf drei«, bestimmt er.

»Auf drei«, bestätigt sie.

Sie stemmen die Handflächen gegen die Klappe, holen beide tief Luft. Max beginnt zu zählen.

»Eins, zwei. Und«, er macht eine winzige Pause, »drei.«

Kim drückt, so fest sie kann. Max neben ihr schnauft vor Anstrengung. Die Klappe öffnet sich einen Spaltbreit. Kim drückt fester. Vorsichtig setzt sie den Fuß eine Stufe höher. Max tut es ihr gleich. Der Spalt wird breiter.

»Wenn du sie allein halten kannst, quetsche ich mich durch den Spalt und öffne die Klappe von außen«, sagt er.

»Okay«, stimmt sie nach kurzem Zögern zu. »Aber mach schnell. Lange kann ich sie alleine nicht halten.«

Vorsichtig nimmt er eine Hand weg. »Geht es?«

Sie nickt mit zusammengebissenen Zähnen.

Er nimmt die andere Hand weg. »Jetzt.«

Sie beugt den Nacken und drückt mit aller Kraft gegen die Klappe.

Vorsichtig schiebt sich Max Zentimeter um Zentimeter durch den Spalt. Die Kante kratzt über den Stoff seiner Kleidung. Kim riskiert einen schnellen Blick. Mit dem Oberkörper ist er bereits draußen.

»Ich stecke fest«, krächzt er plötzlich.

»Warte«, keucht sie.

Sie holt tief Luft, versucht ihre letzten Kräfte zu mobilisieren, obwohl jeder Muskel in ihren Armen schreit vor Schmerz. Dann drückt sie mit aller Kraft gegen die Klappe. Spürt in den Handflächen, wie sie sich ein winziges Stück öffnet.

»Jetzt«, keucht sie.

Sie hört Max vor Anstrengung stöhnen. Er stößt einen Schmerzlaut aus. Es kommt ihr wie eine Ewigkeit vor, bis er ihr endlich von oben zuruft: »Geschafft. Ich bin draußen.«

Sofort lässt sie die Arme sinken. Über ihr fällt die Klappe mit einem lauten Knall zu. Sie reibt sich die schmerzenden Gelenke. Das war höchste Eisenbahn. Keine Sekunde länger hätte sie es geschafft, die Klappe offen zu halten. Erwartungsvoll richtet sie ihren Blick nach oben. Wartet darauf, dass die Klappe sich öffnet und Max' freudestrahlendes Gesicht in der Öffnung erscheint. Aber nichts tut sich.

Sie lauscht. Stille. Kein Geräusch dringt von oben an ihr Ohr.

»Max«, ruft sie. »Was ist? Warum lässt du mich nicht raus?«

Sie bekommt keine Antwort. Ein mulmiges Gefühl breitet sich in ihrem Magen aus.

»Max!« Jetzt schreit sie den Namen ihres Bruders.

49

Mit einem erstickten Laut wirft Jana den Hörer auf die Gabel zurück. In ihrem Kopf herrscht Chaos. Sie presst beide Hände gegen die pochenden Schläfen, schließt die Augen und atmet mehrere Male tief durch. Dann rennt sie in die Diele zurück, schnappt sich ihre Tasche vom Boden und läuft aus dem Haus.

Draußen ist es mittlerweile dunkel geworden. Eine Straßenlaterne direkt gegenüber verteilt fahles Licht auf dem Gehweg. Eine andere, ein paar Meter weiter, flackert unruhig und erlischt dann ganz plötzlich. Aus dem grau verhangenen Himmel fällt ein feiner Nieselregen, überzieht das Kopfsteinpflaster mit einer glänzenden Schicht aus Feuchtigkeit. Sie bleibt mitten auf der Straße stehen, sieht sich suchend um. Keine Menschenseele weit und breit. Die umliegenden Häuser sehen aus wie finstere Gesellen, die jede ihre Bewegungen mit Argusaugen zu verfolgen scheinen.

Reiß dich zusammen! Dreh jetzt nicht durch.

Sie läuft die Straße entlang, hält Ausschau nach einem beleuchteten Haus. Irgendwer muss in diesem Kaff doch wohnen. Etwa zwanzig Meter vor ihr schwimmt ein kleines Lichtviereck in der Dunkelheit. Sie beschleunigt ihre Schritte, rennt auf das Haus mit dem erleuchteten Fenster zu. Sie zerrt an der Gartenpforte, entdeckt dann erst den Riegel. Mit fliegenden Fingern schiebt sie ihn zurück. Das Metall fühlt sich klamm und unangenehm klebrig an. Automatisch wischt sie sich die Finger an der Hose ab. Die wenigen Schritte zur Haustür legt sie im Galopp zurück. Sie drückt auf den Klingelknopf, hört den Dreiklang des Gongs drinnen anschlagen. Mit wild klopfendem Herzen legt sie sich zurecht, was sie sagen wird. *Kann ich bei Ihnen kurz telefonieren? Es ist etwas Furchtbares passiert. Ich muss die Polizei verständigen.* Das müsste genügen, hofft sie. Für ausschweifende Erklärungen hat sie einfach keine Zeit.

Im Hausinneren näheren sich schlurfende Schritte. Die Tür öffnet sich einen Spaltbreit. Sie registriert die Kette, die sich zwischen Türblatt und Rahmen spannt. Das zerknitterte Gesicht eines älteren Mannes, Argwohn im Blick, taucht in der kleinen Lücke dazwischen auf. Er mustert sie abschätzend, hebt dann in sichtlichem Befremden die Augenbrauen.

Ich sehe schlimm aus, voller Blut, schießt es ihr durch den Kopf. Er wird sich Gott weiß was denken. Hastig wischt sie sich übers Gesicht und die Kleidung.

»Wer sind Sie? Was wollen Sie?«, fragt der Mann in einem barschen Ton, bevor sie auch nur den Mund öffnen kann.

»Bitte ... könnte ich vielleicht ... ich müsste dringend –«, stottert sie.

Bevor sie es schafft, einen zusammenhängenden Satz zustande zu bringen, schüttelt der Mann den Kopf und murmelt etwas Unverständliches. Es klingt abweisend.

»Ich müsste nur schnell mal telefonieren«, bringt sie endlich raus.

Aber da hat sich die Tür bereits wieder geschlossen. Einen Moment starrt Jana sie vollkommen perplex an.

Dann drückt sie kurzerhand ein weiteres Mal auf den Klingelknopf.

»Hauen Sie ab«, tönt von innen die Stimme des Mannes gedämpft nach draußen.

»Ich möchte nur kurz bei Ihnen telefonieren«, ruft sie mit einem flehenden Unterton in der Stimme. »Sie können mir das Telefon auch rausbringen. Bitte, es geht um Leben und Tod.«

Es folgt ein Augenblick des Schweigens, in dem sie verzweifelt hofft, dass der Mann die Dringlichkeit ihrer Bitte verstanden hat und sich die Tür wieder öffnet.

»Wir haben kein Telefon«, sagt er schließlich.

Sie hört, wie sich im Haus eine Tür mit viel Nachdruck schließt. Der Mann hat gelogen, da ist sie sich sicher. Heutzutage besitzt doch jeder Haushalt einen Telefonanschluss. Sie schwankt zwischen Wut und Verzweiflung. In einem spontanen Impuls hebt sie die Hände, um gegen die Tür zu hämmern und lauthals Einlass zu fordern, lässt sie dann wieder sinken. Vertane Zeit. Hier wird sie keiner reinlassen. Sie macht kehrt und läuft zurück auf die Straße. Verharrt dort unschlüssig.

Die meisten Häuser, auch die, deren Fenster nicht zugenagelt sind, sehen tatsächlich so heruntergekommen aus, als stünden sie schon lange Jahre leer. Nirgendwo in ihrer Sichtweite brennt ein weiteres Licht. Schon damals, als sie hier gewohnt hat, lebten fast ausschließlich ältere Menschen in dem Dorf. Die jungen Familien zog es mehr und mehr in die größeren Städte. Und nach dem Mauerfall sind wahrscheinlich nur die ganz Alten, die nicht mehr auf den Arbeitsmarkt drängten, in dem Ort hängen geblieben. Es macht wenig Sinn, weitere Häuser abzuklappern. Sie verliert nur kostbare Zeit. Sie rennt zu ihrem Auto zurück. Der nächste größere Ort ist nur wenige Kilometer entfernt, dort müsste es eine Polizeidienststelle geben. Oder jemanden, der sie telefonieren lässt. Jana reißt die Autotür auf, lässt sich schwer atmend auf den Fahrersitz fallen. Sie steckt den Zündschlüssel ins Schloss.

»Bitte lass mich jetzt nicht im Stich«, bittet sie, tätschelt kurz das Lenkrad und dreht den Schlüssel. Schon beim ersten Versuch springt das Auto an. Jana kommen die Tränen vor Erleichterung. Sie legt den Rückwärtsgang ein, wendet und fährt mit quietschenden Reifen los.

Sie kommt nicht weit. Kurz vor dem Hinweisschild auf den nächsten Ort beginnt der Motor zu husten und stirbt schließlich mit einem lauten Röcheln.

50

Kim legt den Kopf in den Nacken, starrt verzweifelt nach oben, als könne sie die Bodenklappe durch reine Willenskraft dazu zwingen, sich zu öffnen. Sie glaubt Geräusche zu hören, ist sich aber nicht sicher, ob die nicht ihrer Einbildung entspringen. Panik steigt in ihr hoch. Vielleicht hat die Frau oben bereits gewartet, und Max ist in ihrer Gewalt? Ein Schluchzen kriecht in ihr hoch. Es war alles umsonst. Sie wird hier ertrinken. Sie lehnt sich gegen die Mauer, lässt den Kopf sinken und ist kurz davor, in Tränen auszubrechen.

Da klackt es plötzlich über ihr. Sie sieht hoch. Die Klappe öffnet sich. Das Gesicht von Max schiebt sich in ihr Blickfeld.

Vor Erleichterung kommen ihr die Tränen. Schnell wischt sie sie weg. »Wieso hat das denn so lange gedauert?«, ruft sie ihm barscher zu als beabsichtigt.

»Es war stockdunkel hier. Ich musste erst den Lichtschalter suchen.«

Sie klettert rasch die restlichen Stufen hoch und tritt neben ihn. Schweigend sehen sie sich in dem kleinen Raum um. Max stemmt sich mit der Schulter gegen die Wände. Schließlich spricht er aus, was auch Kim sich fragt, ohne die Antwort zu wissen.

»Wo geht es hier denn raus?«

Sie lässt ihren Blick ein weiteres Mal über die gemauerten Wände wandern.

»Die Mauer, die aufschwingt, muss die hier sein«, sagt sie und weist mit der Hand in die Richtung. »Ich bin mir sicher, dass wir von rechts reingekommen sind.«

»Ich weiß es nicht mehr«, gibt Max zerknirscht zu.

»Es muss irgendwo einen Mechanismus geben, mit dem man diese Mauer hier öffnen kann.« Sie tritt näher an die Wand heran und beginnt, sie mit beiden Händen abzutasten.

»Vielleicht gibt es auf dem Boden so eine Art Hebel«, sagt Max. Er geht durch den Raum, sucht mit den Augen jede Ecke ab. Hin und wieder bückt er sich, um eine Unebenheit im Boden mit den Fingern zu befühlen.

»Vielleicht kann man den Raum nur von außen öffnen.« Max richtet sich auf.

Der Ausdruck auf seinem Gesicht ist so kläglich, dass sie auf ihn zugeht und ihn in die Arme nimmt. Dieses Mal lässt er es geschehen, ohne sich gegen die Umarmung zu wehren.

»Wir kommen hier heil wieder raus«, verspricht sie ihm mit flüsternder Stimme. »Ganz bestimmt.«

Max bricht in Tränen aus. Sie streicht ihm übers Haar, gibt beruhigende Laute von sich. Am liebsten würde sie mitheulen.

Ein lauter Knall, der wie ein Schuss klingt, lässt sie erschreckt auseinanderfahren.

51

Zum wiederholten Mal dreht Jana den Schlüssel im Zündschloss. Ihr ist nach heulen und schreien gleichzeitig zumute. Es ist bereits der achte – oder sogar schon der neunte? – Versuch, den Motor zum Laufen zu bringen. Sie hört nichts weiter als ein lautes Klicken, das ihr wie der pure Hohn in den Ohren klingt. Mit einem Fluch auf den Lippen zieht sie den Zündschlüssel ab. Sie darf nicht noch mehr Zeit mit dieser sinnlosen Aktion verschwenden. Sie muss so schnell wie möglich Hilfe holen. Sie angelt ihre Tasche vom Beifahrersitz, steigt aus dem Wagen und wirft die Tür hinter sich zu. Das laute Geräusch zerreißt die Stille.

Sie will schon loslaufen, da fällt ihr ein, dass sie ein Warndreieck aufstellen muss. Der Wagen steht mitten auf der Straße. Er wäre eine Gefahr für andere Autofahrer. Sie hängt sich die Tasche quer um die Schultern, holt das Warndreieck aus dem Kofferraum und platziert es einige Meter hinter ihrem Auto. Dann läuft sie los. Laut Hinweisschild ist es nur ein Kilometer bis zur nächsten Ortschaft. Wenn sie sich beeilt, kann sie das locker in fünf Minuten schaffen.

Die Landstraße ist unbeleuchtet. Ihr Blick stößt schon nach wenigen Metern auf eine dunkle Wand. Wenigstens regnet es nicht mehr. Dafür frischt der Wind immer mehr auf und bläst ihr seinen kalten Atem ins Gesicht. Die feuchte Kälte kriecht unter sämtliche Schichten ihrer Kleidung.

Obwohl ihr der Schweiß den Rücken hinunterrinnt, beginnt sie zu frieren. Die Augen fest auf den Boden vor sich gerichtet, beschleunigt sie ihr Tempo. Das Klackern ihrer Absätze auf dem Asphalt tönt unnatürlich laut durch die nächtliche Stille.

Schon bald enden die Felder, die die Straße beidseitig gesäumt haben, machen einem Wald aus dicht stehenden Kiefern Platz. Wie ein Heer dunkler Soldaten wachsen die Stämme rechts und links der Landstraße aus dem Boden. Ihre dürren Äste erscheinen Jana wie verkrüppelte Arme, die sich ihr entgegenrecken. Sie wirft einen schnellen Blick zur Seite. Hinter den ersten beiden Baumreihen baut sich eine undurchdringliche Mauer aus Dunkelheit auf. Es knackt und knirscht in einem fort, als würden, unsichtbar für ihre Augen, lauernde Tiere ihren Weg mitverfolgen. Unwillkürlich schaudert sie, schimpft sich eine hysterische Kuh. Als einige Meter vor ihr ein schwarzer Vogel hochflattert und sich mit einem lauten Krächzen in die Lüfte schwingt, erschreckt sie sich so sehr, dass sie über etwas am Boden stolpert und der Länge nach hinschlägt. Benommen bleibt sie kurz liegen, rappelt sich gleich darauf wieder hoch. Sie schaut an sich hinunter. Ihre Hose ist an den Knien zerrissen, Blut sickert durch den hellen Stoff, und sie hat sich die Hände aufgeschürft. Egal. Weiter! Humpelnd setzt sie ihren Weg fort. In der Ferne sieht sie schon die ersten Lichter der nächsten Ortschaft.

In dem Augenblick hört sie das Motorgeräusch eines sich nähernden Fahrzeugs. Sie schaut auf, sieht die leuchtenden Kreise zweier Scheinwerfer direkt auf sich zurasen. Automatisch macht sie einen Schritt zur Seite. Falsche Richtung, geht es ihr durch den Sinn. Geblendet schließt sie die

Augen. Der Wagen fährt mit deutlich überhöhter Geschwindigkeit an ihr vorbei. Jana schaut ihm hinterher. Ich hätte mich bemerkbar machen müssen, denkt sie. Die haben sicher ein Handy dabei. Sie hat den Gedanken nicht ganz zu Ende geführt, da sieht sie die Bremslichter aufleuchten. Wie rote Feuerbälle brennen sie sich in die Dunkelheit. Mit quietschenden Reifen kommt das Auto zum Stehen. Setzt zu einem Wendemanöver an. Der Wagen kommt zurück.

Ihr Herzschlag beschleunigt sich. Wieso kommt er zurück? Adrenalin schießt in ihre Blutbahnen. Instinktiv wittert sie die Gefahr. Eine Frau allein nachts auf der Landstraße. Weit und breit keine Menschenseele. Panik schlägt über ihr zusammen. Im Bruchteil einer Sekunde entscheidet sie sich zur Flucht. Sie springt über den schmalen, mit Gras bewachsenen Graben neben der asphaltierten Straße und spurtet in den Wald hinein. Doch sie kommt nicht weit. Immer wieder stellen sich ihr Baumstämme in den Weg, als wollten sie sie aufhalten. Sie stolpert, fällt auf das verletzte Knie, schreit leise auf vor Schmerz. Der Geruch nach feuchter Erde und Pilzen steigt ihr in die Nase. Die Hände auf dem weichen Waldboden gepresst, verharrt sie, lauscht in die Stille. Ist der Wagen vorbeigefahren? Sie schöpft schon Hoffnung, da hört sie ein Geräusch. Es klingt, als würde eine Autotür zugeschlagen. Sind das Schritte? Sie rappelt sich hoch. Die Tasche rutscht ihr von der Schulter. Sie hält sie krampfhaft fest. Ihr Blick hetzt hin und her. Wo geht es hier weiter? Gleich da vorne scheint es eine Lücke zwischen zwei Bäumen zu geben. Sie wankt darauf zu. Ihr Verstand ist wie ausgeschaltet. Sie besteht nur noch aus Panik.

»Jana!«

Sie erstarrt mitten in der Bewegung. Hat da gerade jemand ihren Namen gerufen?

»Jana!«

Sie kennt die Stimme. Aber das kann nicht sein. Dreht sie völlig durch? Hat sie Halluzinationen? Haben der Stress, die Angst sie um den Verstand gebracht?

Sie fährt herum, blickt Richtung Straße, sieht die Umrisse einer dunklen Gestalt neben einem Wagen stehen und in den Wald hineinspähen. Jetzt kommt Bewegung in die Gestalt, sie setzt zum Sprung über den Graben an. Unwillkürlich weicht Jana einen Schritt zurück. Ihr Herz klopft bis zum Hals.

»Jana, ich bin's. Erkennst du mich denn nicht?« Mit wenigen Schritten ist der Mann bei ihr.

Sie hat mit einem Mal das Gefühl, jeder Muskel ihres Körpers würde auf einen Schlag erschlaffen. Das Blut weicht ihr aus dem Kopf, sackt in die Beine. Sie spürt den Boden unter den Füßen nicht mehr. Doch bevor sie fällt, wird sie von zwei starken Armen aufgefangen und aufrecht gehalten. Wie eine willenlose Puppe lässt sie sich zur Straße zurückführen. Er öffnet die Beifahrertür und schiebt sie auf den Sitz. Dann steigt er selbst ein und zieht die Tür zu. Von der anderen Seite mustert er sie.

»Jana, was ist hier los?«

Sie betrachtet ihn sekundenlang so verwundert, als sähe sie ihn zum ersten Mal.

»Hannes«, flüstert sie schließlich. »Ich dachte … Sie hat gesagt … du bist tot.«

Unvermittelt bricht sie in Tränen aus. Sie kann gar nicht mehr aufhören zu weinen. Erst als Hannes dicht an sie heranrückt, sie seinen vertrauten Geruch einatmet und er sie in die Arme schließt, beruhigt sie sich allmählich wieder.

»Willst du mir nicht endlich erklären, was passiert ist? Was ist mit Max und Kim?« Hannes' Tonfall schwankt zwischen Sorge und Unverständnis. Etwas abrupt entlässt er sie aus der Umarmung und rückt wieder von ihr ab. »Du siehst schrecklich aus«, sagt er. »Was ist passiert?«

»Ich erkläre dir alles später«, sagt sie schnell. »Du musst die Polizei verständigen. Sofort.« Mit beiden Händen wischt sie sich über die tränennassen Wangen.

»Jana, du musst mir schon einen Grund nennen, warum ich die Polizei verständigen soll.«

»Entschuldige, ich bin völlig durcheinander.« Sie schnieft, wischt sich mit dem Handrücken über die Nase. »Max und Kim sind entführt worden.«

»Entführt?« Er starrt sie entsetzt an. »Wann ist das passiert? Wieso erfahre ich das erst jetzt? Das –«

»Bitte! Tu, was ich sage«, fällt sie ihm ins Wort. »Die beiden werden irgendwo in Ruskow gefangen gehalten. In einem Keller, der mit Wasser vollläuft. Bitte, wir haben nicht mehr viel Zeit.«

Noch während sie spricht, greift er nach seinem Handy. »Kein Netz«, murmelt er. »Ich versuche es draußen.« Mit dem Handy am Ohr verlässt er den Wagen.

»Hauptstraße Nummer fünfzehn.« Sie beugt sich über den Fahrersitz und ruft ihm durch die offene Tür nach. »In dem Haus liegt eine Leiche.«

Sie registriert, wie er kurz innehält. Mit einem knappen Nicken gibt er ihr zu verstehen, dass er verstanden hat, dann entfernt er sich ein paar Schritte.

Sie beobachtet ihn durch die Windschutzscheibe. Nach

einer Weile hebt er das Handy ans Ohr. Er spricht, gestikuliert aufgeregt mit der freien Hand, als wolle er seinen Worten Nachdruck verleihen. Am liebsten würde sie aussteigen und sich neben ihn stellen, ihm die richtigen Sätze soufflieren. Aber sie beherrscht sich. Sie würde ihn wahrscheinlich nur irritieren, durcheinander wie sie ist. Außerdem ist Hannes es gewohnt, in Ausnahmesituationen ruhig und sachlich zu argumentieren. Nach einer gefühlten Ewigkeit steigt er endlich wieder zu ihr ins Auto.

Sie sieht ihm voller Ungeduld entgegen. »Und? Was hat die Polizei gesagt?«

Er lässt sich Zeit mit einer Antwort. Etwas umständlich verstaut er zunächst das Handy in der Innentasche seines Jacketts. Sie stöhnt innerlich auf, möchte die Antwort am liebsten aus ihm herausschütteln. Aber sie mahnt sich zur Geduld. Sie muss ihn lassen. Das ist seine Art, mit Stress umzugehen. Er wirkt nach außen vollkommen gelassen, auch wenn es in seinem Inneren brodelt.

»Sie schicken eine Suchmannschaft. Das kann allerdings etwas dauern, da sie Unterstützung aus Berlin anfordern müssen.« Seiner gepressten Stimme ist die Anspannung, unter der er steht, deutlich anzumerken. Jetzt schaut er sie direkt an. Sein Gesicht ist aschfahl.

»Gott sei Dank.« Geräuschvoll pustet sie die Luft aus der Lunge und lässt sich in den Sitz zurücksinken. »Wir sollten zurückfahren und im Ort auf die Polizei warten. Ich muss ihnen ja auch sagen, dass –« Sie stockt.

»Was?« Sein Ton ist scharf. »Jana, red endlich! Was ist passiert? Wer hat unsere Kinder entführt? Gibt es eine Lösegeldforderung? Ich will endlich wissen, was vorgefallen ist.«

Seine Stimme ist mit jedem Satz lauter, fast schrill geworden. Jana duckt sich unwillkürlich. Kurz befällt sie die irrationale Furcht, er könne sie packen, die Wahrheit aus ihr herausprügeln. Sie hört seinen schweren Atem, spürt den durchdringenden Blick, der sich geradezu in sie zu bohren scheint. Soll sie ihm die Wahrheit sagen? Die ganze Wahrheit?

52

Hannes weiß, dass sie sehr jung geheiratet hat und ihr Mann recht bald nach der Heirat gestorben ist. Sie hat ihm jedoch verschwiegen, was damals wirklich vorgefallen ist. Ein Unfall sei die Todesursache gewesen, hat sie behauptet. Die Zwillinge, Sophie und Sebastian, hat sie dabei mit keinem Wort erwähnt. Aus Feigheit. Sie hat befürchtet, dass Hannes, für den Verantwortungsbewusstsein und die Familie einen überaus hohen Stellenwert haben, sie für ihr egoistisches Verhalten verurteilen und ihre Beziehung beenden würde. Sie hatte damals schlicht und ergreifend große Angst, seine Liebe zu verlieren. Später hat sie nicht mehr den Mut dazu gefunden, ihm die ganze Geschichte zu erzählen. Als er sie bat, seine Frau zu werden, hat sie tausend Ausflüchte erfunden, warum sie nicht heiraten möchte, bis er es schließlich akzeptierte. Doch jetzt kann sie ihm ihre Vergangenheit nicht länger verheimlichen. Sie muss es ihm sagen, bevor er es von jemand anderem erfährt. Womit soll sie anfangen?

»Ich warte«, sagt Hannes neben ihr.

»Eine Frau hat Max und Kim entführt. Sie heißt Sophie«, sagt Jana leise. »Sophie Schmidt.«

»Sophie Schmidt?« In seiner Stimme klingt Erstaunen an. »Eine Mitarbeiterin von mir heißt so. Aber das kann ja nur ein Zufall sein. Den Namen Schmidt gibt es wie Sand am Meer.«

Sie schüttelt den Kopf. »Nein. Kein Zufall. Sie hat das von langer Hand eingefädelt. Sich in mein Leben, in unser Leben eingeschlichen«, sagt sie nach einer kurzen Pause.

Im Glas der Frontscheibe sieht sie sich und Hannes gespiegelt. Seine Gesichtszüge sind verschwommen. Sie wagt es nicht, ihn direkt anzuschauen, aus Angst vor seiner Reaktion auf ihr Geständnis. Sie könnte es nicht ertragen, wenn sie aus seiner Mimik Abscheu über ihr Verhalten herauslesen müsste.

Den Blick starr nach vorne gerichtet, sagt sie: »Sophie ist meine Tochter.«

»Deine Tochter?«

Sie spürt seinen erstaunten Blick auf sich, nickt stumm.

Die Stille beginnt sich wie ein Fremdkörper zwischen ihnen auszubreiten.

»Ich verstehe das alles nicht«, sagt er nach einer Weile mit tonloser Stimme.

Sie sucht nach Worten, es fällt ihr schwer, welche zu finden. Schließlich sagt sie: »Ich habe zwei Kinder aus der Ehe mit Mirko. Einen Jungen und ein Mädchen. Zwillinge. Sebastian und Sophie. Sie sind –«

Vor Anspannung ist ihr Mund so ausgetrocknet, dass sie die Worte kaum herausbringt. Mit der Zungenspitze befeuchtet sie die Lippen und verschränkt die Finger ihrer Hände. »Ich dachte, sie wären beide tot. Mirko hat damals Selbstmord begangen und die Kinder mit in den Tod genommen. Sophie hat überlebt. Das wusste ich allerdings nicht. Bis zum heutigen Tag.«

»Deshalb wolltest du nicht, dass wir heiraten«, sagt er. »Ich sollte nichts von deinen Kindern erfahren. Aber warum nicht? Das begreife ich nicht.«

Der Druck, der auf Janas Brustkorb lastet, wird von Sekunde zu Sekunde stärker. »Ich hatte Angst, ich würde dich verlieren«, flüstert sie, den Blick fest auf ihre im Schoß gefalteten Hände gerichtet. »In der Nacht, in der die Mauer fiel, bin ich im Westen geblieben. Ich habe Mirko und die beiden sechs Monate alten Babys einfach zurückgelassen, getan, als würde es sie nicht geben.« Jana zuckt mit den Schultern. »Ich war ja zu dem Zeitpunkt selbst fast noch ein Kind, gerade achtzehn geworden.«

Aus den Augenwinkeln bemerkt sie, dass Hannes die Stirn runzelt und zu einer Erwiderung ansetzt.

»Ich weiß, dass das keine Entschuldigung für mein Verhalten ist«, sagt sie schnell. »Eine Erklärung vielleicht, aber sicher keine Entschuldigung.«

»Und was will«, er zögert, als würde es ihm schwerfallen, weiterzusprechen, »deine Tochter von uns? Geld?«

»Nein, sie wollte kein Geld. Sie wollte mir heimzahlen, was ich ihr angetan habe.« Sie schluckt, kämpft mit den Tränen. »Sie lebt nicht mehr. Vor nicht mal einer Stunde hat sie sich vor meinem Augen erschossen.«

Der Klang von sich schnell nähernden Martinshörnern tönt mitten in ihre Worte hinein. Hastig spricht sie weiter.

»Und sie hat mir nicht verraten, wo sie Kim und Max gefangen hält. Sie hat es mir nur auf ihrem Handy gezeigt. Ein Keller, dort ist eine Kamera installiert. Und Wasser dringt in den Raum ein.« Ihre Stimme bricht.

Eine Wagenkolonne aus mehreren Polizeiautos rast mit hoher Geschwindigkeit an ihnen vorbei. Auf den Dächern rotiert das Blaulicht.

»Ich schlage vor, wir fahren hinterher«, sagt Hannes und startet den Wagen. »Du wirst der Polizei einiges erklären müssen. Das kann ich dir nicht abnehmen.« Seine Stimme klingt merkwürdig emotionslos.

Sie nickt und greift nach dem Sicherheitsgurt, um sich anzuschnallen. Das kurze Stück in den Ort zurück fahren sie, ohne ein Wort miteinander zu wechseln. Sie würde ihn gerne fragen, warum er ihrer Bitte, nach Ruskow zu kommen, erst so spät nachgekommen ist, aber nach einem Blick auf sein versteinertes Gesicht lässt sie es bleiben. Ihr wird immer beklommener zumute. Hannes scheint sich meilenweit von ihr entfernt zu haben, obwohl er zum Greifen nah neben ihr sitzt. Er strahlt eine abweisende Kälte aus, die ihr große Furcht einflößt. Zusammen mit der Angst um das Leben der Kinder vermengt sie sich zu einem kaum aushaltbaren Gefühl des drohenden Verlustes von allem, was ihr lieb und teuer ist.

Als sie in Ruskow eintreffen, blockieren die Einsatzwagen der Polizei bereits die Straße vor dem Haus Nummer fünfzehn. Das Blaulicht rotiert unablässig weiter. Helle Lichtstreifen zucken stroboskopartig über die dunklen Häuserfassaden und das regennasse Kopfsteinpflaster, tauchen die Umgebung in ein unwirkliches Ambiente. Für einen Moment kommt es Jana so vor, als würde vor ihren Augen ein Film ablaufen, in den sie als unbeteiligte Zuschauerin eintaucht. Hannes hält hinter einem der Mannschaftswagen. Die Anspannung lässt seine Gesichtszüge hart erscheinen. Ohne ein Wort an sie zu richten, verlässt er den Wagen. Sie tut es ihm gleich.

Auch einige Dorfbewohner haben sich inzwischen aus ihren Häusern gewagt, wahrscheinlich von der Neugier getrieben. Ganz so menschenleer und ausgestorben, wie er auf sie gewirkt hat, als sie Hilfe suchend durch die Straße lief, scheint der Ort also doch nicht zu sein. Überall in den Türen und an den Fenstern registriert Jana Gesichter, die das Geschehen auf der Straße mit großem Interesse verfolgen.

Wo wart ihr, als ich euch gebraucht habe, denkt sie und eilt zu Hannes, der neben einem dunklen Audi steht und mit einem stämmigen Mann spricht, den er um Kopfeslänge überragt. Der Mann trägt einen hellen Anzug, den sein massiger Körper fast zu sprengen droht. Das dichte graue Haar ist kurz geschnitten, das Gesicht, das eine gebrochene Nase und merkwürdig wulstige Lippen dominieren, blickt ihr ernst, jedoch nicht unfreundlich entgegen. Sie tritt zu den beiden.

»Das ist«, Hannes zögert kaum merklich, »meine Frau Jana Langenfeld.«

Sie wirft ihm einen dankbaren Blick zu, den er mit unbewegter Miene quittiert. Für einen Moment hatte sie tatsächlich befürchtet, dass er sie entgegen seiner Gewohnheit als seine Lebensgefährtin Jana Schmidt vorstellt.

»Holger Gräf, Hauptkommissar.« Sein Händedruck ist so fest, dass er ihr fast die Finger zerquetscht. »Die Bereitschaft hat mich sofort informiert. Ihr Mann und ich kennen uns von einer Veranstaltung der Polizeigewerkschaft«, sagt er, als wäre das von irgendeiner Bedeutung. »Er hat uns kurz unterrichtet, was passiert ist. Meinte aber, Sie könnten uns eine detailliertere Beschreibung der Ereignisse liefern«, fügt er ohne große Umschweife hinzu und lässt sie nicht aus den Augen.

Sie fühlt sich unwohl unter seinem prüfenden Blick. Dennoch versucht sie ihm nicht auszuweichen und die Geschehnisse in wenigen knappen Sätzen zusammenzufassen.

Den toten Hund und Henry erwähnt sie nicht. Der Kommissar hört ihr ohne eine ersichtliche Regung und ohne sie zu unterbrechen zu.

»Wir haben die Leiche der Frau bereits gefunden. Die Spurensicherung müsste jeden Augenblick hier eintreffen«, sagt er, als Jana geendet hat.

»Bei der Toten handelt es sich um eine Mitarbeiterin meines Büros«, sagt Hannes.

»Auf dem Tisch liegt ihr Handy. Darauf sind Aufnahmen von dem Keller, in dem sie unsere Kinder eingesperrt hat. Es ist allerdings mit einem Code geschützt«, sagt Jana.

»Ich gebe Ihre Hinweis sofort weiter«, sagt der Kommissar.

»Sie müssen sich beeilen. Bitte.« Janas Augen füllen sich mit Tränen. »Wir dürfen keine Zeit verlieren. Das Wasser –« Ihr versagt die Stimme.

»Wir tun unser Möglichstes«, sagt der Kommissar.

»Danke«, haucht sie. Mit ihrer Fassung ist es endgültig vorbei. Die Tränen strömen ihr über die Wangen.

Kommissar Gräf schenkt ihr ein Lächeln, das sicher aufmunternd gemeint sein soll, und entfernt sich mit großen Schritten.

Sie würde sich gerne an Hannes lehnen, seine Hand in ihrer spüren. Aber er wirkt nach wie vor so kalt, dass sie sich nicht traut, sich ihm zu nähern.

Der Kommissar gibt den Polizisten, die abwartend neben dem Mannschaftswagen stehen, gestenreich irgendwelche Anweisungen. Jana versteht nur Bruchstücke davon. Kurze Zeit später schwirren die Männer in verschiedene Richtungen aus. Dann kehrt der Kommissar zu ihnen zurück.

»Die Kollegen von der Spurensicherung sind gerade gekommen.« Er deutet auf einen Kastenwagen, der hinter dem Mannschaftswagen anhält.

Eine Frau und ein Mann mit schwarzen Koffern bewaffnet eilen auf das Haus zu.

»Ich schätze, Sie werden hier warten wollen, bis wir Ihre Kinder gefunden haben?«

»Natürlich«, sagen Jana und Hannes wie aus einem Mund.

»Wir brauchen auch noch eine schriftliche Aussage von Ihnen«, sagt er an Jana gewandt. »Aber das hat Zeit bis morgen. Wir müssen allerdings prüfen, ob sich bei Ihnen Schmauchspuren nachweisen lassen. Das ist Vorschrift und hat nichts damit zu tun, dass ich Ihren Worten keinen Glauben schenke. Deshalb würde ich Sie bitten, im Anschluss kurz mit aufs Revier zu kommen.«

»Selbstverständlich«, sagt sie. »Kein Problem.«

Der Kommissar nickt ihnen einen Gruß zu und folgt seinen Kollegen ins Haus.

Jana weiß nicht, wohin mit sich. Jeder Nerv, jede Faser ihres Körpers ist zum Zerreißen gespannt. Sie wirft Hannes einen zaghaften Seitenblick zu. Ihr Mann ist leichenblass, seine Lippen zu einer dünnen Linie aufeinandergepresst. Sie sieht ihm an, wie sehr ihn die Angst um die Kinder zermürbt. Wieder regt sich in ihr das Bedürfnis, seine Nähe zu spüren. Es würde die schreckliche Situation ein bisschen erträglicher machen, wenn sie sich gegenseitig Halt geben könnten. Sie macht einen zaghaften Schritt auf ihn zu, hebt die Hand, um ihn am Arm zu berühren. Genau in diesem Moment dreht er sich wortlos weg und geht mit großen Schritten davon. Obwohl sie sich nicht sicher ist, dass er ihren Annäherungsversuch überhaupt mitbekommen hat, ist seine Reaktion wie ein Stich mitten in ihr Herz. Sie sieht ihm hinterher, wie er sich mit hängenden Schultern von ihr entfernt. Es kommt ihr vor wie ein Omen.

Hannes öffnet die Autotür, beugt sich vor ins Wageninnere und taucht mit einer Schachtel Zigaretten in der Hand wieder auf. Er raucht selten, höchstens mal eine oder zwei und nur auf irgendwelchen Festivitäten. Dass er jetzt zu einer Zigarette greift, zeigt deutlich, unter welch immensem Stress er steht. Und er scheint lieber Zuflucht im Rauchen zu suchen als bei ihr. Ein Gefühl von Wehmut durchflutet sie.

Ich habe ihn verloren. Wir haben uns verloren.

Die beiden Sätze sind mit einem Mal in ihrem Kopf und setzen sich dort fest. *Wenn wir jetzt auch noch unsere Kinder verlieren, ist unser gemeinsames Leben zu Ende.*

53

»Kim?«
»Ja?«

»Wie lange, glaubst du, dauert es noch, bis das Wasser durch die Klappe kommt?«

Sie presst sich fester gegen die Wand, öffnet die Augen. Um sie herum ist es stockdunkel. Es gibt kein Fenster, keine Ritze, durch die Licht in den Raum fallen könnte. Irgendwann wird auch der Sauerstoff aufgebraucht sein, denkt sie. Sie ist zu erschöpft, um auch noch davor Angst zu haben. Die Suche nach dem Öffnungsmechanismus haben sie aufgegeben, als die Birne mit einem lauten Knall zerborsten ist und sie die Hand vor Augen nicht mehr sehen konnten. Jetzt sitzen sie dicht nebeneinander auf dem Boden mit dem Rücken zur Wand und hängen ihren düsteren Gedanken nach. Sie hört, wie Max neben ihr mit den Zähnen klappert. Auch ihr ist furchtbar kalt. Die bis zu den Oberschenkeln durchnässten Hosen kleben ihr unangenehm feucht an der Haut. Vielleicht wäre es besser, sie auszuziehen? Es bleibt bei dem Vorsatz. Sie kann sich nicht aufraffen. Allein bei der Vorstellung, aufstehen zu müssen, überfällt sie eine lähmende Müdigkeit.

»Kim?«
»Ja?«
»Ich habe dich was gefragt.«
»Woher soll ich denn wissen, wann das Wasser zu uns

hochsteigt«, fährt sie ihn an. Seine weinerliche Stimme treibt sie zur Weißglut. Keine Sekunde später tut es ihr leid, dass sie so garstig zu ihm war. Ihr ist ja selbst zum Heulen.

»Rutsch ein bisschen näher an mich ran«, fordert sie ihn auf. »Damit wir uns gegenseitig wärmen können.«

Sie spürt, wie er sich an sie drückt, und legt einen Arm um seine schmalen Schultern.

»Sie werden uns finden. Ganz bestimmt«, verspricht sie.

»Und wenn nicht?«, flüstert er und lässt seinen Kopf auf ihre Schulter sinken.

Sie antwortet nicht. Was soll sie auch sagen? Dass sie dann in diesem Loch hier sterben werden? Das weiß Max selbst. Sie lauscht dem Geräusch seines Atems, der immer tiefer und gleichmäßiger wird. Es dauert nicht lange, bis er eingeschlafen ist. Nach einer Weile fallen auch ihr ständig die Augen zu. Sie versucht, gegen die Müdigkeit anzukämpfen. Es gelingt ihr nicht. Kurze Zeit später gleitet auch sie in den Schlaf.

54

Von der Suchmannschaft taucht ein Polizist nach dem anderen wieder auf. Jana kann es in ihren Gesichtern ablesen, dass die Suche nicht erfolgreich war. Sie zittert mittlerweile am ganzen Körper. Die Ungewissheit zerrt an ihren Nerven, sie spürt eine nie gekannte Unruhe in sich. Die Angst bringt sie fast um den Verstand. Sie umschlingt sich mit beiden Armen und versucht, das Zittern unter Kontrolle zu bringen. Hannes scheint es kaum besser zu gehen. Er läuft unruhig auf der Straße auf und ab, raucht eine Zigarette nach der anderen. Endlich zeigt sich Kommissar Gräf wieder. Er tritt aus dem Haus, wirft einen Blick in die Runde und kommt dann mit schnellen Schritten auf sie zugeeilt.

»Wir haben sie leider nicht gefunden«, sagt er. »Meine Kollegen haben jedes Haus hier durchsucht. Alle Kellerräume auf den Kopf gestellt. Auch die der bewohnten Häuser. Nichts. Nicht eine einzige Spur. Sie muss die Kinder irgendwo anders hingebracht haben.«

»Sie müssen irgendwo hier in der Nähe sein«, beharrt Jana und wirft Hannes einen Hilfe suchenden Blick zu. Aber der wirft gerade seine Zigarette auf den Boden und tritt sie aus. Seine Bewegungen sind abgehackt, wirken fast wütend.

»Was macht Sie da so sicher?«, hakt der Kommissar nach.

Für den Moment ist Jana um eine Antwort verlegen. Sie spürt die fragenden Blicke der beiden Männer auf sich und spürt, wie ihr die Hitze ins Gesicht steigt.

»Ich weiß es einfach. Sie sind in der Nähe. Ich fühle es«, sagt sie und versucht so viel Überzeugung wie möglich in ihre Worte zu legen. Obwohl ihr klar ist, dass das nicht unbedingt die Antwort ist, die der Kommissar von ihr hören wollte. Sie schaut ihn flehend an, liest das Mitgefühl in seinen Augen.

»Keine Angst. Wir geben nicht auf«, versichert er. »Ich habe schon eine Hundestaffel angefordert. Der Rucksack, den wir im Haus gefunden haben, gehört Ihrer Tochter?«

»Ja, das ist Kims Rucksack«, sagt Jana.

»Der Geruch, der ihm anhaftet, wird den Hunden helfen, ihre Spur aufzunehmen.«

»Können wir denn irgendetwas tun?«, meldet sich jetzt auch Hannes zu Wort.

»Sie können nachdenken, vielleicht fällt Ihnen ja ein, wo die Tote die Kinder hingebracht haben könnte.« Er wendet sich Jana zu. »Vielleicht hat sie ja etwas erwähnt. Irgendein versteckter Hinweis. Durchforsten Sie Ihr Gedächtnis. Wir werden mit den Hunden die Gegend hier großräumig absuchen. Sie können sich gerne an der Suche beteiligen. Aber –« Er hebt die Schultern.

Jana weiß, auch ohne dass er es ausspricht, wovor er sie warnen will. Es ist durchaus denkbar, dass sie bei der Suche auf die Leichen der beiden stoßen. Sie schüttelt vehement den Kopf.

»Meine Kinder leben«, sagt sie. »Ich würde es spüren, wenn sie tot wären.« Das Mitleid in den Augen des Kommissars vertieft sich bei ihren Worten. »Haben Sie den Code von ihrem Handy denn schon entschlüsseln können?«

Kommissar Gräf schüttelt den Kopf. »Wir arbeiten dran. Es kann nicht mehr lange dauern. Wenn Sie wollen, können Sie schon mal aufs Revier fahren wegen der Schmauchspuren.« Er zieht eine Visitenkarte aus der Jackentasche und reicht sie Hannes. »Hier ist die Adresse in Berlin. Ich gebe den Kollegen Bescheid, dass Sie vorbeikommen. Danach können Sie ja wieder herkommen. Und wenn wir sie zwischenzeitlich finden, geben wir Ihnen natürlich umgehend Bescheid.« Dann schickt er sich zum Gehen an. »Ich muss zu meinen Leuten zurück.«

Hannes betrachtet die Karte etwas ratlos. Offenbar ist er unschlüssig, ob sie bleiben oder fahren sollten.

»Ich glaube, der Kommissar hat recht«, sagt er schließlich. Es ist das erste Mal, seit sie hier sind, dass er das Wort direkt an sie richtet. »Wir können hier nichts mehr tun.«

»Nein!«, begehrt Jana auf. »Ich bleibe hier.«

»Jana, bitte. Sei vernünftig. Komm jetzt!«

Ohne ihre Antwort abzuwarten, geht er zum Auto und steigt ein. Sie sieht ihm nach. Er kann sie doch nicht einfach hier zurücklassen. Sie zögert. Sie hat das Gefühl, wenn sie jetzt wegfahren, haben sie die Hoffnung, die Kinder lebend wiederzufinden, aufgegeben. Sie hält den Gedanken kaum aus. Dennoch folgt sie Hannes und nimmt auf dem Beifahrersitz Platz. Sie wird ihn bitten, zu bleiben.

»Wieso hast du eigentlich gedacht, ich sei tot?«, fragt Hannes, bevor sie etwas sagen kann.

»Sophie hat das gesagt. Sie sagte, du hättest einen Unfall mit dem Fahrrad gehabt«, antwortet Jana.

»Verstehe.« Hannes fährt sich mit beiden Händen durchs

Haar. »Ich habe etwas in der Sonne aufblitzen sehen und konnte gerade noch rechtzeitig abbremsen. Bis jetzt hatte ich allerdings keine Ahnung, dass diese *Falle* für mich bestimmt war. Ich dachte, irgendwelche Idioten waren das. Der Draht war quer über den Weg gespannt. Ein dünner Metallstrang ungefähr in der Höhe.« Er fährt sich mit der Handkante über den Kehlkopf. »Bei dem Tempo, das ich da normalerweise draufhabe, hätte das tatsächlich gut und gerne tödlich enden können.« Er schüttelt den Kopf. »Ich habe sie als eine sehr gewissenhafte Mitarbeiterin geschätzt. Sie war freundlich, zuverlässig. Ich mochte sie. Es kann gut sein, dass ich ihr mal erzählt habe, welche Strecke ich mit dem Fahrrad fahre. Unfassbar, dass man sich so in einem Menschen täuschen kann.«

Hattest du was mit ihr? Die Frage liegt ihr auf der Zunge, sie schluckt sie runter. »Ich hätte früher mit dir gerechnet«, sagt sie stattdessen leise.

»Ich habe den Wagen aus der Werkstatt geholt und bin danach spontan an die Ostsee gefahren«, sagt er, ohne sie anzuschauen. »Ich wollte in Ruhe über uns nachdenken. Als ich deine Nachricht bekommen habe, stand ich gerade am Strand und habe den Möwen zugeschaut.«

Er startet den Wagen.

»Bitte, Hannes, lass uns hierbleiben. Wenn sie die Kinder finden –«

»Kim und Max können sonst wo sein«, unterbricht er sie. »Es gibt keinen einzigen Hinweis, dass sie irgendwo hier in der Nähe sind. Vielleicht hat sie sie auch in Berlin versteckt.« Er zuckt hilflos mit den Schultern.

Jana schüttelt den Kopf. »Das glaube ich nicht.«

»Das hilft uns nicht weiter«, sagt Hannes kühl und wendet den Wagen. Langsam lenkt er ihn an den Polizeiautos vorbei.

Jana durchforstet fieberhaft ihr Gedächtnis. Sie hat Sophie gefragt, wo die Kinder sind. Was hat sie geantwortet?

»Bunker«, sagt sie laut.

Hannes wirft ihr einen irritierten Seitenblick zu.

»Sie hat gesagt: Ich habe kein Problem damit, deine Kinder in dem Bunker verrecken zu lassen.« Ihre Stimme zittert vor Aufregung. »Verstehst du? Sie sind in einem Bunker.«

»Wir müssen zurück. Das ist ein wichtiger Hinweis.«

Sie macht eine abwehrende Handbewegung. »Sie sind an dem Ort, an dem Sebastian und Vater gestorben sind«, wiederholt sie Sophies Worte aus dem Gedächtnis.

»Es gibt sicher Akten, in denen vermerkt ist, wo das gewesen ist.« Jetzt klingt auch Hannes aufgeregt. Er verringert die Geschwindigkeit, sucht mit den Augen nach einer geeigneten Stelle zum Umkehren.

»Das dauert viel zu lange«, sagt sie. »Wer weiß, wo die Akten sind. Vielleicht existieren sie ja gar nicht mehr, weil es viel zu lange her ist.«

»Es ist unsere einzige Chance, die Kinder zu finden«, widerspricht er.

»Fahr weiter«, sagt sie. »Ich weiß, glaube ich, wo sie sind.«

55

»Da vorne rechts müsste gleich eine Abzweigung kommen. Die ist leicht zu übersehen. Da müssen wir rein«, sagt Jana. Mit zusammengekniffenen Augen schaut sie durch die Windschutzscheibe auf die Landstraße. Die Scheinwerfer malen helle Lichtkegel auf den nass glänzenden Asphalt.

»Hier musst du abbiegen«, ruft sie aufgeregt und weist mit der Hand nach rechts in den Wald hinein.

Hannes bremst ab, setzt den Blinker. »Wo?« Angestrengt suchen seine Augen den Waldrand ab. Im letzten Moment bemerkt er den unbefestigten Forstweg und reißt das Lenkrad etwas ruckartig herum.

»Mirko hatte einen Freund, dem eine Tischlerei gehörte«, beginnt Jana, während sie über die mit Schlaglöchern übersäte Straße holpern. »Ronny? Rocko? Egal. Jedenfalls hatte der noch vor der Wende die fixe Idee, dass wir kurz vor dem Dritten Weltkrieg stehen. Deshalb hatte er begonnen, sich im Keller seiner Werkstatt einen Bunker zu bauen.«

»Verstehe«, sagt Hannes. »Und du glaubst, dass sie die Kinder dorthin gebracht hat?«

»Ja.« Ihre Stimme klingt fest, obwohl sie sich nicht hundertprozentig sicher sein kann. »Mirko ist ihm oft zur Hand gegangen. Ich glaube, er war selbst ziemlich angetan von der Idee, im Haus einen eigenen Bunker zu haben. Ich bin nie da gewesen, ich kenne ihn nur aus seinen Erzählungen.«

»Dann können wir nur hoffen, dass die Kinder wirklich dort sind«, sagt Hannes.

Jana nickt stumm. Schickt ein stummes Gebet in den Himmel, zu einem Gott, an den sie nie geglaubt hat.

Die Fahrt durch den Wald dauert nur wenige Minuten. Das Licht der Scheinwerfer streift kurz über das grüne Schild, das Brandenwalde als Weiler ausweist. Kurze Zeit später erreichen sie die Ortschaft, die lediglich aus einer Handvoll Häusern besteht, die sich verschämt zwischen die Bäume ducken, als versuchten sie ihre Schäbigkeit vor allzu neugierigen Blicken zu verbergen. Sie sehen allesamt unbewohnt aus. Hinter keinem der Fenster schimmert Licht, aus keinem der Schornsteine steigt Rauch auf. Was für ein unwirtlicher Ort. Dunkel und abweisend. Geradezu unheimlich. Ein Frösteln rinnt Jana wie ein kalter Schauer über den Rücken. Sie richtet den Blick wieder nach vorne. Hannes folgt dem Forstweg. Aus den Schlaglöchern spritzt Wasser hoch. Unvermittelt endet der Weg vor einem flachen, lang gezogenen Gebäude.

»Das müsste die Tischlerei sein.« Sie lässt den Haltegriff über der Tür los, an dem sie sich während der holprigen Fahrt festgeklammert hat, und löst den Sicherheitsgurt.

Hannes schaltet den Motor aus. Die Scheinwerfer erlöschen. Die Umgebung versinkt in einem verschwommenen Dunkelgrau.

»Im Handschuhfach müsste eine Taschenlampe sein«, sagt Hannes.

Jana kramt sie heraus und reicht sie ihm. Sie steigen

aus. Am Himmel, über den vom Wind getrieben schwarze Wolkenfetzen huschen, hängt ein farbloser Mond, der die Umgebung nur notdürftig erhellt.

Hannes lässt den Lichtfinger der Taschenlampe über die Fassade des Gebäudes wandern, verharrt kurz bei dem Schild über der Eingangstür. Das Schwarz der Buchstaben ist so verblasst, dass man es kaum lesen kann.

»TISCHLEREI SCHÖNLEIN MEISTERBETRIEB« entziffert sie schließlich. In stillschweigendem Einverständnis gehen sie auf die zweiflüglige Eingangstür zu. Sie drückt die Klinke herunter, während er die Umgebung mit der Taschenlampe ausleuchtet.

»Abgeschlossen«, sagt sie.

»Das war zu erwarten«, sagt er. Er geht zu dem Fenster auf der linken Seite und leuchtet in den Raum hinter der Scheibe.

Sie stellt sich neben ihn, beschattet mit einer Hand die Augen und späht ebenfalls in das Innere. Es gibt nicht viel zu sehen. Eine rechteckige leere Halle. Ohne Zimmereinteilung. Nackte Wände. Hannes dreht sich um, lässt das Licht langsam über den Boden des Geländes gleiten.

»Was suchst du?«, fragt sie irritiert.

»Schon gefunden.« Er entfernt sich, kehrt mit einem großen Feldstein in der Hand zu ihr zurück.

»Halt bitte mal«, sagt er und drückt ihr die Taschenlampe in die Hand. »Und geh zur Seite.«

Er holt aus und wuchtet den Stein gegen die Fensterscheibe. Das klirrende Geräusch des splitternden Glases tönt unnatürlich laut durch die nächtliche Stille. Irgendwo in der Nähe flattert ein Vogel auf, krächzt protestierend in die Nacht. Dann ist es wieder still. Mit kurzen Bewegungen schlägt Hannes mit dem Stein die scharfen Kanten der Glasscheibe weg. Er greift durch das so entstandene Loch, öffnet die Verriegelung und drückt das Fenster nach innen auf. Behände schwingt er sich über die Fensterbrüstung in den Innenraum. Jana klettert etwas umständlich hinterher. Derweil durchquert er die Halle. So zielsicher, als wüsste er genau, wonach er suchen muss. Sie folgt ihm langsam, lässt ihre Blicke schweifen. Sie sucht nach einer Tür, einer Klappe im Boden. Den Eingang zum Bunker. Er muss hier irgendwo sein.

Die Luft in dem Raum ist so trocken, als würden Milliarden unsichtbarer Staubpartikel in der Luft schweben. Sie kann den Staub sogar auf der Zunge schmecken. Es riecht nach Holz, obwohl die Tischlerei schon seit einiger Zeit ihren Betrieb eingestellt hat. Der Boden ist mit einer dünnen Schicht Sägemehl überzogen, das bei jedem ihrer Schritte aufgewirbelt wird. In einer Ecke entdeckt Jana im Lichtkegel der Taschenlampe eine zurückgelassene Maschine, deren Zweck sich ihr nicht erschließt.

»Kim? Max?«, ruft sie mit lauter Stimme. »Wo seid hier?«

Ihre Stimme klingt merkwürdig hohl in der leeren Halle. Eine Antwort bekommt sie nicht auf ihr Rufen.

Hannes öffnet eine Tür, hinter der sich eine winzige Toilette verbirgt, der ein strenger Uringeruch entströmt, und schließt sie schnell wieder.

»Ich fürchte, hier sind die Kinder auch nicht«, sagt er. Die Enttäuschung färbt seine Stimme dunkel. »Das Gebäude hat keinen Keller.«

»Der Bunker muss irgendwo hier sein.«

»Vielleicht hat er ihn im Keller seines Wohnhauses gebaut. Hat er denn auch hier gewohnt?«

»Ich glaube, ja. Sicher bin ich mir nicht.«

»Lass uns wieder nach draußen gehen«, sagt er. »Dann sehen wir weiter.«

Seite an Seite laufen sie zu dem Fenster zurück und klettern nach draußen. Dieses Mal reicht er ihr die Hand und hilft ihr. Unter normalen Umständen hätte sie sich über diese fürsorgliche Geste gefreut, in der jetzigen Situation bringt sie nur ein recht kläglich klingendes »danke schön« über die Lippen.

Der Wind hat aufgefrischt, treibt den Geruch nach nassem Laub vor sich her. Es ist spürbar kälter geworden. Der Himmel hat sich komplett mit einem bedrohlich wirkenden Schwarz eingefärbt.

»Wir sollten auf jeden Fall die Häuser hier checken«, sagt Hannes.

Sie nickt. Ihre Angst ist wie neu entfacht. Sie spürt sie überall in ihrem Körper. Wie ein Geschwür, das immer größeren Raum einfordert. Sie war sich so sicher, und nun scheint es, als hätte sie sich geirrt.

Stumm kämpfen sie sich durch das hohe Gestrüpp, mit dem die wenigen Gebäude ohne Ausnahme umwuchert sind. Dornen reißen an ihrer Kleidung, Wurzeln legen sich wie Schlingen um ihre Knöchel. Hannes schickt den Lichtfinger der Taschenlampe über die bröckelnden Fassaden. Bei einem Haus ist das Dach halb eingestürzt, hat eine klaffende riesige Wunde in das Gebäude gerissen. Erst beim Näherkommen sehen sie, dass bei den meisten der Häuser die Fenster und Türen fehlen. Die schwarzen Rechtecke starren ihnen entgegen.

»Wenn hier vor Kurzem jemand gewesen wäre, hätte er Spuren hinterlassen«, sagt Hannes schließlich und deutet mit der Lampe in der Hand auf das niedergetretene Unkraut, das ihren Weg durch das Gestrüpp markiert.

Jana nickt stumm und stolpert tränenblind zum Auto zurück. Hinter sich hört sie Hannes' schwere Schritte. Plötzlich stoppen sie unvermittelt. Auch sie bleibt stehen, dreht sich erstaunt nach ihm um.

»Schau! Da ist noch ein Haus«, ruft er und marschiert auch schon los.

Jana beeilt sich, ihm zu folgen. Jetzt bemerkt auch sie das Wohnhaus, das sich hinter der Tischlerei befindet. Ihr Herzschlag beschleunigt sich.

Sie laufen rechts an dem Gebäude vorbei, überqueren einen großen, mit Betonplatten ausgelegten Platz. Rechter Hand flattern die losen Enden einer zwischen zwei Pfählen aufgespannten Wäscheleine. Ein alter türloser Trabbi von undefinierbarer Farbe steht mit platten Reifen wie ein trauriges Relikt aus vergangenen Zeiten neben einem halb zerfallenen Schuppen. Das Wohngebäude ist etwas besser in Schuss als die umliegenden Häuser, es scheint jedoch ebenfalls unbewohnt zu sein.

Sie bleiben vor dem niedrigen Holzzaun stehen, der den Betonplatz von dem Gebäude trennt. Die Latten sind zum Teil stark verrottet und dick mit Grünspan überzogen. Hannes lenkt den Strahl der Taschenlampe über den mit Gestrüpp überwucherten Vorgarten, lässt ihn über die Hausfassade gleiten. Der Putz blättert in großen Fetzen vom Mauerwerk, die Fenster sind mit Holzbrettern vernagelt. Eine vor der Eingangstür angebrachte Sperrholzplatte soll das Haus vermutlich vor unliebsamen Eindringlingen schützen. Nichts deutet darauf hin, dass sich hier vor Kurzem jemand Zutritt zu dem Gebäude verschafft hat.

Die Enttäuschung schnürt Jana den Magen zu. Hannes neben ihr zieht hörbar die Luft ein. Sie müssen nicht aussprechen, was sie denken. *Auch hier können die Kinder nicht sein.*

Mit einem Mal bricht die Verzweiflung aus Jana heraus. Ihre Anspannung entlädt sich völlig unkontrolliert. Sie kommt nicht dagegen an. So laut sie kann, schreit sie die Namen ihrer Kinder in die Dunkelheit. »Max! Kim!« Sie kann gar nicht mehr aufhören damit. Immer wieder ruft sie nach den beiden, bis ihre Schreie allmählich in einen Weinkrampf übergehen, der sie regelrecht schüttelt. Sie nimmt kaum wahr, dass Hannes seine Arme um sie legt und sie festhält. Wie ein kleines Kind wiegt er sie und gibt besänftigende Laute von sich. Nur langsam kann sie sich wieder beruhigen. Sie atmet zittrig ein und aus, verharrt regungslos in der Umarmung ihres Mannes, bis ihre Tränen versiegt sind.

»Es geht schon wieder«, murmelt sie schließlich an seiner Brust.

»Sicher?« Er streicht ihr die feuchten Haare aus der schweißnassen Stirn.

Sie schaut zu ihm hoch und lächelt ihn unter Tränen an. »Entschuldige. Ich wollte mich nicht so gehen lassen. Es kam ganz plötzlich über mich.«

»Du musst dich dafür nicht entschuldigen. Glaub mir, ich bin selbst kurz davor, loszuschreien.«

»Was sollen wir denn jetzt machen?«, fragt sie kläglich. »Wir können doch nicht einfach aufgeben.«

Hannes löst sich von ihr. Er sieht so aus, als sei er in der letzten Stunde um Jahre gealtert. »Wir können nichts mehr tun, Jana«, sagt er. »Wir können nur beten und hoffen.«

56

»Kim? Kim, wach auf.«
»Was ist?« Schlaftrunken hebt sie ihren Kopf, zuckt gleichzeitig zusammen vor Schmerz. Mit einem lauten Stöhnen reibt sie sich den verspannten Nacken.

»Ich habe was gehört«, sagt Max aufgeregt. Er rappelt sich vom Boden hoch.

Mit einem Schlag ist sie hellwach. Ihr Herzschlag beschleunigt sich von einer Sekunde auf die nächste. »Was hast du gehört?«

»Ich glaube, da hat gerade jemand nach uns gerufen«, sagt er eifrig.

Sie stemmt sich ebenfalls hoch, tastet in der Dunkelheit nach seiner Hand.

Eine Weile stehen sie so da, Hand in Hand, und lauschen mit angehaltenem Atem in die Stille. Nicht ein Laut dringt von draußen herein.

»Da ist niemand«, sagt sie. »Ich fürchte, das hast du nur geträumt.«

»Meinst du?« Seine Stimme klingt klein vor Unsicherheit. »Aber ich habe es doch deutlich gehört. Eine Frau hat unsere Namen gerufen. Ich glaube sogar, es war Mama.«

»Na gut«, sagt sie, obwohl sie das nicht wirklich glaubt. »Vielleicht hat du recht. Und da ist wirklich jemand. Dann müssen wir uns bemerkbar machen.«

Sie hat den Satz kaum zu Ende gesprochen, da schreit

Max neben ihr auch schon los. »Hilfe«, brüllt er. »Hier sind wir.«

Sie formt die Hände vor ihrem Mund zu einem Trichter und stimmt in seine Hilferufe ein.

Irgendwann fängt Max an mit den Fäusten gegen die Mauer zu schlagen. Sie schreien, bis sie vor Heiserkeit kaum noch ein Wort rausbringen.

Ihre Rufe verhallen ungehört. Niemand kommt und befreit sie aus ihrem Gefängnis.

Sie registrieren es beide in der gleichen Sekunde. Der Boden unter ihren nackten Füßen fühlt sich nicht nur kalt, sondern auch nass an. Max stößt einen Schrecklaut aus.

»Das Wasser«, keucht er. »Es kommt durch die Klappe.«

57

Schweigend gehen sie zum Auto zurück. Jana lässt sich auf den Beifahrersitz fallen und schließt die Augen. Mit der rechten Hand umklammert sie die Taschenlampe, die Hannes ihr gereicht hat, als müsse sie sich daran festhalten. Sie besteht nur noch aus Angst. Angst, dass Max und Kim nicht rechtzeitig gefunden werden. Dass sie in ihrem Gefängnis ertrinken. Ständig kreist die eine Frage durch ihren Kopf. *Wo um Gottes willen könnten sie sein?* Sie überlagert alle andere Gedanken.

Nur am Rand nimmt sie wahr, dass Hannes den Motor anlässt und mit dem Wendemanöver beginnt.

»Wir fahren jetzt wieder zurück und werden Kommissar Gräf informieren«, sagt er und schlägt das Lenkrad ein. »Vielleicht haben wir Glück, und die Polizeiakten von damals existieren noch. Das hätten wir gleich machen sollen. Anstatt hier alles abzusuchen.«

Sie glaubt aus seinen Worten den leisen Vorwurf herauszuhören. »Hannes, es war Selbstmord, kein Verbrechen. Und es ist fast fünfundzwanzig Jahre her. Es wäre ein Wunder, wenn die Akten noch existierten.«

»Es ist einen Versuch wert«, sagt er.

»Warte«, sagt sie und greift in einem Reflex nach seinem Arm.

Hannes wirft ihr einen überraschten Seitenblick zu. »Was hast du? Was ist los?«

»Ich weiß auch nicht«, sagt sie. »Es ist wahrscheinlich Unsinn. Aber ich habe so ein Gefühl. Als hätten wir etwas übersehen. Lass uns dieses Haus hinter der Tischlerei genauer anschauen, ja?«

»Jana, ich kann verstehen, dass du –«

»Bitte, Hannes«, fällt sie ihm ins Wort und fügt schnell hinzu. »Mir ist gerade eingefallen, dass es in den meisten dieser alten Häuser auch von außen einen Zugang zum Keller gibt. Das müssen wir checken. Bitte«, fleht sie, als sie bemerkt, dass er nach wie vor zögert. »Wir haben doch nichts zu verlieren.«

»Gut«, sagt er knapp.

»Danke«, sagt sie erleichtert.

Wieder laufen sie an der ehemaligen Tischlerei vorbei auf das dahinter liegende Wohnhaus zu. Jana geht mit der Taschenlampe voraus und beleuchtet den Boden vor ihren Füßen. Vor dem Haus angekommen, lenkt sie ihre Schritte instinktiv nach rechts. Sie schreitet den Gartenzaun entlang, bis sie zu einem sandigen Weg kommt, der hinter das Haus zu führen scheint. Hier ist der Zaun in der gesamten Breite umgekippt, liegt von Unkraut überwachsen auf der Erde. An einigen Stellen schimmert schwarz das verfaulte Holz durch.

»Schau mal«, sagt sie aufgeregt und beleuchtet die niedergetretenen feucht glänzenden Grasbüschel hinter dem umgefallenen Zaun. »Die Spuren sind ganz frisch. Sie können nicht von uns sein. Hier ist erst vor Kurzem jemand entlanggegangen.«

Hannes tritt neben sie, nimmt die Stelle genauer in Augenschein. »Stimmt. Du hast recht.«

Rasch folgen sie der Spur bis zu einem gepflasterten Hof auf der Rückseite des Grundstücks. Auf der linken Seite erfasst das Licht der Taschenlampe vor einem Holzschuppen eine Reihe mit Betonkanten eingefasster Beete, in denen nichts außer Unkraut sprießt. Unter dem Dachüberstand stecken einige Tomatenstäbe in der Erde, an die sich braunfleckige Pflanzenstängel mit matschig verschrumpelten Früchten klammern. Wie trostlos, denkt Jana und lässt den Lichtkegel weiterschweifen. Um ein Haar hätte sie den Eingang, der sich in einer Nische verbirgt, übersehen.

»Da!« Sie weist mit der Taschenlampe in die Richtung und läuft darauf zu. Eine schmale, braun lackierte Tür, daneben in Augenhöhe ein rechteckiges, von außen vergittertes Fenster, kaum auszumachen in dem schmutzig grauen Mauerwerk.

Jana formt die Hände zu einem Trichter. »Kim! Max! Seid ihr da drin?«, ruft sie. Ihre Stimme tönt durch die nächtliche Stille.

Die Tür scheint aufgebrochen worden zu sein. Das längliche Schloss hängt nur von einer Schraube gehalten am Holz des Türblattes. Die Klinke fehlt komplett. Mit der Hand drückt sie die Tür auf. Ein Schwall feuchter Luft flutet ihr aus dem Inneren entgegen. Der süßliche Fäulnisgeruch verschlägt ihr den Atem. Sie hält sich die Nase zu und betritt den dunklen Kellerraum.

»Meine Güte, stinkt das hier«, sagt Hannes hinter ihrem Rücken. »Hier liegt sicher überall totes Viehzeug in den Ecken rum.«

Sie lässt den Strahl der Taschenlampe durch den Raum wandern, der früher anscheinend als Waschküche genutzt wurde. Ein Wasserablauf in der Mitte des Betonbodens und ein überdimensional großes rechteckiges Waschbecken an der Wand zeugen davon. Ist sie schon mal hier gewesen?

Gut möglich, erinnern kann sie nicht daran. Sie durchquert den Raum, leuchtet in jede Ecke, über die Wände. Plötzlich flammt Licht auf. Sie erschreckt sich im ersten Moment so, dass sie einen heiseren Schrei ausstößt und herumwirbelt.

»Sorry.« Hannes hebt entschuldigend beide Hände. »Ich habe den Schalter gerade erst entdeckt.«

Rechter Hand machen sie eine schmale Tür aus. Jana drückt die Klinke herunter.

»Abgeschlossen«, sagt sie.

»Lass mich mal schauen.«

Sie tritt zur Seite. Er begutachtet die Tür.

»Die ist aus Pressspan«, sagt er schließlich. »Es dürfte kein großes Problem sein, die aufzubekommen.«

Er macht einen Schritt zurück, winkelt ein Bein an und tritt dann mit aller Kraft in Höhe des Schlosses gegen das Türblatt. Es knackt protestierend, gibt aber keinen Millimeter nach. Erst beim vierten Versuch, Hannes ist schon ganz rot im Gesicht vor Anstrengung, bricht der Riegel aus dem Türrahmen. Schwer atmend drückt er die Tür auf. Sie betreten einen schmalen, dunklen Gang. Jana knipst die Taschenlampe wieder an. Ihr Licht gleitet über die gemauerten Wände. Sie glänzen vor Feuchtigkeit, an einigen Stellen wachsen schwammartige Gebilde. Auch hier ist der Geruch ekelerregend. In der Mitte des Ganges führt linker Hand eine schmale Treppe nach oben. Wahrscheinlich ins Hausinnere. Am Ende wird im Lichtkegel ein Wandregal aus grauem Metall sichtbar. Jana geht näher ran. Es ist mit verkrusteten Farbeimern, Lackdosen und sonstigem Kram vollgestellt. Über allem liegt eine zentimeterdicke Schicht aus grauem Staub.

Sie lässt die Taschenlampe sinken. »Hier geht es nicht weiter«, sagt sie. Ihre Stimme ist rau vor Enttäuschung.

»Eine Sackgasse«, bestätigt er resigniert. »In jeder Hinsicht.«

58

Komm.« Hannes nimmt Jana, die mit hängenden Schultern vor dem Regal stehen geblieben ist, die Taschenlampe aus der Hand und ergreift ihren Oberarm. »Lass uns gehen. Die Kinder sind hier nicht.«

Sie schüttelt heftig den Kopf. »Nein.«

»Jana, ich bitte dich. Du musst einsehen, dass du dich geirrt hast.«

Er will sie mit sanfter Gewalt mit sich ziehen, doch sie widersetzt sich. »Ich kann nicht. Ich kann hier nicht weg.« Sie bricht in Tränen aus.

»Was willst du denn noch hier?« Hannes' Stimme schwankt zwischen Verzweiflung und Ärger.

»Ich weiß, dass es diesen Bunker gibt«, sagt sie schluchzend.

»Das glaube ich dir ja. Aber in diesem Haus ist er nicht. Wir haben schon viel zu viel Zeit verloren. Wir müssen zurück und Kommissar Gräf informieren. Wenn du nicht mitkommst, muss ich allein fahren.«

Ein Geräusch lässt sie beide erstarren. Sie schauen sich an. Was war das? Schritte?

»Da kommt jemand«, wispert sie.

Hannes nickt, schaltet geistesgegenwärtig die Taschenlampe aus.

Hatte Sophie einen Komplizen? Janas Herz setzt einen Schlag aus. Instinktiv hält sie die Luft an und sieht sich hektisch nach einem Versteck um. Aber hier gibt es nichts, keine dunkle Ecke, keine Nische, wohin man sich verkriechen könnte.

Sie drückt sich neben Hannes an die Wand, die Augen auf die offene Tür geheftet. So muss sich ein in die Enge getriebenes Wild kurz vor dem Todesschuss fühlen, kommt es ihr in den Sinn.

Das Erste, was sie wahrnimmt, ist die Waffe, die sich durch den Eingang langsam in ihr Blickfeld schiebt. Eine schemenhafte Gestalt drängt hinterher.

Sie ist doch nicht tot. Sie wird uns töten. Jana schlägt sich die Hand vor den Mund, es gelingt ihr nicht, den Schrei zu ersticken.

Der Lauf der Waffe schwenkt auf sie.

»Wer sind Sie?«, tönt eine barsche Männerstimme an ihr Ohr. »Was haben Sie hier zu suchen?«

Jana sucht nach Hannes' Hand und umschließt sie. Das Herz klopft ihr bis zum Hals.

Der Mann tritt aus dem Dunkel, nähert sich ihnen mit gezogener Waffe. Sie hört, wie Hannes neben ihr die aufgestaute Luft in seiner Lunge in einem Stoß ausatmet.

»Herr Gräf«, Hannes hebt beide Hände, »nicht schießen. Wir sind's.«

Der Kommissar stutzt und lässt dann seine Waffe langsam sinken. Hinter ihm tauchen zwei Polizisten in Uniform auf. Auch sie haben ihre Waffen auf Jana und Hannes gerichtet. Der Kommissar gibt ihnen mit einem Handzeichen zu verstehen, dass sie die Waffen runternehmen können.

»Keine Gefahr, Männer«, sagt er. »Sucht weiter.«

Die Polizisten ziehen wieder ab. Jana ist noch immer

ganz starr vor Schreck. Nur zögernd sickert in ihr Bewusstsein, dass ihnen keine Gefahr droht.

»Was suchen Sie hier?«, fragt der Kommissar. »Wollten Sie nicht aufs Revier fahren?«

Hannes nickt. »Ja, das hatten wir auch vor. Dann ist meiner Frau eingefallen, dass es hier irgendwo einen Bunker geben muss.« Er zuckt mit den Schultern. »Aber da hat sie sich wohl geirrt.«

»Es wäre besser gewesen, wenn Sie mit dieser Information direkt zu mir gekommen wären.«

Jana senkt schuldbewusst den Kopf. Bevor sie zu einer Erwiderung ansetzen kann, spricht Kommissar Gräf weiter. »Wir konnten den PIN-Code des Handys der Toten knacken. Einer der Nachbarn glaubt, den Bunker erkannt zu haben. Er soll sich in diesem Haus befinden.«

»Die Frage ist nur, wo«, sagt Hannes. »Der Eingang scheint gut versteckt zu sein.«

»Wenn er hier ist, dann finden meine Männer ihn. Ich möchte Sie jetzt bitten, das Haus zu verlassen und ...«

»Chef?« Ein Polizist erscheint im Türrahmen.

»Ja?« Kommissar Gräf wendet sich ihm zu.

»Wir haben das ganze Haus auf den Kopf gestellt und nichts gefunden.«

»Der Zeuge war sich relativ sicher«, sagt der Kommissar nachdenklich. »Sucht den Garten ab. Nach einer Klappe im Boden. Schaut auch im Schuppen nach. Überall. Ich schaue mich hier etwas genauer um.«

»Okay!« Der Polizist macht kehrt. Jana hört, wie er draußen seinen Kollegen irgendwelche Befehle zuruft.

»Wenn Sie dann bitte draußen warten würden?« Der Kommissar tritt zur Seite, um sie vorbeizulassen.

Hannes folgt seiner Aufforderung. Jana zögert, sie sieht sich noch mal um, als müsse sie sich ein letztes Mal davon überzeugen, dass es hier nicht weitergeht. Sie will Hannes schon folgen, da entdeckt sie etwas auf dem Boden. Was ist das für eine Pfütze?

»Schauen Sie!« Ihre Stimme ist ganz schrill vor Aufregung. Sie deutet auf den Boden vor dem Regal. »Da ist Wasser.«

Sie stürzt sich auf das Regal, greift wahllos einen Farbeimer und zerrt ihn heraus. Mit einem dumpfen Laut schlägt er auf dem Boden auf.

»Die Kinder«, ruft sie. »Sie sind hinter der Mauer. Wir müssen sie da rausholen.«

»Lassen Sie das.«

Jana hört den scharfen Befehl, aber sie reagiert nicht darauf. Unter Zuhilfenahme beider Hände räumt sie das Regal leer. Sie ist wie von Sinnen. Im Kopf nur ein einziger Gedanke. *Die Kinder. Sie ertrinken.*

Hannes tritt neben sie, legt eine Hand auf ihre Schulter. »Hör auf damit«, sagt er leise. »Lass die Polizei ihre Arbeit machen. Wenn sich hinter dieser Mauer etwas befindet, werden sie es finden.«

»Lass mich«, stammelt sie.

»Ich bitte dich, Jana«, sagt er mit eindringlicher Stimme. »Du behinderst die Polizei bei ihrer Arbeit. Damit hilfst du den Kindern nicht.«

Er umfasst ihren Oberarm und zieht sie vom Regal weg. Erst sträubt sie sich, dann lässt sie es geschehen. Er führt sie an dem Kommissar vorbei nach draußen. Der folgt ihnen und ruft zwei der Polizisten zu sich, die gerade dabei sind, den Garten zu durchsuchen.

»Wir haben etwas gefunden.« Sie verschwinden wieder im Haus.

Jana und Hannes bleiben wenige Schritte von dem Kellereingang entfernt stehen. Die Dunkelheit hüllt sie ein wie ein Mantel. Sie stehen nebeneinander, jeder für sich. Als würden wir nicht zusammengehören, denkt Jana. Eine leise Traurigkeit klingt in ihr an wie eine sehnsüchtige Melodie.

Bitte, lieber Gott, fleht sie stumm und schließt die Augen. *Lass sie die Kinder finden. Gesund und unversehrt. Dann werde ich für meine Fehler büßen. Ich verspreche es hoch und heilig.*

Sie öffnet die Augen wieder, wirft einen zaghaften Blick auf Hannes. Er verharrt bewegungslos an ihrer Seite, hält den Blick fest auf das Haus gerichtet. Nicht mal eine Armlänge trennt sie von ihm. Sie müsste nur die Hand ausstrecken, dann könnte sie ihn berühren. Spüren, dass er ihr immer noch nah ist. Aber ihr kommt es so vor, als würde sie eine unüberwindbare Mauer trennen, als wäre ihr Mann von einer Art Aura umgeben. Unsichtbar und dennoch vorhanden. Eine Aura, die sie nicht durchdringen kann. Als hätte er auch sein Inneres vor ihr verschlossen. In dieser Sekunde weiß sie, dass es kein Zurück für sie gibt. Sie wird ihr altes, ihr lieb gewonnenes Leben nicht mehr aufnehmen können. Selbst dann nicht, wenn sie Kim und Max unversehrt wieder in die Arme schließen dürfen. Was sie sich mehr wünscht als alles andere auf der Welt. Wenn ihre Kinder leben, kann sie alles andere ertragen. Wie es auch kommen mag.

Aus dem Hausinneren dringen laute Rufe nach draußen, katapultieren sie aus ihren Gedanken in die Realität. Ist das – ja! Das ist die Stimme eines Jungen. Max! Dazwischen erklingt die Stimme von Kim. Ohne nachzudenken, läuft Jana los. Nur den Bruchteil einer Sekunde später setzt sich auch Hannes in Bewegung.

Vier Wochen später

Es ist einer dieser strahlend schönen Tage, wie man ihn sich für eine Geburtstagsfeier oder eine Hochzeit wünscht. Nicht eine Wolke trübt das Blau des Himmels. Der Wind streicht sacht durch die Blätter der Birken, bringt sie zum Rascheln. Die Luft ist angefüllt mit dem Duft nach frisch geschnittenem Gras.

Ganz und gar unpassend für eine Beerdigung. Regnen sollte es und stürmen. Das hätte Sophie garantiert besser gefallen. Und es hätte besser zu ihr gepasst. Der Pfarrer und sein Messdiener sind gegangen, nachdem sie Jana mit festem Händedruck die üblichen Beileidsfloskeln entboten hatten. Die alte Frau, eine Bewohnerin des Dorfes, vermutet sie, und außer ihr die einzige Anwesende während der kurzen Trauerzeremonie, ist ohne ein Wort auf ihren Stock gestützt davon gehumpelt. Vermutlich nimmt sie aus Gewohnheit an jeder Bestattung hier teil. Ein bärtiger Mann, wahrscheinlich ein Friedhofsmitarbeiter, steht mit mürrischem Gesichtsausdruck etwas abseits. Er wartet wohl darauf, dass sie endlich geht, damit er das Grab zuschaufeln kann. Jana ist es egal. Sie will sich Zeit für den Abschied nehmen. Wenigstens das ist sie ihrer Tochter schuldig.

Jana hat lange überlegt, ob sie Sophie im Familiengrab beisetzen lassen sollte. Die Vorstellung, sie direkt neben der verhassten Alten zur letzten Ruhe zu betten, hat ihr fast körperliches Unbehagen bereitet. Sie hat sich schließlich doch dazu durchgerungen. Den Vater, auch wenn es nicht der leibliche war, und ihren Bruder hätte Sophie sicher auch nach dem Tod gerne an ihrer Seite gehabt. Immerhin waren sie ihre Familie, und die Alte gehörte nun mal dazu.

Schmerzhafte Erinnerungen werden plötzlich in ihr Bewusstsein gespült. Jana lässt sie zum ersten Mal ohne Gegenwehr zu. In Gedanken richtet sie die Worte an ihre tote Tochter.

Weißt du, wenn ich gewusst hätte, wie niederträchtig und bösartig Mirkos Mutter ist, hätte ich mich nie auf diesen Handel eingelassen. Nichts konnte man dieser Frau recht machen. Sie hatte an allem und jedem etwas auszusetzen. Mirko, den ich zwar nicht geliebt habe, aber wegen seiner sanften Art schon irgendwie mochte, wurde in Gegenwart seiner Mutter zu einem devoten Kriecher. Er schien eine Heidenangst vor ihr zu haben, kuschte und buckelte, egal, mit welcher Gemeinheit sie uns das Leben zur Hölle machte. Gott, was habe ich diese Frau verabscheut. Je mehr mein Hass auf sie wuchs, desto größer wurde meine Verachtung für Mirko. Es ging irgendwann so weit, dass ich ihn kaum noch in meiner Nähe ertragen konnte. Wenn er mich anfasste, hätte ich am liebsten um mich geschlagen. Das wurde auch nicht besser, nachdem ihr zwei geboren wart. Mirko schien verdrängt zu haben, dass er nicht euer leiblicher Vater war, er kümmerte sich geradezu rührend um dich und deinen Bruder. Ich selbst fand keinen Zugang zu euch. Ihr wart wie fremde Wesen für mich. Fordernde, sabbernde, kreischende Bündel. Anscheinend habt ihr meine Abneigung gespürt. Ich musste nur in eure Nähe kommen, und schon habt ihr euch die Kehle aus dem Leib gebrüllt. Ich habe in dieser Zeit Tag und Nacht über einen Ausweg nachgedacht, bestand nur noch aus Fluchtgedanken. Aber ich hatte kein eigenes Geld, und ins Heim zurück wollte ich auch nicht. Und dann fiel die Mauer.

Ein lautes Räuspern katapultiert Jana aus der Vergangenheit in die Gegenwart. Sie dreht sich um. Der Bärtige hebt die Schaufel und eine Hand, schaut sie fragend an.

»Eine Minute noch«, sagt sie und wendet sich wieder dem Grab zu.

Es wäre gelogen, wenn ich behaupten würde, es hätte mein Gewissen belastet, dass ich euch im Stich gelassen hatte. Das hat es nicht. Am Anfang vielleicht ein bisschen. Es war wie ein kleiner Splitter unter der Haut, der ab und zu mal zwickte. Irgendwann gewöhnt man sich daran und spürt ihn nicht mehr. Ich habe euch vier Jahre aus meinem Gedächtnis getilgt, als hätte es euch nie gegeben. Warum ich dann doch wieder den Kontakt gesucht habe, kann ich heute nicht mehr genau sagen. Vielleicht hat mich mein schlechtes Gewissen doch noch gepackt, vielleicht war es einfach nur die Neugier, ich weiß es nicht mehr. Ich hatte die Nummer im Telefonbuch gefunden und spontan zum Hörer gegriffen. Mirko war dran. Zunächst war er sprachlos, von mir zu hören. Er flüsterte immer wieder: »Jana, bist du es wirklich?« Dann fing er unvermittelt an zu weinen, flehte mich unter Tränen an, zu ihm und den Kindern zurückzukommen. Ich spürte, wie der alte Widerwillen in mir erwachte, und entgegnete kalt, dass ich die Scheidung wolle und dass er die Kinder gerne behalten könne. Obwohl das gar nicht der Grund meines Anrufes gewesen war.

»Ich bringe mich um, wenn du nicht zurückkommst«, sagte er.

»Das wirst du nicht tun. Dazu fehlt dir der Mumm«, sagte ich und legte auf.

Als ich ein paar Wochen später noch mal anrief, um jetzt tatsächlich die Einzelheiten der Scheidung zu besprechen, hatte ich seine Mutter am Apparat. Mirko hatte sich nur wenige Tage nach unserem Telefonat erschossen. Ich war starr vor Entsetzen. Damit hatte ich nicht gerechnet. »Du bist schuld«, kreischte sie mit hassverzerrter Stimme. Immer wieder. Und sie hatte recht. Aber was hätte ich denn tun sollen? Zu ihm zurückkommen? Undenkbar. Ich wollte schon auflegen, da erst sagte sie mir, dass er auch deinen Bruder getötet hat. Du aber habest überlebt. Ihr Tonfall war so gehässig, dass ich schon erwartet habe, dass sie ein »leider« hinzufügt, aber sie sagte nur: »Hol sie ab. Ich will sie hier nicht mehr haben.«

Ja, ich habe es ihr versprochen. Und ich habe mein Versprechen nicht gehalten. Ich konnte mir einfach nicht vorstellen, dir eine Mutter zu sein, für dich zu sorgen. Einem kleinen Mädchen, das ich nicht kannte, das mir nichts bedeutete, auch wenn du meine Tochter warst. Zu dem Zeitpunkt war ich ohne Arbeit, lebte wieder in einer WG. In meinem Leben war kein Platz für ein Kind. Wenn meine Existenz gesicherter ist, habe ich mir immer wieder gesagt, hole ich sie zu mir, und habe die Entscheidung immer wieder aufgeschoben. Als ich dann Hannes kennenlernte und wieder schwanger wurde, habe ich mich endgültig gegen dich entschieden.

Gratuliere, jetzt hast du auch sie auf dem Gewissen. Ich hatte fälschlicherweise angenommen, dass die Alte mir das Foto geschickt hatte, um mir deinen Tod mitzuteilen. Ich habe mich in den letzten Tagen immer wieder gefragt, ob es etwas geändert hätte, wenn ich von Anfang gewusst hätte, dass du hinter all dem steckst. Und komme jedes Mal zu dem gleichen Ergebnis: Ich fürchte, nein. Obwohl ich bedaure, was geschehen ist. Das musst du mir glauben. Auch wenn du mir alles genommen hast, was mir lieb und wichtig ist.

Eine Träne rinnt Jana die Wange hinab. Sie bemerkt es nicht.

In noch einem Punkt habe dich belogen. Ich bin nie vergewaltigt worden. Ich habe mich aus freien Stücken mit dem Heimangestellten eingelassen, habe mir davon Vergünstigungen versprochen und sie auch bekommen.

»Hören Sie. Ich habe nicht ewig Zeit«, dringt die ungeduldige Stimme des Friedhofsmitarbeiters an ihr Ohr. Jana nickt zum Zeichen, dass sie verstanden hat.

»Verzeih mir, Sophie«, sagt sie leise. Sie bekreuzigt sich und geht dann mit schnellen Schritten davon.

Am Bahnhof wirft sie den Brief an Hannes endlich in den Postkasten. Sie hat so lange für die wenigen Zeilen gebraucht, dass sich jedes Wort tief in ihr Gedächtnis eingegraben hat.

Lieber Hannes,

ich bin so glücklich gewesen, als ich Kim und Max nach diesem schrecklichen Tag wieder unversehrt in die Arme schließen konnte. Es war – verzeih mir das Klischee – der schönste Moment in meinem Leben. Und zugleich der traurigste. Ich ahnte zu diesem Zeitpunkt bereits, dass ich an einem Scheideweg meines Lebens angekommen war. Aber es war nur ein

*vager Gedanke, nichts, was ich schon konkret hätte greifen und in Worte fassen können. Noch im Polizeiwagen auf dem Weg ins Revier zur Schmauchspurenuntersuchung konnte ich es kaum erwarten, wieder bei Euch zu sein. Ich hatte sogar, was uns beide anbelangt, ein gutes Gefühl. Wir würden es schaffen. Wir würden wieder zueinanderfinden. Ich war voller Optimismus und Hoffnung. Womöglich lag es am Adrenalin, das meine Blutbahnen noch immer flutete. Nach ungefähr einer Stunde konnte ich das Polizeirevier wieder verlassen. Die Frage, ob mich jemand nach Hause fahren sollte, verneinte ich automatisch. Niemand war darüber erstaunter als ich selbst.
Und dann stand ich mitten in der Nacht allein vor dem Gebäude und wusste plötzlich nicht, wohin. Mit einem Mal schien mir die Vorstellung, zu Dir und den Kindern zurückzukehren, völlig undenkbar. Wie sollte ich Dir, Euch unter die Augen treten, nach allem, was geschehen war? Durch meine Schuld geschehen war. Wie sollte ich erklären, was ich getan habe, ohne Euer Vertrauen und Eure Liebe zu verlieren? Ich habe mich schließlich in ein Taxi gesetzt und mich in ein Hotel außerhalb der Stadt fahren lassen. Ich schätze, Du hast meine Nachricht, die ich Dir nach meiner Ankunft dort geschickt habe, bekommen, auch wenn Du nicht darauf geantwortet hast. Es ist mir nicht leichtgefallen, zu gestehen, dass ich Dich selbst in dieser schrecklichen Nacht noch belogen habe, dass ich nicht zugeben konnte, dass ich Dir die Existenz meiner Tochter Sophie all die Jahre verschwiegen hatte. Aber ich wollte und konnte nicht*

*mehr mit dieser Lüge zwischen uns leben. Sie hat
schon zu viel zerstört.
Dass Du auf meine Nachricht nicht reagiert hast, hat
mich letztlich in meiner Entscheidung bestärkt und
mir deutlich gemacht, dass es für mich momentan
kein Zurück zu Dir und den Kindern gibt.
Wenn Du diesen Brief in den Händen hältst, werde
ich bereits im Flugzeug sitzen auf dem Weg nach
Heraklion. Ich habe in Griechenland, wie Du ja
weißt, noch ein paar gute Freunde. Sie haben mir
angeboten, bei ihnen unterzuschlüpfen.
Vielleicht ist es feige, mich einfach davonzustehlen,
aber ich schäme mich so sehr, dass ich nicht den Mut
finde, Euch gegenüberzutreten und in die Augen zu
sehen. Ich brauche Abstand, und ich denke, den
braucht auch Ihr. Dennoch hoffe ich, dass wir uns,
wenn etwas Zeit vergangen, Gras über all das
Schreckliche gewachsen ist, ohne Scheu und Ressentiments wieder begegnen und vielleicht sogar einen
Neuanfang wagen können.
Bitte verzeih mir, Hannes. Und sag den Kindern, dass
ich sie über alles liebe.*

*Leb wohl
Jana*

*Sie hat nichts zu verlieren. Sie hat eine mörderische Wut.
Und sie kann sich an nichts erinnern …*

Jutta Maria Herrmann

AMNESIA
Ich muss mich erinnern

Thriller

Als Helen die schockierende Diagnose Krebs im Endstadium erhält, wagt sie den Schritt, Berlin zu verlassen und Zuflucht in der alten Heimat bei ihrer Familie zu suchen. Sie hofft, sich endlich mit ihrer Mutter aussöhnen zu können, zu der sie ein schwieriges und distanziertes Verhältnis hat. Schon bald nach ihrer Ankunft muss sie feststellen, dass ihre schwangere Schwester von Ehemann Leon gedemütigt und misshandelt wird. In ihrer Angst um Kristin und das Baby spielt Helen mit dem Gedanken, Leon aus dem Weg zu räumen. Was hat sie groß zu verlieren? Aber einen Menschen töten? Ist sie dazu wirklich fähig? Am nächsten Morgen ist Leon tot – ermordet. Und Helen fehlt jede Erinnerung an die vergangene Nacht …